AQUARIUS

AQUARIUS

AQUARIUS

AQUARIUS

每個人心中都有一座島嶼，

藉文字呼息而靜謐，

Island，我們心靈的岸。

盛可以——著

謹以此文獻給
我墳頭的白色野菊花

沒有道德現象這個東西
只有對現象的道德解釋

——尼采

【推薦序】

這世代　這五人

施戰軍（著名評論家、《人民文學》雜誌社主編）

一九四〇年代至一九六〇年代初期出生、大致在一九九〇年代以前就已成名的資深中文作家，兩岸互有所知的名單可以列出很長一串。近十多年來，臺灣在大陸作品較有讀者緣的作家幾乎都是「五〇後」，比如龍應台、張大春、朱天文、朱天心，這幾年又加入了「六〇後」駱以軍；大陸在臺灣有一定知名度的作家則以「五〇後」和一九六〇年代初期出生的「六〇後」居多：王安憶、莫言、畢飛宇、蘇童、余華等等。

大量已經躋身文壇主力陣營的「六〇後」、「七〇後」以及「八〇後」作家，他們的創作其實構成了最為活躍的文學現場。而令人遺憾的是，對這一最不該被遮蔽的部分，兩岸尚欠缺彼此瞭解——「這世代」，在這裡就是特指兩岸在互相知情的狀況尚屬碎金閃耀階段的這一部分，「這世代」書系，便是意在實現兩岸優秀青年文學作品的互訪探親團隊的交流通航。

這五人，均為當今大陸最具實力和影響力的「這世代」標誌性作家。徐則臣年齡最小，北大研究生畢業。少年老成，人生輾轉，書寫人世體驗，參透城鄉遷變。江蘇故鄉的「花街」和京城漂泊者兩個題材系列作品，串起古蒼而鮮活的成長敘事，一路奔襲，堅實地奠定了他在大陸小說界的地位。

盛可以有一般女性作家並不具備的洞穿生活和情愛本質的銳氣，因為有溫煦的嚮往，而勇於逼視冰冷，內心的抉擇常使筆下的人物懷持自由較真的倔強個性，寧願「揀盡寒枝不肯棲」，也不「教人立盡梧桐影」。對自我與世相的嚴苛省察，讓其凌厲敘事的基底，輝閃身心尊嚴的光芒。

文學專業出身的李洱，對鄉村中國的權利結構和知識分子心理隱祕有著的究根探底的強烈興趣，他以百科全書式的資質儲備和出眾的想像力，撥開層層謎團，破解內在疑難，考掘「玩笑」的儼存，警策歷史的輪迴，以貌似輕逸的言表撬開巨型話語的石門。

專注，氣定，憐愛筆下每一個文字，牽戀塵世人情，巴望現世安穩，為有攪擾而鬱結，為有阻礙而傷悲——如果現代以來的中文女作家可以這樣數來：張愛玲，蕭紅，林海音……再如果在這個序列可以容納今日活躍的作家，我願意加上魏微。世代到達了魏微這裡，暖老溫貧、生死契闊、靈犀會通的念想之下，痛失之感已經越發沉鬱頓挫，原宥之心、體恤之意必須更加醇厚柔韌。我們細讀她慢慢寫來的句段構成的任何一篇小說，會為獲得踏實而慶幸，也為作別故事而惘然。

畢飛宇在長、中、短篇小說寫作方面的精湛技法和他在文本中浸透的人性關切，讓他持續擁有著大陸最優秀作家之一的顯著成就。畢飛宇在臺灣拿過開卷好書獎，在國際上也多次獲獎和多次受邀參加重要的文學活動，是大陸文學大獎的大滿貫得主。臺灣讀者會從他的這些作品中，更真切地領略他靈透的語風和大可訝異的出色才情。

感謝寶瓶將五位大陸作家的小說著作以「這世代──火文學」的名義盛裝推出。感謝「這世代」推介方重慶出版集團所有參與書系策劃組稿的朋友，是他們還將大陸這五人和郝譽翔、甘耀明、鍾文音、紀大偉等臺灣作家朋友的著作組成的「這世代」書系簡體字版同步出版。

感謝未曾謀面的同行朋友吳婉茹女士一絲不苟的主持引薦。

這個書系的精神價值從籌劃之時已經誕生，隨著作品的傳播，意義定將無限張大。

目錄

第一部

從高原回來大約半個月之久，旨邑突然接到水荊秋的電話。他聽起來十分高興，聲音爽朗。不清楚是被感染還是發自內心，她一開口就像只燈泡突然亮了，散發熱情的光芒與溫度。他感覺到她話語裡的強光刺激，更是來勁。他說想來見她。她問他在哪裡。他說剛從法國飛到香港，下午在香港大學有個講座，明天上午就可以飛長沙直抵她的老巢。他倒像是做一個乾淨果斷的偉大的戰略部署，要來一舉將她殲滅。於是，旨邑想到某個戰爭笑話：報告長官，一個被殲（姦），另一個受驚（精）跑了。她立刻認為，他來見她，也就是來姦她。或者說，他有興趣來見她，必定有姦她的願望。他甚至可以直接說「我想奸你」。

她猶豫半晌，說她惶恐。「為什麼。」「我怕出事。」「我只是想看看你。」「我不再想和已婚男人糾纏不清。」「我在法國給你帶了一件小東西。」

旨邑沉默了，彷彿正考慮做與不做。事實上，她的心動了一下，不為那件小東西，她沒想到，他在法國也惦念她。她只是偶爾想起他，他的已婚使她平靜，尤其高原之夜，她不曾草率地被肉慾俘獲，那個貞潔的夜晚慰藉著她，正如無數渴望自殺的人，自殺的念頭倒成了巨大的安慰，並藉此安然度過許多不眠之夜。

一個普通的高原之夜，因為後來的故事，變得尖銳。

那時雨後不久，地面積水未乾。因為酒店的燈光，深淺窪地的水都染了顏色。或者珍藏一棵馬尾松的倒影，一株白樺樹的挺拔。夜空暗得發亮，就像經過鑄磨的鐵器，浸出一種光來。兩周前，旨邑在路上遇到的那個鬍子拉碴的男人，碰巧同住一個酒店，與他相對的剎那，旨邑感覺一種無法解釋的溫暖。一周前，旨邑的車被傾瀉的山石砸毀，除卻她，其餘四人全部喪命。

旨邑無數次回頭解讀那種溫暖，如果說那是劫難蓄謀的開端，又未必不是情慾最初的真實萌動，然後有了一種塵世間的因果關係。她一次次想起那隻初次造訪的手，連著厚實的身板，連著無邊的高原夜色，在他說完他的名字「水荊秋」，走了約十米之後，那隻手從她的腰際滑過起伏的臀部，順著溝壑往根底挺進，柔韌冰涼，滑行速度勻稱，彷彿蛇爬過小山頭，她感到蛇的腹部與山的弧度和諧默契。他同時吻她。在藏區行走久了，彼此一股膻味。

那個夜晚，她已經足足二十九歲，水荊秋也四十出頭，雙方十分默契地遵循情感發展規律，在一扇彼此都渴望的門前，道貌岸然地徘徊，不過是為日後的結論做個高尚的解釋：一切是有感情基礎的。更何況在那個夜晚，水荊秋談到了尼采、聶魯達、龐德。那簡直是個崇高的夜晚。地面上一切都靜止不動。他們在松樹間飄移，兩個暗黑的影子，追逐理想與光芒。旨邑講她的死裡逃生，感覺他漸漸地攥緊了她的手，手指頭摩挲撫慰，傳遞內心生長的憐惜。她感動了，並且高估了這種感動，她感到周圍的一切也在渴望她重新撲進他的懷抱。她又想，假如一周前她死了……生命無常，脆弱得不堪一擊……他的咖啡色皮夾克磨擦她的黑色風衣，發出輕柔細膩的聲音，既溫馨又淫蕩。

水荊秋把旨邑視為一隻鳥兒，迷了路的鳥兒，從高處降落在他的面前。旨邑卻將水荊秋比德於玉，而且是和田玉，是玉之精英。玉首德而次符，她最看重的是男人的德。水荊秋並不英俊，然而，這塊北方的玉，其聲沉重，性溫潤，「佩戴它益人性靈」，她以為他的思想影響將深入，並延續到她的整個生命。

旨邑責怪自己齷齪或把事情想齷齪了。坦然的做法是鎖好心裡那條狗，清掃門庭，打開柴扉迎接遠道而來的朋友，提前設計或預先設定，都是與自己過不去，能在某些時刻得到自然舒張的人性，未必就是毀滅。

不管水荊秋帶了什麼小東西來，它起了關鍵作用，先是讓旨邑感動，繼而不得不禮貌地面對它。在某種程度上，它替旨邑掩飾了內心的虛偽，它讓她心安理得的接受他的探望——她其實多麼盼望他來。她由衷感到需要更深入地了解和愛情——如果他婚姻不幸，這次見面將具有特殊的意義。

人的卑劣在於先給自己一個說法，然後鑽自己空子；先給自己樹一個障礙，然後將它掰倒。這個過程，就是所謂的理智。旨邑正是這樣，她清醒地知道會發生什麼：一個小東西能讓她感動，心潮起伏，那麼，這個一米八的大活物從法國到香港再到長沙，即便他不殲她，她也可能將他引誘。總之，答應他來見她，基本上算答應他殲她了。

長沙的深秋陽光坦蕩，明媚晃眼。總似有空穴來風將城市掃滌淨爽，空氣裡有幾分躁動不安。旨邑住在湘江邊，在十六樓陽台，能見江對面黛色青山，雲絮低懸，彷似搓洗過的天空藍得透明。水荊秋從天空裡浸顯出來，就像剛沖印的照片泡在水裡——還是那件咖啡色皮夾克，鬍子拉碴，面容粗糙——待拿起來細看，總是變成了另一個男人——謝不周，這個在北京出生長大的胡人，三十歲離開北京，美髯剃淨，雖膚白若婦，仍不乏粗獷之風。他曾是個潦倒的詩人，忽然決定用知識創造財富，做起房地產策劃，將死樓盤做活，活樓盤做火，在房地產界頗有聲名。

旨邑在長沙讀了四年書，現在是自由工作者。擁有一間約六坪多的玉器店，專賣贗品，閒時以看玉器、古錢幣方面的雜書消遣。在遇到水荊秋之前，旨邑便明白有價值的古玉，彷彿愛情，不在人間普遍，不為尋常百姓擁有，也不再為這種事實頹喪。她願意愛慕書中的物器，相信別人的愛情。逛古董舊貨市場，空手而返只是進一步證實她對這個世界的認識：在喧囂混亂的市場，已經不能淘到合意的東西，正如滾滾紅塵之中，鮮有比德如玉的君子，好德如好色的高人。旨邑太清醒了，正如她逃脫不了的厄運，她必然看到從美麗到腐爛的毀滅過程，這與玉的形成截然相反——玉被從腐爛中挖掘出來，煥發新的生命。

旨邑當時並沒有意識到，感動，尤其是自我感動，是危險的東西，它會成為罪魁禍首，也可能是幸福的開端。當然，如果什麼波瀾也沒有，則可以忽略不計。來自死裡逃生後的異性的觸摸，當時的震顫，現在想來，完全是由於灼熱引起，像一塊燒紅的鐵，「嗞」地一下印上了她的肌膚。試想想，一個男人，從地球上繞來繞去，仍惦念著要來看她，要在她這裡落上一腳——在巨大的地球當中，這個用顯微鏡也不可能看到的地方，卻畫在他的世界版圖裡，而她就是這個地方的標誌與注腳——等到生命終結時回望整個過程，它也會留有痕跡。

上午是個漫長的過程。水荊秋一到黃花機場，就給旨邑報了信，這意味著他還需四十分鐘左右。時間消失了，漫長的四十分鐘如一個籠子。她懊悔沒去機場接他。她記不清他的臉，記得他的身體，擋起風來比牆結實。他擁抱她的時候，她就像蓮子裡的嫩芽，鑲在他的身體裡。味是苦的，不能終生留在他的懷裡。她抽芽，離開。不知道他的身體是否留著那一道槽痕。

他終於到了。比上次在高原見他時要略顯優雅。他瞇著眼（難分清是笑，還是因為陽光），鼻尖冒汗，她剛走近他，他退後兩步，俏皮地將她上下打量。她的確很高興，不需要任何煽動，並且有點羞澀了。她幫他拖動棕色皮箱，他搶過去，雌雄兩手相碰，片刻也不耽誤，步履匆忙地往有床的地方去。旨邑腦海裡總有張床。

關上門，他們就再也沒有分開。

旨邑根本沒有猶豫的餘地。事實上，她一直都在考慮，做，還是不做。做，意味著自己決定當他的情人，不做，身體或許充當誘餌——肉體有時候比靈魂更能攫取男人的心。她期望看到婚姻的曙光。他抱緊她不撒手，彷彿經歷無數相思的煎熬。她感覺那道槽痕還在，這次壓得更深。她問他，為什麼分開後一直不給她電話。他一聲滄桑嘆息。旨邑是個聰明的女人，不排除偶爾自作聰明，覺得自己明白他（已婚男人）的處境，出於對他的寬慰與感動，她熱情地吻了他，並為自己的熱情感到驕傲——她慰藉了一個身心疲憊的男人。

後來，她在他的懷裡睡著了。醒來發現彼此的嘴唇還絞合在一起，他的手搭在她的臀部，她感覺是一隻毛茸茸的熊掌。天快要黑了。她在他的懷裡至少睡了三個小時，她原本只有獨自才能睡好，或者是背對著男人才能勉強入睡。她悄悄移開臉，看著兩具平放的肉體，暗自吃驚。

他將是她的什麼人？她又會是他的什麼人？他們會有什麼樣的結果？

她仔細看他：幾乎是個完全陌生的男人，長得草率，樣貌憨鈍，鼻子大，嘴唇不薄，額上刻有淺紋，比實際年齡顯老。而在男女之事上的綿密細緻與溫存，雖然旨邑感覺並非太好，尚欠磨合，仍覺得她之前的男人無法與之相比。其實，旨邑最初頗為彆扭：他的油性頭髮未能及時清洗；牙齒似乎使用過度，有一顆缺牙，一顆假牙，還有菸垢焦黃；睫毛短淺幾近於無，隱約的老年斑如華髮同樣早生——差不多就是個糟老頭了——而恰恰正是這些，讓她感覺他一生精神豐富，忍辱負重，她敬佩他，莫名其妙覺得有責任愛他；他在高原給過她剎那的溫暖，是劫後餘生的第一縷陽光，她理當愛他。

他談知識分子。她問什麼是知識分子。他說知識分子的概念在國外不一樣，並非受過高等教育的人就是知識分子，它的概念起源於法國和俄國，有特定涵義，強調立場批判性和智力水準。

她說她並不嘲弄知識分子，相反，她很嚮往。她不是，也永遠成不了知識分子，她只是大地上一種貼著地皮爬長的草，爬一截，就長出一把根鬚與草莖，如果沒有阻攔，它可以爬繞整個地球。他說他欣賞生命力頑強的東西，他就喜歡她的獨立執著與自由。

他起身去客廳，重新躺在旨邑身邊時，手裡多了一個獎盃，說法國頒給他騎士獎，他無須翻譯做了答謝報告，掌聲如雷。她盲人似的小心摸索獎盃，被這個極具藝術美感的凱旋門雕塑吸引了，或許真正吸引她的是他獲得的美譽，因為她將眼光投向他，含情眽戀，驕傲無比。

「有人鄙薄，說知識分子就是一個人用比必要的詞語更多的詞語，說出比他知道的東西更多的東西。有本書專寫私德極糟的知識分子，說他們會鑽道德相對主義的空子。」旨邑說道，手仍在摸索獎盃。

「知識分子的天職是保持獨立的人格，做社會的良心和監督者。」他像她摸索獎盃那樣摸索她的軀體，講起道理來，臉上光芒四射。後又涉及班雅明、尼采、佛洛伊德……她很欽佩他了。回想剛剛過去的幾個小時，旨邑從他的油性頭髮中聞到了幸福（知識）的芬芳，她甚至很想為他（知識分子）洗頭，接吻時不再想他焦黃的牙齒。於是她動情地笑了，她的笑驚動了他。他醒來又細緻地撫摸她，說起酒店相遇的那一刻，她那樣無助，正是那種無助吸引了他。

一個人剎那間的無助，可以成為對方愛的理由。她感到這個說法新鮮極了。

他早已結婚生子，這很普通。出乎旨邑意料的是，他還有前妻。關於前妻，他說的很多。他們並不相愛。出於責任心，他付出了最大的努力。他是帶著愉快的心情離婚的，就像被捆的人忽被鬆綁。對於這個已成往事，且已老去的女人，旨邑興趣不大，她很想知道梅卡瑪是怎樣的女人，是否漂亮溫柔，做那事時是否很會討他歡心，又怕太清楚了自己難受。那個模糊畫面已經像只風箏，不斷地在她腦海裡飄浮。他避而不談現任妻子，甚至相當矜持。她理解為尊重，或者是保護。想到自己終究不是他的什麼人，於是有一絲痛楚。反過來，他向他的妻子隱瞞她，仍然是對他妻子的尊重，或者保護——「我不能傷害妻子（她多無辜呀）」——他說（男人都這口吻）。於是不惜販賣無關緊要的情史以作彌補，來滿足旨邑對他的好奇心。她冠之以「溝通了解」。

他研究歷史，教歷史。一個患臆想症的本科生將他愛得死去活來，甚至為他自殺。一個畫油畫的有夫之婦熱烈追求他，不惜先離婚，後辭職，跑到哈爾濱來。那時，他正與梅卡瑪同居。畫家曾一度攪亂了他的生活。不過，梅卡瑪曾與他共患難，在他精神面臨崩潰的特殊時期，她用堅定地愛將他撫慰。他說的「特殊」，與一次動亂有關，與死亡有關，與一個人的信仰有關。他說有機會再跟她細談，直到最後，他都沒有做到。旨邑不忍追問，他表情深刻痛苦，她有意調節氣氛，問他是否曾用英語談戀愛。他說他只喜歡中國女孩，像旨邑這樣不依靠大胸便產生性感的女人。他不直接回答她的問題。她覺得他並不憨鈍，甚至是狡猾的，他完全掌握了和女人（情人）說話的技巧，這個年紀的男人，在這方面幾乎不可能有破綻了。不過，旨邑表現出高興的樣子，儘管他的話值得懷疑，這比他說喜歡外國女人舒服多了。他獲得鼓勵，彷彿為了證明自己所說屬實，又對她及它們珍愛了一番。

究竟有些不一樣了。即便長沙仍是秋天，玉器店並無二致，贗品的光澤不減，登門的顧客不增——旨邑還是感到生命強烈的變化。即便水荊秋使君有婦，和田玉已是別人囊中之物，畢竟她擁有撫摸權，使用權。她撫摸著，使用著，他就是她的，他永遠浸染她的溫度與顏色，她成為他這塊玉上的浸色。無論是玉，還是感情，都只能活著擁有，死不能帶去，如此一想，她覺得和梅卡瑪平起平坐，甚至是略勝一籌了——如果水荊秋說的不假，梅卡瑪早不戴他這塊玉了，除了法律上的互屬與義務關係，他們幾乎是不相干的兩種物體。更何況好玉還得配良人，梅卡瑪未必懂得如何善待水荊秋這塊好玉，也許在她心目中只是普通石頭，如何早摩挲，晚捏拿，無故玉不棄身，與之性靈相通，絲絲入扣，體會和諧與美妙。生活早把梅卡瑪這種原本不細膩的北方女人磨粗糙了——當然，這只是旨邑的遐想，梅卡瑪是個什麼樣的女人，仍是她一個痛苦的謎，想解而又不敢解的謎。

她仍是自由的。這種自由於她又是多餘。她感到虛無。沒有東西可以緊握在手。在婚姻中肉體結束後，還有責任與契約，婚姻之外的情感，肉體的厭倦可能代表結終。

旨邑感到冷，像那隻已婚的手，造成顫慄。立冬了。縫隙裡進來的風格外刁鑽。她的自由是水荊秋告訴她的。她不喜歡聽。她情願他說：「你是不自由的，你是我的！」她知道他的暗示。他的解釋合情合理，仍然刺傷了她。聽起來他是為了她——他有妻子這對她不公平，他無權，也不想限制她的自由——說到底還是為了自己，如果她有別的感情，他用不著負疚。她十分清楚男人的用意。她唯獨不願對水荊秋使用聰明——她相信他是心懷苦衷地愛她。面對他，她願意拔掉咬人的鋒利牙齒，毀掉刻薄的心腸，扭轉鄙夷的眼光，她要寬厚，溫和，善解人意——要比梅卡瑪更女人。

她一面覺得自己偉大，一面又感到臉紅——多希望是他的愛在改變她，或者他就愛真實的她，而不是她將他迎合。

事實上，旨邑並不清楚愛是什麼。愛，或者就是與梅卡瑪一決高低。

她試著抹去他，不覺得有什麼痛，或者若有若無的痛，和他的存在一樣。他回哈爾濱以後，只能電話或簡訊聯繫，聽他的聲音是有價的，誰打電話誰付費。她用金錢來衡量他的愛．他打半小時電話，她覺得他很愛她，如果他打十分鐘或者更少，她便不高興。說他二十四小時與梅卡瑪在一起，給她的時間太少了，假設平均每天通話十分鐘，按一輩子來計算，他們在一起的時間，總共也就那麼些天。他說心裡裝著她，睡覺前想她，睜開眼還是想她。她心情反反覆覆。她想要愛他一輩子，當一輩子的地下情人。她為自己的愛感動得發抖。一會兒內心極不平衡，想到他相妻教子，人生完整，有拓展與延續的生命，而她只是漸漸老去，沒有孩子，就像他和她之間，一輩子沒留下紀念物，她幾乎要憤怒了。

所以，謝不周撩起簾子進來，旨邑是驚喜的。他們幾乎有一個月沒碰面了。他仍是個粗獷的髯夫。旨邑知道，謝不周找上門來，就是想她了。旨邑認識謝不周時，他下海撈了點，當時，他說老婆在美國讀書。嚴格講謝不周並沒有騙旨邑，他在北京結過婚，離了，把當醫生的前妻送到英國留學，花盡了全部的積蓄；到長沙潦倒時，湖北女孩呂霜毅然和他結了婚，後來他從事房地產策劃賺了，把呂霜送到美國學金融，又花了很多錢，呂霜尚未學成歸來，他遇到玩期貨的長沙女孩史今。事實上，旨邑認識他時，他已經第二次離婚了，正和史今同居。史今二十六歲的處女身給了他，他對處女十分盡責。

男人普遍沒有貞操感，但常以責任感自豪。也許，貞操感的喪失，導致男人失去身體與靈魂的家園。旨邑遇到的全是六十年代出生的人，包括水荊秋、謝不周，而這撥人幾乎都在九十年代離了一遍婚，到二十世紀末，已全部完成再婚的儀式。二婚的死守著家庭，撐死也不再離，沒離過婚的拉著原配粗糙的手惺惺相惜，只剩下做秀的分了。所有人都達成了一個共識——與大鬥地鬥，堅決不和老婆鬥——這直接影響了旨邑的婚姻大事，她喜歡離婚男人，他認為優秀的男人應該有離婚史。

謝不周離過婚並且獨身，這個獨身但不自由的男人一眼就看穿旨邑的結實屁股恰到好處，他幾乎生氣她身材總這麼好，屁股總是挑釁，她身上的柔弱與野性奇怪的混合，說不出的滋味。她的瓜子臉似乎瘦了，更顯得桀驁不順。

謝不周進門只是一味看櫥窗裡的贗品。

「又情竇初開了？」旨邑嘲弄他，他隔一陣就要從這兒買走一兩件女人佩戴的東西。

「生意不錯，假JB①東西還是有市場。」謝不周說。

「我們對這個世界了解得愈深，就越發現它的淺薄無趣。當然，只要你不去想它是假的，它就和真的一樣，為什麼非要去鑑別真假，讓自己不快樂。」

「老夫才無趣，盡吃閉門羹。以後別JB不打招呼就關門。」

「去藏區了，沒有信號。近段性生活還愉快？」旨邑招呼他在仿晚清風格的桌椅旁坐下。

「睡康巴漢子了嗎？老夫要是女人，一定會嘗嘗。」旨邑永遠不能從謝不周和他的表情裡判斷出什麼。

「沒有。淨身行走。你既已知道男人的快活，該體會女人的苦。你滿腦子混沌慾望。」

「真JB白去了。你不知道，我他媽想你你信嗎？」謝不周轉身面對櫥窗，盯住一只小玉豬。

小玉豬沉默，它以沉默為貴。謝不周沒指望它回答。

謝不周滿口順溜的粗話，旨邑聽慣了，不以為然，反倒覺得他是真實的——生活中偽裝的人太多了——他始終是個雅人。

旨邑閃到一邊接電話。

謝不周一撩簾子就走了。他從不說再見。

沒過幾天，旨邑收到一個郵包：一套《中國玉器全集》、一本《影響的焦慮》、一本雙語《聖經》。水荊秋在履行他的諾言——要和她成為精神上的深入糾纏者，他給她寄書，替她找她買不到的書，他深信她不同尋常。他對她的期望如此巨大，她自卑，不相信自己有什麼過人之處，她不過是賣贗品的個體戶，一個喜歡閱讀的虛無者，不可能和一個知識分子有深入的精神糾纏。

古人有一種唯心論的看法：認為鳥類經常在某棵樹上悲鳴，那麼用此樹的木材製出琴來，彈奏時就會帶有哀音。旨邑就是這棵樹，而虛無感就是這棵樹上的鳥，只要她思考，她的體內總會發出絕望的哀鳴——她看事物的方式太清醒了。她更喜歡賣贗品。她依賴這一行為。她喜歡在贗品的光澤中幸福的臉們。水荊秋無疑是要把她拉到另一條路上去，那條路面對真相（自己）——他要呈現他對她的價值。而旨邑不過想做一個女人，要一場愛情，並且最好結果，順帶嘗試和他做「精神上的深入糾纏」。他和她的側重點顯然是完全顛倒的，這和各自的生活狀態不無關係。這就表示他們要像摔角運動員一樣，不斷地擊倒對方，讓自己站穩。當然在現階段，這種遊戲相當刺激，並且毫不妨礙兩人的感情。

就像同時意識到花開花落，愛怦然有聲，比水更迅疾，在幾分鐘內就歷了春、夏、秋。一棵

①男性生殖器俗稱的羅馬拼音縮寫。

無花果樹，就算她如何幾乎完全放棄了開花，就進入逢時決斷出的果實，未被讚頌，折彎的枝條向下，向上運輸漿汁，而它從睡眠中湧起，幾乎還沒醒，就進入了它最甜美的運作的幸福中。

他們僅見過兩次面。這個資料不能證明什麼。他們相互想念，想到身體近乎燃燒。任何人都無法分析清楚慾望的屬性。他們自己歸類於愛。簡單的情慾是不存在嫉妒的，而強烈的嫉妒撞著旨邑。每到晚上，她總會想他在幹什麼，是不是等孩子睡熟後，把孩子抱開，他和梅卡瑪睡在一起。每天早上醒來，她第一個念頭就是──他昨晚上是否和梅卡瑪做了。於是她晚上變得非常焦慮，撕咬自己。尤其是在十二點左右，如果沒有他的簡訊回覆，她立刻想到他「不方便」了，整夜都不能入睡。

第二天，她又完全相信他的解釋，他是獨自睡的，幾年來幾乎沒有性生活。「幾乎」這個詞太過曖昧，她又嫉妒，並在這個詞上糾纏了許久，直到他發誓除了旨邑，絕不和第二個女人做那事。但事後旨邑反而後悔了，可憐起梅卡瑪來，她是多麼無辜啊！她甚至反過來勸他，放心去撫慰梅卡瑪，和她做那件事，但別告訴她，要永遠瞞著她。

旨邑不是大度的女人，她想「做」大度的女人，讓他感覺她愛他，甚至放棄了自己的立場。在贏得他更深切的感動與愛意之後，她瞞著他，一個人放聲大哭，嫉妒的折磨令她崩潰。佛洛伊德說過，嫉妒就是「愛」的隱喻與移情，我們不用懷疑旨邑的愛。然而嫉妒同樣只是在與虛無作搏鬥，她每每在精疲力竭之後明白這一點。

他們每天蹂躪自己的手機。按鍵上的字體都磨掉色了。他躲在書房看書，常常是整晚都在發簡訊。她的簡訊爆豆子似的，不斷地炸響。他打字慢，對付一個手機讓他大汗淋漓。如果梅卡瑪不在家，他會給她打電話，從發簡訊的焦灼中解脫出來。

假若所有家庭的屋頂都是露天的，用攝影機從上面俯拍，隨便就能拍到這樣的鏡頭．男人在一個房間用手機（網路）調情（熱戀），女人在另一間房追看一場韓劇（或者瑣事）——場面雖然滑稽，但這就是絕大部分人的婚姻生活（真相）——滑稽而不自覺的生活。至於到底是房間裡追看韓劇的女人幸福，還是男人手機（網路）那一頭的女人快樂，難以定論。

即便是每晚互道晚安，旨邑心頭仍跳動荒誕感——介入一個家庭，可能使每個光明正大的人都變成小丑，連戴大框眼鏡的知識分子也不例外——婚姻到底有什麼可期待的？

在旨邑的影響下，水荊秋徹底變了，也會和她說猥褻與放蕩的話，不總是像知識分子講座那樣正襟危坐。他說那些淫蕩的話，比旨邑更肉麻，她要好一陣才能適應過來。他似乎嘗到了甜頭，或者是壓抑太久，很長一段時間依賴污言穢語的快感，描述她令他迷醉的模樣，她的身體器官，以簡單的動詞連貫一起，重現他和她絞纏一起的情景。直到有一天突然停止——他意識到不能那樣墮落下去，或是對此感到膩味也不一定。總之，他又瘋狂給她寄書、寫信、談精神世界的話題。

她對他的關懷從身體到日常生活無微不至。他便祕、感冒、咳嗽，她立刻買好藥特快專遞過去，督促他準時吃藥，注意飲食。他告訴她每天的行蹤。去學校上兩節課。陪英國來的學者訪問。煮餃子。買菸。接兒子放學。帶兒子學小提琴。探望父母。朋友聚會。想她。但梅卡瑪從來不會出現，以至於旨邑懷疑梅卡瑪是他虛構出來的，根本沒這麼一個人。有一次她忍不住問起梅卡瑪，他說梅卡瑪比他忙，在家的時間比較少。她不懷好意地提醒他，梅卡瑪可能有外遇了。她期望如此。他只用鼻孔笑了一下。她又近乎淒涼地說，不要總吃速凍食品。暗示對梅卡瑪的譴責，如果她在他身邊，絕對不允許他這樣湊合。他回答習慣了，正好減肥。她說他不嫌肥。他說已經在影響他的行動了。她意識到自己在挑撥他和梅卡瑪的關係，引起他的不快，於是決定不提梅卡瑪，可是臨收網時，又無法自控地問他和梅卡瑪之間是否幸福。他說一個家庭就是過日子。

「你們曾經很相愛嗎？」

「應該是。」

「你很寵她嗎？」

「那當然！」他不假思索地說。

「很恩愛嘛！」她陰陽怪氣，他驕傲的語氣惹惱了她，她的醋勁上來了。

「你不要這麼刻薄。難道我寵自己的妻子有什麼不對？你希望我對她不好？那你太可怕了。你也希望我不要寵你？」他的語氣陡地硬了，她又一次被他對梅卡瑪的尊重（保護）所傷——他總把梅卡瑪放到第一位，而且強調梅卡瑪是自己的「妻子」，她討厭他這麼稱呼梅卡瑪。

旨邑並沒有褻瀆梅卡瑪，他就張開羽翼護著她，瞪著她這個入侵者——旨邑心底升起一股寒意。

這股寒意正是某種生命暗示，旨邑未能領悟，因為她立即開始了自我反省，她和他相愛不是為了讓彼此不快，她犯不著嫉妒他多年前的一次愛情。於是她笑了，罵水荊秋是個傻瓜，他再怎麼寵梅卡瑪，在自己的情人面前，也應該「謙虛」地回答「還行」，或者「馬馬虎虎」。

「是嗎？我該撒謊？」水荊秋很疑惑了。

下午的時候，他又打她手機，她接通後明白，他只是無意間碰到重撥鍵了。她聽見他扮老虎「嗷嗷」地叫。奔跑。猛撲的姿勢。小男孩興奮地尖叫，笑得喘不過氣來。手機磨擦褲兜的聲音像風一樣亂。她聽著父子倆的嬉戲，一瞬間，心目中所愛的那個男人，就像一個吹脹的氣球，漸漸地癟了下來。她從來不知道他過日常生活的樣子，想知道，而一旦這種日常出現，他在她心中的分量陡地輕了，並感到和他的關係令她羞愧，優越感浮上來。她聽那孩子說「爸爸，我累了」，他抱起兒子叫聲「寶貝」，「啵」地親了一口。

她掐掉電話，撲到鏡子前——她想證實自己是否已經人老珠黃天生妾命。妻子、孩子、家庭、事業——他的生命忙碌與充實，而她，只有他這個活物。她的生命絕大部分在荒廢、流失、虛度。一個女人照鏡子的次數變少，證明她老了。她想不起誰說過這樣的話。十八歲時，她對自己的面孔百看不厭：柳葉彎眉，細長眼潤黑，鼻子小巧，鼻梁精緻挺拔，臉上沒有痣或斑點；現在二十九歲，根本不知道從哪天開始，幾乎只靠洗臉的時候瞄一眼自己——僅僅看是否洗乾淨了。

她有一種作為女人的悲哀。

她不知道這一切會如何結束。走在馬路上的人全都難免一死，這很可怕。誰知道「愛」與「愛的歷史」哪個更珍貴，她討厭愛的「歷史」。

旨邑想了一圈，又重新回到父子倆嬉戲的情景，不免頹然醒悟——該經歷的，他都經歷了——她還能給他什麼？

當天晚上，她夢見牙齒鬆動，不可挽救，全部掉在嘴裡。她吐出一堆黑牙，有著石頭一樣的光澤。

有個戀人在很遠的地方。心懷這種祕密的人，原本既幸福，又苦澀，倘若那戀人還是個有婦之夫，還在遵守那婦人的某些規定，不可掩飾地流露出對那婦人的懼怕，必會使人產生厭惡感，並覺得十分無聊。這是旨邑堅決不再問起梅卡瑪的原因，連孩子也不提。或許有人認為旨邑愛得s在一起。她立即撥打他的電話，提示關機的那個女中音把她朝妒火裡推了一步。她在屋子裡轉來轉去，每隔兩分鐘重撥一次。最近他總說忙，電話打短了，簡訊發少了，她早就懷疑他了。她似乎已證據確鑿。他們在咖啡廳裡，或者別的幽靜的地方，僅僅是交換一個曖昧的眼神，她也會氣得發抖，更不用說他寬厚的身板，壓上別的女人。她氣壞了。她感覺到「壞」的過程，就像一個建築，柱子斷了，屋頂傾斜了，瓦片往下梭溜，泥石飛濺；然後橫梁也斷了，整個屋頂像隻蝙蝠一樣覆蓋下來，發出訇然聲響——此刻，她掙扎著從廢墟中站起來，準備了最惡毒的攻擊——她倒想看看，他向她撒謊的嘴臉。

她將懷著鄙視與厭惡解除與他的關係，她似乎快樂了。她很快樂地打電話給別人，笑聲爽朗，胡亂扯淡。她也打給謝不周，謝不周與史今在一起，說話拿腔捏調，她故意挑逗他。愛就是渴望，是靈魂對肉體的渴望。愛是對「我」特別缺乏和特別需要的東西的愛。水荊秋不需要她了，他不缺乏女人了。就算她用指甲，用牙齒也捍衛不了逝去的愛。最後，她給他手機留了一則簡訊：「做什麼都沒必要關機。就算你騎在女人身上接我電話，我也不可能知道。」

大約一小時左右，水荊秋電話打過來了。旨邑不接。再打，仍不接。接著門鈴響了，旨邑隨手開門，見是水荊秋，他好孩子幹了壞事似的神情得意，她大吃一驚。呆愣不動。她感到自己那「壞」掉的建築劈哩啪啦瞬間恢復原狀，地上的碎片飛起來迅速黏合，斷了的柱子立起來，蝙蝠的翅膀張開——她其實一直相信，水荊秋不是那樣濫情的人，水荊秋從天而降，及時地證明了她的想法。

旨邑二話不說，撲過去就把臉埋進他的胸口，說不清是羞愧還是激動。接下來她主動伺候水荊秋，彌補內心對他的懷疑褻瀆。完畢，水荊秋又反攻一次。直到身體的騰騰熱氣散盡，雲蒸霞蔚般的燦爛美景退隱，彼此精疲力竭，才有閒功夫說幾句話。

「怎麼突然來了。」

「到北京開研討會，惦著你，就提前出來了。我說過，只要出來，就會想辦法來看你。我像不像天兵天『降』？」

「找不著你我就會胡思亂想，根本管不住自己。你千萬別讓我找不著你。永遠都不要。」

「放心，我在你身邊，任何時候。你別瞎猜疑，惹自己不高興。」

「反正光一個梅卡瑪就夠我醋的了。」

「不是你想像的那樣。我和她各有各的事。兒子跟她睡，我睡另一間房。」

「你可以去她的房，她也可以上你的床，更有意思呢。」

「我用不著解釋。等你結婚，到我這年齡就明白了。」

「我和誰結婚去。婚姻是性關係的一種，你這年齡的人，都自我閹割嗎？」

「自然而然沒那慾望了，直到被你挖掘。」

旨邑笑了。這證明他的慾望來自新鮮情感。她不高興，反有隱憂。她的優勢在於，她是新鮮的。梅卡瑪雷轟不倒的優勢在於，她是歷史的，並且還有更重要的砝碼——兒子。她情願做梅卡瑪。梅卡瑪有感情的歸宿。梅卡瑪就是感情的歸宿。她不知道，她和水荊秋的感情終將儲放何處。她翻身而起，替他點著菸，自己先吸了一口，說：「我問一個問題，你保證誠實回答。」「你問，我保證。」「假如沒有任何的現實阻力，你願意娶我嗎？」「我當然願意。」「實話？」「確鑿無疑。」

旨邑彷彿聽到他求婚似的，一下子淚光閃閃：「親愛的，很感激你這麼回答。我會等你，直到你我白髮蒼蒼。」

她也聽見了自己的話，立刻就嚇一大跳，太壯烈了，她一點思想準備也沒有，腦袋軟在他的胸前，好比驚嚇擊中了她的頭部。

「旨邑，不行，你那樣太苦，我也會更苦。」水荊秋摸著她的頭髮，彷彿描述頭髮的色質，接著對髮質做出鑑定性的補充：「可是，我該怎麼辦？我不想讓你受委屈，絕不會傷害你。」

「是不是把我嫁了，你才舒心？」旨邑覺得他像個買牛的，相中了一頭牛，為了壓價，故意說牛口齒欠佳，還不惜裝出寒磣樣。

「要你幸福。如果可能，我真的願意牽你的手，送你走到紅地毯那頭。」他乾脆說買不起這頭牛了。

「我現在就很幸福。」賣牛的覺得滿意。

「會好好珍愛你。」牛到手了，賣牛的心甘情願，沒有一絲強迫，他摟著她，捏著她突起的肩胛骨，分外憐惜。

「我對門那個四十五歲的老光棍，總是帶不同的女生回家，前天還碰到他帶個十七八歲的小女孩，我有暴殄天物的感覺。」旨邑說完警告水荊秋不許喜歡別的女人。

「那是男人中的人渣。旨邑，我絕對不嫖妓，也不會去喜歡別人，你要相信我。」水荊秋說道。

「老光棍是單身漢，女孩又是心甘情願，兩情相悅，互不相欠，不造成傷害就好。」旨邑不太贊同水荊秋對老光棍的道德評價。他們彷彿因老光棍的事情保持沉默。門口傳來年輕的嬉笑聲，他們都意識到，是老光棍回家快活來了。

和我們期待的一樣，水荊秋時時都在珍愛她。在水荊秋到來的這幾天，旨邑和所有人斷絕一切聯繫。別人當然猜到是這回事，但沒想到她仍是和已婚男人。三年前，旨邑成功摧毀一個家庭，對方正準備和她結婚，她頓覺索然無味，很無情地結束了那段感情。她似乎要的不是婚姻，她進行的不是一次戀愛，而是擊敗另一個女人。旨邑曾有戲言，和未婚男人談戀愛平淡無奇，充滿和平年代的軍人式的空虛無聊。和已婚男人則每天都有嚼頭，每天都有戰況，令她飽受折磨。

我們從旨邑身上發現，人是愛上自虐的動物，並從中獲得快感。所以當我們偶然看到杜斯妥也夫斯基更為詳盡的觀點時，並不吃驚。人是非理性的和渴望痛苦的存在物，而不是必然地渴望幸福的存在物。受虐淫和施虐淫深深地植根於人的本質。人是折磨自己和他人的東西，並從這種痛苦中獲得享受。人渴望實在的發揮決定作用和價值，對這些價值的占有才給人以幸福和愉快。

後來在一起吃飯時，旨邑發誓對已婚男人金盆洗手了。她並不是因為受到傷害，恰恰是厭倦了那種戀愛模式。對此引起強烈共鳴的是原碧。原碧做到了，她果真三年不曾戀愛。她面無光澤的樣子證明她也沒過性生活，她很乾淨的過日子——儘管這種「乾淨」對她的身體與性情造成不良影響，她看上去平靜得像一顆西瓜，讓人真想一刀切開它。

原碧三十歲了。這個年齡的女人，要和未婚男人談一場戀愛，就像樹要躲避風一樣難。原碧曾經是全市十大傑出教師之一，教數學很有一套，如果她EQ很高，也許早成功嫁人了——當然感情是複雜的，我們除了知道她讀大學時候的一次生死戀情，和一次慘敗的插足之外，其他一無所知。

學中文的去教數學，注定她命裡暗含太多的陰差陽錯。她有著良好的家庭教育，任何時候都流露職業的本性，娃娃臉總帶著堅貞的表情。原碧有她的愛情觀，與她傳統與守舊的形象相符，因而就沒什麼驚奇的了。實際上原碧受她母親的影響太大，她甚至是她母親的翻版和延續。她母親認為愛情就是守株待兔，要有一顆等待射中的靶心。愛情是羞澀的，女孩要矜持，哪怕是暗戀到望眼欲穿——總之是在既定的軌道上完成人生。

原碧每隔兩個月剪一次髮，她從不讓頭髮長到脖頸以下。她嚴格執行這個標準，恰如她對戀愛對象的要求——絕對不能小於三十歲，小於三十歲的，不容分說全「剪」了。話又說回來，小於三十歲的，壓根兒沒出現。所以，我們總看見一個留著短髮耳根在外的原碧，也總看見一個絕不和小於三十歲的人拍拖的原碧。我們習慣這個原碧，就好像原碧習慣她自己。只有旨邑每次見原碧，就要數落她，從她的穿著到她雷轟不動的條條框框，說她無異於設置諸多清規戒律的教徒。原碧不高興，她對旨邑自信的神情很不滿意。她和她是大學的同學，多年的朋友，在外人看來，她們似乎無話不談，其實都保留著自己的祕密與最真實的內心。說穿了，原碧打心眼裡嫉妒旨邑的模樣與自由生活。

旨邑對原碧說：「從時間上來說，你母親的年代距離你已是三十年了；從地理上來看，這裡是長沙，不是你山東那個小縣城。難道這個時間差距和地理變化就是你的價值——你想像你母親一樣活一遍？」原碧表示她愛她的母親。原碧的話沒有說服力——天底下誰人不愛自己的母親呢？不過，旨邑說再多也沒用，改變一個女人，有時候不是另一個女人所能做到的——像原碧這樣的女人，只有愛情才能將她改變。

旨邑有她自己的問題。和水荊秋的相聚，意味著面臨告別。在高原死裡誕生的那種無法解釋的溫暖一直留在她的心底，這使水荊秋得以與其他任何男人區別開來。相聚的喜悅不免蒙上憂傷。而這種憂傷又不是自然出現的，是她先想到他的溫暖，再想到他將離去，她必須憂傷以對。她做不到像原碧那樣，在情慾很旺盛的年紀，把已婚男人「剪」了，把小於自己的男人「剪」了，剩下的，就只是一點渺茫的希望和無盡的孤獨。儘管有了水荊秋，她仍然是孤獨的，但是截然不同的兩種孤獨——自然，對付不同的孤獨，需付出不同的代價。

他們一塊吃飯，他第一筷子菜定是先夾給她，暗示她是第一位的。他愛吃肥肉，她愛吃瘦肉，他把肥的啃了，瘦的給她。他也會吃她剩下的飯菜。吃西瓜，他把最中間那塊給她。走路時把她的手攥在他的手心裡，生怕她飛走。有時停下幾步，故意色迷迷地看她的背影。他惡補似的對她好。也迷戀她的身體，饑餓和瘋狂。無論她愛不愛他，他也會愛她一輩子。這時候的旨邑怎麼也不可能想到，水荊秋會做出那樣的事。荒謬的是，在惡劣的結果面前，他對她的愛也毋庸置疑。

介入的是一個完好而非破敗的家庭，這是旨邑的困境。至於「完好」到什麼程度，旨邑不知道。或許是與大多數婚姻家庭一樣的「完好」，或許是因他們獨特的歷史而「完好」——總之在她之前沒有分崩離析的境象，甚至可以說是牢不可破，在她之後也沒有。水荊秋絕不說一句有損他婚姻的話，他會給她談道理：

「其實我已經沒資格和你談愛情。許多愛情原本是悲劇性地、無出路的。社會日常性把愛情吸引向下，使之變得無害，建立婚姻家庭的社會建制，同時也否定了作為生命張力和神魂顛倒的愛情的權利。社會日常性否定愛情的自由，認為愛情的自由是不道德的。愛情主題一開始就是非社會化的。社會化的是家庭。純粹狀態的愛慾是奴役，是受者的奴役和被愛者的奴役。愛慾可能是無憐憫心的和殘酷的，它製造最大的暴力。有一個法國人說情人會要人的命。旨邑，我現在就感覺你在要我的命呢！」

「親愛的，我覺得關於愛情的自由爭論是荒謬的。除了愛情的自由之外，不可能有任何其他形式的愛情，強迫的、從外面決定的愛情是荒謬的片語。但是，我們是愛情的奴役。我願意是這樣。我有要你的命嗎？你願意我要你的命嗎？」

「旨邑，我要你明白婚姻和家庭僅僅是人的生存的客體化，和愛情沒有關係。我是你的，任憑你屠宰。」

「我是自由的人，而我常因你的不自由而感到不自由。」旨邑說道。

她為他親自下廚。她烹調技術不差，加之用心專注，做出可口的菜餚，讓他讚不絕口。飯後他要求收拾桌子、洗碗刷鍋，但是面對杯盤狼藉，他不知從何下手。她一看就知他根本沒做過這類瑣事。她想到不會煮茶的哲學家羅素，妻子外出時，把煮茶的過程一一寫在紙上，讓羅素依次操作，他仍然把一切弄得一團糟。這是無傷大雅的小事，旨邑原諒水荊秋作為知識分子對日常生活的笨拙與粗心，甚至覺得他新添了幾分可愛，而她則增加了幾分母性與寬容。

直到水荊秋回哈爾濱，旨邑都沒有見他與梅卡瑪通過電話。旨邑試猜測這個現象的幾種可能：一是水荊秋背著她給梅卡瑪打了電話；二是梅卡瑪對水荊秋絕對信任；三是梅卡瑪根本不管他了；四是以上任何一個可能都不正確。水荊秋和梅卡瑪可以四天不通電話的真正原因是什麼，旨邑感到苦惱。片刻之後，這個問題變得十分重要，並且慢慢地折磨她。她心不在焉，看見他的手機心就猛跳幾下，覺得那裡頭裝著他所有的祕密。有幾次她想問他，但她內心反感提到梅卡瑪，或者是對梅卡瑪反感。梅卡瑪天生是她的敵人。她感到這樣的夫妻關係應該是虛假的、立馬就要完蛋的。她必須知道真相，以確定她對水荊秋的方式與態度，是否該用勁，或如何用勁。但是，萬一他沒打過，她一問便提醒了他，反而喚起他對梅卡瑪的內疚感；即便是從他嘴裡得知他打過電話，她會更不好受——他竟然那麼惦記梅卡瑪，並且要躲著她，肯定說了許多含情的話——他真是個混蛋！

直到晚上出去吃飯，旨邑仍然陷在一種怨憤與嫉妒當中。

雨嘩嘩地下，氣溫驟然降低。他們去日本餐廳吃烤肉。爐火很旺，薄肉片放上去滋滋地響，青煙騰起。她一刻不停地烤，彷彿往灶裡添柴，讓青煙持續不斷。他只當她心懷離愁別緒，一邊吃，一邊佐以言語溫存撫慰。她被芥末辣出眼淚。他以為她傷心至哭。他說會找機會來看她，而且這種機會很多。以前，外地請開會或講座，他總是推，現在呢，答應得很爽快——全是為了見她。她抹掉眼淚——都是為了「姦」她——她又想到了那個字——總有一天，他不想「姦」她了，他們就偃旗息鼓了。

她狠狠地幹掉一盤五花肉。現實就像五花肉，幾分鐘前，還好好地疊在盤子裡，紅白相間，色潤肉鮮，吃進肚子裡，只剩下空盤盛著虛無，直到第二天，現實的五花肉將變成一堆廢物排泄出來，連舌尖也淡忘了五花肉的味道——她和他的感情，很可能就是一盤五花肉的下場。

服務員將空盤子撤走了，虛無倒進了旨邑的心裡，潔白的一大碟。她想對他描述這一大碟虛無，是這一大碟虛無將她撐飽了，她什麼也吃不下了。

她不情願說話，掃他一眼。彷彿因為惜別，他變得動作遲緩，陡見老態。

「我的孩子，你又胡思亂想了。虛無感不是壞東西。虛無是一種必然性。存在與不存在都存在。它以神祕莫測的方式深入生活，就像劫數、命運、天數、天命，無處躲避它，也無法擺脫它。」

她一瞥，他知道她鬧情緒了。

旨邑的未來劫數，就這樣預先暗示了。

「我從不逃避什麼。包括虛無激起的恐懼。我怎麼是你的孩子了，聽起來像亂倫。他的話讓她活泛起來，她喜歡他這樣叫她，溫馨刺激。

懷著新奇，他們回家索性玩起了「亂倫」的遊戲，淫邪帶來的巨大快感使他們彼此感到短暫的荒謬——最具銷魂魅力的性竟然建立在打破常規的基礎之上——簡單說來，婚外的性比婚內的美妙；而現在，模仿「亂倫」的性又比遵循身分原則的性刺激——性的更新要求比電腦系統更頻繁——性在破壞，同時也在鑄就。人類既疲於應對，身受其苦，也熟知其樂。

此時旨邑已經完全忘記梅卡瑪了，她甚至不在乎他是否給梅卡瑪打過電話。她光著「孩子」的屁股上洗手間，嘩啦嘩啦尿聲暢快，接著是抽水馬桶更為酣暢地吸捲，一切預示著到達快樂的頂峰。經過客廳返回房間時，水荊秋的手機螢幕閃爍，忽明忽滅的螢光擋住了旨邑的去路——她立刻想起梅卡瑪來。她強迫自己直接回房，但中了迷魂陣似的繞不過去，她手伸向手機，覺得自己像一個賊，同時感到手機烙手，她幾乎想立刻放下它——但是，那閃爍的神祕光暈刺激了她，她興奮極了，她肯定這是個有價值的祕密，她期待並恐懼發現一個廉恥的真相——她毅然按下鍵時，手指亂抖，像考試作弊的學生。——

「激情？想想我們都什麼年紀了？激情在咱們孩子的身上。記住，字少情意重。」簡訊的內容如此曖昧，她想必定是水荊秋先問對方要激情，氣憤使旨邑手抖得更厲害，她不可收拾地要知道一切，她翻閱了所有的簡訊，發件箱裡的另一則簡訊「我現在不方便給你電話」更是意蘊無窮。兩則可疑簡訊只是顯示不同的手機號碼，這只能說明關係非常隱祕，安全起見，他將號碼熟記於心，她立刻感到和他有親密關係的人遠不只她。

純潔的感情被兩則簡訊褻瀆了——不，是被他的下流無恥玷污了，旨邑全身都抖起來。

她躺進被窩時仍然在抖。

「冷吧，快蓋嚴實點。」水荊秋赤身貼緊她。

她一聲不吭。只是抖。

「我的孩子，你怎麼了？」他扳起她的臉。

「你真的沒有別的女人？」她神色冰冷，心裡說我不是你的孩子。

他回答沒有。她拿出握在手中的手機，翻到那則簡訊，請他讀。他讀時還貼著她，讀完離開她的身體：「我根本不知道這個人是誰！」他很生氣。他坐起來，幾乎傻了。他不像裝無辜，更像身經百戰應對自如。她翻到另外一則，問：「那麼，你不方便給誰電話？怎麼不方便？」她控制不住情緒，他對前一個簡訊的敷衍讓她又抖了起來。

「旨邑，你太無聊了，你這是侮辱我！這都成什麼關係了！」水荊秋並不解釋，憤怒地掀開被子，在屋裡東摸西撞，像失去理智，馬上就要氣瘋了。她知道他在找眼鏡。他飛快地穿好所有的衣服，每一個動作都非常用力，似乎在證明他的清白無辜。皮帶釦發出喀嚓聲響，乾淨果斷。

將自己收拾整齊後，他還是沒有找到眼鏡。他腦袋東湊西湊，像一隻嗅覺遲鈍的獵狗。她知道夾在客廳茶几上的《西方正典》裡，她不告訴他。她很吃驚，他居然生這麼大的氣。她想他內心正軟弱無比。她憐憫他了，他完全犯不著如此龍顏大怒。他尋找眼鏡東摸西摸，或許他正慌亂，根本不知道怎麼收場，她總不能讓他無止境地摸下去，她得給個台階讓他下，更何況她偷看他的手機首先是對他的不敬，她有錯在先。再有，是他千里迢迢來看她，就這樣把他氣走，走了他上哪兒去，萬一他真這麼走了，她又誤解（傷害）了他，她將如何度過接下來的情感煎熬——她終究愛他，怕他走出門就不再回頭。

於是她不適時機爬起來（此時的裸體讓她感到羞恥），迅速地套好衣服，從背後箍緊了他，既真心又違心地道歉。

「對不起，我不是存心想看，不是不相信你。」

「那是為什麼？我的妻子都沒這樣做過！」

她的心被刺了一下。他又提到那個女人。他說「梅卡瑪」還好一點，他偏偏要說「我的妻子」。在這個時候提「我的妻子」，格外挑釁，格外囂張，明顯是提醒旨邑，她只不過是他的情人，她低梅卡瑪一等。他挑起了旨邑對梅卡瑪的敵意，甚至已經仇恨了。

「梅卡瑪沒做過代表什麼？梅卡瑪沒做過的事就不能做？我不能做超出梅卡瑪範疇的事？梅卡瑪是生活準則嗎？是遊戲規則嗎？梅卡瑪是結了婚的女人，她知道在不能離婚的情況下，知道真相只會令彼此一生尷尬！」旨邑在內心激烈的反駁他，因為生氣，他的身體繃得很緊。她看上去安靜地貼著他的後背，不想繼續惹惱他，把一切弄得糟糕透頂。她害怕他不再愛她。

幾年前，旨邑遇到過類似的情況。因為懷疑，她破譯了當時男友的郵箱密碼，證實了男友同時與幾個女生熱戀，那些肉麻的信件與合影讓她一生為此胃口倒盡。那真是個一表人才的敗類，一個四十三歲的人渣，離婚多年不再結婚，真誠地和每一個女生搞對象，瞞天過海，被她揭穿，除勃然大怒之外，反罵旨邑低級修養，道德敗壞，竟幹出偷看私人信件這樣為人所不齒的事來，似乎這比他同時和幾個女生戀愛上床要卑鄙骯髒得多。

要否定上帝，還需以上帝的名義，如果揭示被侮辱的祕密，唯有通過侮辱的方式，有何不可。設法知道一切真相，這正是旨邑的愚蠢之處。

此時面對水荊秋，旨邑並不懊悔看了他的簡訊。她管不了自己的醋勁。或許她就是要惹惱他，她需要水荊秋的協助，只有他才能制止她致命的嫉妒。眼下她就安靜多了，她之前就像一條患憂鬱症的狗，對所有女人都心驚肉跳，覺得她們每一個都有可能成為水荊秋的女人，她甚至想像他和她們上床的情景。

「對不起，我錯了。我不是存心的。」水荊秋沒有息怒的跡象，她害怕得哭了，也許是傷心也不一定。她覺得他在厭惡她，她不想做一個討厭的女人。她反覆道歉，像是把他對她的愛一點一點地喚回來。她哭得抽抽答答的，他終於轉過身來，用一隻手圍住她。然而，她感覺這隻手臂還沒帶感情，只是表示他初步的態度。

「算了，沒事了。」他說得馬虎潦草，眼睛盯著牆上的畫。

是時候為自己所受的委屈哭了。他脾氣過於火爆，更何況有哲人說過，基於愛所做的事，都是可以原諒的。她抽泣得更加厲害。他曾說視她為一隻鳥兒，迷了路的鳥兒，從高處降落在他的面前，現在，那隻柔弱的、脆弱的、可愛的、活潑的鳥兒，受了他粗暴的驚嚇，都快肝膽俱裂了。她拿定主意要哭到他反過來安撫她。她懂得女人的武器是什麼。她要把他澆軟，就像用醋水軟化卡在喉嚨的魚刺——再說，除了哭，她不知怎麼收場，那兩則簡訊還沒解釋清楚，她也不打算問了，經過這一鬧，她寧願永遠堅信他是清白的，正直的，事情會簡單順暢得多。她責怪自己真的愚蠢，破壞了良辰美景——而且，明天他就要回哈爾濱了。

「我知道，你就是仗著我愛你，所以膽大包天。」他很快軟了，說了一句合她心意的話。至於後半句的「膽大包天」，她也無心再在這個詞上做文章了。

他坐下，拉她坐他腿上，恢復他知識分子的儒雅，認真地解釋簡訊問題。

他的解釋不存在是否合理，關鍵仍然在於她是否信任，他是否誠實。實際上，在他做出全面解釋之前，她已經信任他了。

「楚懷王夫人鄭袖妒忌魏美人，對魏美人說，『大王討厭你的鼻子，見大王時宜把鼻子遮掩。』楚懷王見魏美人掩袖而問鄭袖，鄭袖說『她是怕聞大王的臭味。』於是楚懷王下令割掉魏美人的鼻子。旨邑，妒忌是危險的情感，具有絕對破壞性的因素，我不想我們之間毀在它的手裡。」

讓旨邑觸景生情（恨）的東西太多：看不得手挽手逛超市選食品的男女；碰不得手推嬰兒車散步的夫妻；聽不得婚紗攝影廣告……有時候，她連續很多天待在店裡和家裡，不去任何地方，在自己的洞穴裡瑟瑟地抖。她像一隻鼴鼠，小心翼翼地安頓自己，避免外界的危險物擊中，又深感洞穴的潮濕與無聊。一旦走到太陽底下，那些熙熙攘攘的生活令她更為絕望。她形象突兀怪異，縮頭縮腦，她知道每一處的細節，尤其是美麗後面的那個破洞。她穿過那個破洞，再也不想回頭。她用全部生命打量美麗的背面——充滿錯亂、荒唐、愚昧、怪誕以及自欺欺人的把戲。

她夢到他在夢裡對她不好，醒來也會找他算帳；夢到他和別的女人苟且，恨得咬牙切齒。對他的婚姻不時刻薄與嘲諷，弄得他瞞也不行，裝也不行，還得講和，哄她，給她安慰，讓她振作，她不斷地鬧事，只是為了讓他翻來覆去地證明他愛她，讓她相信她比梅卡瑪重要，還要忍受她那些因為嫉妒、痛苦、相思而產生的滿腹怨艾，另要獨自承受不為她所知的一面——他對梅卡瑪（孩子他媽）的不安與負疚。他感到自己有罪，兩頭都要費心費力地對付。和旨邑之間的感情無疑是美好的，與當年與梅卡瑪之間的美好又略有不同。如果說梅卡瑪讓他登上了人生的頂峰，旨邑則讓他體驗了生命的高潮——他從沒想過一輩子能遭遇這樣的激情。

她害怕平淡，如果一段時間什麼也沒發生，感情沒有起伏，沒有磨擦，她就慌了。面對正常滑行的感情，她感到一種漸行漸遠的消褪，彷彿她和他的愛情，就要從紙上淡去，從生活裡消失了。她容不得一切那麼正常：他每日經營他的家庭與婚姻，她就像他日常生活的潤滑劑，讓他的婚姻比以往運轉得更順溜。這多滑稽。曾經有個男人說：「自從我搞了外遇，我的婚姻更加牢固了。」這是一個深刻的悖論。俄國有位大師認為維護家庭體面與德行，娼妓必不可少，而在現代中國社會，沒有情婦，家庭似乎也難以為繼。旨邑不想要一罐潤滑油的價值，她沒有義務去牢固誰的婚姻，她應該是卡在他和梅卡瑪這兩個齒輪間的石子，只有兩種結果，一是他們把她碾碎，二是她死死地卡住，一切停止運轉，直到愛情和婚姻的機器同樣生鏽、被時間腐蝕、脫落——才算終結。

她的浮躁情緒隔一段就發作一次，他說她患有憂鬱症，而她把這歸結於她的生理周期。潛意識裡她害怕適應這種關係，怕它變得正常，而它原本是非常態的。她幾乎是沒事找事。每次發作，她的大腦十分活躍，釀造出絕頂尖酸刻薄的話，利箭般紛紛射向他，隨著那些話語的發射她感到陣陣快意。那時候水荊秋不僅僅是他，他代表的是整個生活，她惡毒的攻擊這個世界來達到攻擊自己的目的，她恨自己天生妾命，攻擊荒唐的婚姻關係，貌合神離，虛偽維繫。她喜歡故意傷他，也善於找岔子，然後再化解，雨過天晴，一切都在她的掌控當中，她誤以為這是加深感情的一種途徑。她要看到他為她痛苦，只有他的痛苦表現出來，她才重新相信他愛她，他忍受著愛情的鞭撻。於是她轉而心疼他，撫慰他，柔情似水，更堅定她永不離開的決心，只有這時，彷彿她對他的愛才有了用武之地。她深深感受到，沒有日常生活的愛情關係著實難以為繼，每時每刻都面臨坍塌的危險，這就是為什麼婚姻的支撐物正是那龐大的日常生活，人一方面憎恨它，一方面依賴它，它是無聊的，同時卻填充他們的生命。因此，旨邑誕生了一句口頭禪：我要日常生活。而在水荊秋看來，日常生活與精神生活是敵對的，甚至前者瓦解後者，他做夢都想逃離日常生活，最終只是越陷越深。

自始至終，推動旨邑往前走的，並非出於她的愛，而是出於她對愛的幻想。

水荊秋已經被弄得很糟糕，從精神世界嚴重轉向於日常情，只要他跟她談閱讀，談人的精神困境，她總能從任何地方繞到他們身上來，哪怕是風馬牛不相及。旨邑就有這個本領，她對自己的愛情發了瘋。水荊秋沒有理由批判她，相反，只能受她感染。我們不知道，推動水荊秋向旨邑深入迷戀的是什麼，這個中年男人，是否同樣出於對愛的幻想。

有一次，水荊秋一整天都沒聽她的電話，也不回簡訊。頭一天晚上，她與他鬧，好些天沒鬧了，她感覺不到他的愛，他哄、解釋、講道理、談難處，盡一切所能撫慰她，直到他真的生氣了，她才停止，並向他道歉，她例假一來就精神緊張，疑神疑鬼，她只是太想他了。他一夜沒睡好。第二天早晨，他與梅卡瑪打了一架。梅卡瑪掰斷了他的眼鏡，他動手打了她。他們鬧得太厲害，驚動了年邁的父母，他們從另一個區趕過來，母親傷心痛哭，父親則當即心臟病發作入院。一切糟糕透了。

水荊秋隔天早上才接聽電話，旨邑已經哭了一整天、一整夜。她以為他生氣不理她了，她不斷地撥他的電話，最後將他的電話從手機裡刪除，刪除之後又後悔，拚命找，翻到他的名片，重新記下來。她發的短信使他收件箱爆滿。她恨他狠心，無情，她對著鏡子悲傷，覺得自己是一隻淋濕了的小鳥，瑟瑟發抖，拒絕所有憐憫。她看見自己兩眼浮腫，眼淚似止不住的血，不斷地從兩個窟窿裡湧出來，她被自己的眼淚吸引、感動，她感到自己是個重情義的女人。

「我們吵架不是因為你，但我知道潛在原因是你。」水荊秋告訴她。

旨邑聽後竟感到無比幸福。但是，這一幸福所隱含的「卑鄙性質」讓她故作惆悵，以沉默的姿態表示，她並不想看到他們吵架。旨邑確實沒有幸災樂禍的心態，她只是作為一個石子卡在齒輪間發生了「作用」，這點「作用」，她直接理解成水荊秋對她的「愛」。她就是那種「非得發生點什麼」才能感覺到愛的。可是「幸福」沒多久，旨邑又面臨新的「不幸」，水荊秋對梅卡瑪的歉疚又像枚針刺進了她的心窩。

「我被掏空了，一點力氣也沒有，我折騰不起，我無事生非，我誰都對不起，旨邑，我不接你電話，因我力竭。你哭，我很難過，我依然愛你，但求你給我一點空間，你把我逼得太緊了。」他病入膏肓似的聲音，讓旨邑又想起他找眼鏡的情景，那次是憤怒，這次是頹喪，現在他仍像一頭嗅覺遲鈍的獵狗，腦袋東湊西湊，慌亂而茫然。他似乎就要化成一灘水，流入陰暗的下水道，使她再也找不著他。於是她的眼淚下來了，他的悲傷和災難來得越重，她覺得自己的愛越偉大，她看重她對於他的精神修復與溫柔撫慰。她期待這一刻到來，她討厭當一個無所事事的戀人，她不再是那隻脆弱可憐的籠中小鳥，而是大海中翱翔的海燕，對著烏黑的天空叫喊：「讓暴風雨來得更猛烈些吧！」

「親愛的，我只是擔心生病或出什麼事了，你心情不好就告訴我，我是你最值得信賴的人。如果不喜歡我了，你說一聲，我任何時候都不會成為你的累贅。我只想要你快樂。你這樣令我心疼。你想我怎麼做，我能怎麼做才能幫到你？」旨邑哭得很響，她其實更想知道他們吵架的具體原因。她一直在想像梅卡瑪，想梅卡瑪掰斷他眼鏡的樣子，梅卡瑪和他撕打的兇相。旨邑不可遏制地恨她——水荊秋不僅僅是梅卡瑪的丈夫，他還是旨邑的情人——她不能容忍梅卡瑪對他指手劃腳，更不能容忍梅卡瑪對他的粗暴與侮辱。她希望他們吵架有一個令她滿意的後果，那就是——水荊秋徹底冷落梅卡瑪，他對她的愛減到零，甚至負數。她不知道梅卡瑪除了給他生了一個兒子，到底還為他做了什麼。他工作壓力那麼大，教學、學校工作、講座、專業研究，家裡冷鍋冷灶，饑一餐飽一餐，衣服洗得泛白穿洞，人也未老先衰，做妻子的梅卡瑪如何能對此視若無睹？又是什麼促使他忍辱負重，牛軛在肩，只知耕耘——僅僅是道德與義務？

「你消停消停，讓我緩一緩，別給我增加太多壓力就好。我需要調整。」

她的話給了他一點生命與力量，他的聲音攀爬起來，說了些溫情的話，然後出門配眼鏡去了。至於他怎麼調整，旨邑想問而未敢問。她喜歡他奄奄一息的聲音，激起她的母性與愛情。她像飽餐了一頓美味似的，通體舒暢。她覺得自己可以很長時間不吃肉（不鬧），這次夠她消化（享用）一陣子了。她比往昔更通情達理，她對他甚至有點慈祥了。

不過，旨邑高估了自己「長時間不吃肉」的可能，她僅平靜地消化（享用）了兩天，第三天晚上，就被一個古怪的念頭折磨得痛苦不堪，白天的幸福時光立刻煙消雲散，這個念頭像隻蒼蠅，不斷在她長滿腐肉的腦海迴旋，鬧得她心煩意亂。看書不行，碟片也看不進，她始終像福爾摩斯一樣，不斷地猜測與推斷他與梅卡瑪之間的細節，他和她現在相處的情景。他們是否和好了？怎麼和好的？他向她道歉，哄她？抱著她努力地哄她？情真意切？終於和她達成和解？她委屈地倒在他懷裡哭（像她那樣）？他吻了她（像婚前那樣），然後把她抱進房間（她雙手緊圈著他的脖子），長髮垂地（也許是短髮），身體嬌弱無力（可以肯定，他很久很久沒抱過她了）。他把她放到床上，像放下一捆鮮花。然後，他埋首鮮花叢中，嗅著它們的芳香。他們緊緊地貼在一起。他躬身剝除了鮮花的所有包裝，露出光潔的枝莖，他梳理花瓣和葉片，把一整捆花攬緊在懷，密實地覆蓋它們。旨邑聽見花被碾壓的聲音，輕細，悠長，起伏，綿延不絕。他喘氣如牛。結實的身板拱起來，塌下去，胸前沾滿鮮花。他抱著鮮花站起來，把它們放在梳妝台上。只看見他的背影，花的投影。肌肉緊繃，骨頭在動，關節在響，鏡子在顫慄。

「千萬不要那樣。」旨邑心痛難忍。她意識到水荊秋現在處境危險，可能失身於梅卡瑪，儘管他說過他不會和她做，夫妻間化解矛盾的常用方式就是溫存，常年不親暱的男女，都是留在關鍵時刻備用，如果梅卡瑪要求，他如何拒絕，就像食物可以塞住話多的人不再廢話。她必須知道他在幹什麼。她手指抖動，打出來又是幾句刻薄的話：

「在幹什麼？還盡興吧？我有什麼辦法，那是合情合理合法的程序。千萬別用嘴，否則我會很憤怒。」

旨邑被自己想像的東西擊暈了，絲毫沒考慮會造成什麼後果。她甚至得意於自己的新理論：用嘴比用身體更能表達感情，一個人不愛對方，絕對不會用嘴；同理，使用身體做那事，可以發生在不相愛的人之間。

水荊秋沒有回覆，手機關機。第二天，他像她查看了他手機那次一樣，大為光火，指責她是「福爾摩斯」與「中央情報局」，他討厭她關心他的生活（床笫之事），討厭她陷入那樣低級無聊的糾纏當中。

旨邑被斥得啞口無言。

對於原碧來說，買衣服是件麻煩事。首先，正如她對待戀愛的態度，她對衣服的價位限定在兩百塊錢以內，超出堅決不買，即便是非常喜歡，頂多猶豫徘徊三圈，毅然放棄，多一眼都不看原碧，這麼做不完全是經濟問題。說實話，收入比原碧低的女人很多，但都要比她穿得光鮮。其次，她拒絕鮮豔、時尚，不穿裙子，不露腿。原碧勤儉樸素的美德把她坑得很慘，她的審美趣味及打扮，使她過早地流露中年婦女的特徵。原碧這麼做，我們的理解是她對自己的未來缺乏信心，她總是覺得自己難以結婚，沒有愛情不嫁，況且男人多情，世道淫亂，優秀男人都成了別人的丈夫，並接二連三地外遇。在這樣的情況下，一個穿著漂亮的女人如果她不去引誘已婚男人，意義何在？原碧幾乎是喪失了打扮的興趣與本能，她對這一結果深感欣慰，全心撲在教育事業上，同時堅持做另一件事——給自己的未來存錢，保障老年生活——錢是最可靠的東西。

儘管一切都打點妥當，原碧還是覺得，一個人的夜晚還是有點漫長。

要想像原碧的感情有點難度，想像原碧與男人做那事總是滑稽的。在我們的印象中，螢幕上的愛情或者親密行為通常由出眾的男女共同完成，我們的想像力基本上被電影設定了。其實，原碧在二十三四歲的時候，耐看：臉沒現在這般圓，單眼皮眼睛更為黑亮，頭髮很長，腰挺細。我們沒機會見識原碧裸體的樣子，但能想像。她也不游泳，她總是衣著整齊。

旨邑偶然見過原碧的腳。那年夏天她們買鞋，她著實吃了一驚，她私下認定，那是她身體最好看的部分，是她見過的最美麗的東西。那雙完美的小腳，令她想起李漁的猥褻句子，「與之同榻者，撫及金蓮，令人不忍釋手，覺倚翠偎紅之樂，未有過於此者」，暗底裡對原碧有所警惕，視之為潛在的危險情敵。

可惜，腳不像手那麼公開化，不能參與社交禮儀，如果大家見面不握手，而是比腳，相信原碧的愛情概率將急劇上升。我們不知道原碧怎麼看待自己的腳，她似乎從不喜歡自己，或許這是原碧的痛苦根源。但是，原碧從不抱怨自己的身體，有時候讓人覺得她無比清高，甚至驕傲。原碧極少談內心世界，卻樂於幫助別人，吃飯買單也不吝嗇。

因為原碧的腳，有個男人邀請她一起遊歷西部。原碧說她更喜歡待在家裡，把人堵得沒趣。她就是這樣，原碧拒絕一切由腳開始的暗示。她希望某個人愛她，因她的腳而更愛她。二十五歲時，原碧曾和有婦之夫相處。這位有婦之夫漫不經心地脫光了她的衣物，像胃口不好地對付一只橙子，幾乎是大驚失色——原碧普通的臉蛋下，竟長著不一般的軀體，乳房圓潤豐韌，大小適度，最是那小巧精緻的腳——他對她刮目相看，對一雙小腳由衷迷戀，胃口出奇地好起來。他攬它們在懷，又舔又啃，把五根腳趾頭放進嘴裡，一一吮遍。原碧先是驚嚇地想縮回自己的腳，繼而感動，對他平添了幾分愛意。她迷上了他這一行為——他吸吮她的腳趾頭，太刺激。他稱她是個奇蹟。他說話時盯著她的腳，他的吻也全部印在她的腳上。

對原碧來說，是她的腳敗壞了愛情。它使男人忽略了她的存在，她痛恨成為腳的附屬品，穿上鞋永遠離開了這個男人。

「悲觀主義比樂觀主義更高尚，因為它對惡、對罪、對痛苦更敏感，生活的深度就與這些東西相關。」旨邑讀水荊秋寄來的書，她仍為他那天的態度惱火，他們已經超過三天沒有任何聯繫。書本的內容正在詮釋她此刻的心情——大概這就是生活，有深度的生活。她環顧四周，她的不安與苦惱像一隻飛蛾，從一件件物品上擦過，它們的光潔是理智的，比生活更沉默。愛即苦惱。一旦不被滿足，它便折磨你，苦惱你。愛得到滿足時，則使人再生。愛即是再生。她一千次想過給他打電話，用一萬次地否定壓住了這個念頭。她想那樣的溫暖，想起他曾經說過的一句話：「都成什麼關係了？」是啊，她和他成什麼關係了？他們現在是什麼關係？為什麼高原上出現的是水荊秋，而不是另外一個男人，另外一個單身漢，她永不可能經歷嫉妒、焦慮、冷戰，以及魂牽夢繞的折磨。如果她不去那鬼地方，不經歷那次車禍，高原上出現誰，和她有什麼關係？她仇恨現在的痛苦，寧願死掉。他一個電話就可以化解一切，他偏不打，這痛苦是他強加給她的，她仇恨他——他過去的一切變得那麼虛假。

「思春了，冬天到了，春天不會遠了。」謝不周挑簾進來，穿著橙色夾克衫套發白牛仔褲，牛仔褲恰到好處，凸顯出性感的部位。簾珠子嘩啦，像什麼砸碎了，散了一地，聲響零碎不絕。他每次進來總顯得漫不經心。

「你這種人，鈔票當被子蓋，哪裡知道冬天。」旨邑心裡一熱，他來得總是適時。

「嫉妒吧，老夫的肉體最暖和。其實老夫也沒幾個錢，都給前妻們辦出國培訓班了。」他並不忌諱說起前妻們，「當然，再多培訓一個你，不成問題。」

「你算個男人，就算是有一個連的前妻也不是壞種。看來，你不但騙女人在行，還會騙廣大群眾嘛。像玉景新城那樣的平庸樓盤，你也能說什麼『我們賣的不是樓盤，我們銷售的是健康』，還有『購買左岸蘭桂坊，我們送你湘江』，簡直是創意新穎，膽大包天。」

「小菜一碟，小菜一碟。宋人曹商替宋王出使秦國，討好了秦王，得車一百輛，回來後就向莊子誇耀。莊子冷冷地說：『秦王有病，登廣告招聘醫生，說有能力為他擠瘡疤的，賞車子一輛，有能力為他舔痔瘡的，賞五輛車子。』莊子認為所做的事情越是下賤，得到的賞賜越多，這就是曹商得到那麼多賞賜的原因。咱們房地產策劃，不是向『下』舔，而是舔人心窩——老夫知道生活是什麼，人們需要什麼——特JB簡單。如果你常對顧客說，『買的是贗品，送的是真情』，旨邑，你的成交率至少能提高到百分之九十。」

「你沒莊子智慧，莊子沒你聰明。所以你不是哲學家，莊子也沒做地產策劃。我現在關門，氣悶，帶我玩一圈去。」

「等會，老夫稍微看看，記得有個玉豬，現在何處？」

「在你左側，中間那排。又有新歡？」

「看看，操，居然沒人買。多牛逼啊，肥首大耳，吻部前伸上翹，憨態可掬。你不屬豬吧？」

「謝不周，你罵我。」

「誇這只小玉豬。」

「喜歡就拿去，送你。至於你給誰，不追究。」

「老夫能付費嗎？」

「不能。你執意要付的話，就遵照紅山文化時期的玉豬價格，少說也是四五十萬人民幣吧。」

「真JB婦人心。收下了。走，哥哥帶你玩去。」

彷如春天爛漫，謝不周只穿乾淨明亮的色彩。「雪鐵龍」也是棗紅色的。漫無目的，竟一路開到了黃花機場。而這時，旨邑想起不久前，水荊秋曾降落這裡，從這裡直抵她的老巢。她幾乎是勉強地和他做那事，幾小時後，才從他的油性頭髮中聞到了幸福的芬芳。再以後，如膠似漆，每天的簡訊字數超過一千字。現在，天氣很好，和一個色彩鮮豔的男人在一起，也不能忘記他，他就像遠處的一團烏雲，從未放棄覬覦，並時時向這晴朗的天空滾壓過來。但她很快擺脫了這片烏雲，風帶來一陣清爽。

他們兩人坐在路邊，面向廣袤，大聲談笑。旨邑說他車裡乾淨得離譜，感覺留下指紋都是罪過，問他是不是有潔癖。她早就想這麼問了，他乾淨得讓人覺得接近他的身體都是一種破壞。謝不周回答是有潔癖，並且是受一個惡毒的女人的影響或者遺傳。他咬牙切齒地說起他母親，說她是該死的母親，是天下最JB惡毒的女人，是個爛貨，很多年前瘋掉了，住進精神病院，她早該死掉，她就是不死。他咒罵，臉部表情痛苦不堪。

旨邑第一次聽人這樣狠毒地攻擊自己的母親，他的仇恨令她瞠目結舌。她想到自己那小鎮裡的母親，一輩子沒有自己的朋友，一輩子只有自己的子女和家庭，一輩子沒有一本存摺，沒收到過一封信，沒有過一次外遇，對他人沒有過一次傷害……她怒了，比他更憤怒，她站起來，退出幾步，大喊：

「謝不周，你怎麼能這樣咒自己的母親，就算她有錯，你也是她的兒子，更何況她已經瘋了。你怎麼這樣狼心狗肺，鐵石心腸！」

她覺得他的狹隘不可理喻，他白活了三十八歲，連寬容、憐憫之情都沒有。他罵母親的樣子很難看，她對他已有的好感蕩然無存。她似乎和他正在一條船上，而她扭頭就將跳進海裡。所以他也立刻站起來，抓住了她的手臂阻止她跳，她受到侵犯似的甩開他。她氣得哭起來，他沒提到他母親前，她早就想哭了——現在，她找到了哭的機會，但她的眼淚和生氣是分開的。她生氣謝不周的為人，眼淚卻為水荊秋而流。兩種不快樂情緒絞合到一起，像一對苟且的男女一樣，爆發出虛偽的激情。這種虛偽的激情矇騙了當事人，他們兩人都覺得此事非同小可。

他們站在路邊。一個像傾斜的路牌，頹喪，一個像風中的旗竿，義憤填膺。他想向她道歉。令他為難的是，第一，她是代表她的母親生氣，而他並不覺得咒罵那個瘋女人有什麼錯，他沒法向她道歉，他根本沒罵夠。第二，如果他僅僅是為惹她生氣道歉，肯定毫無意義。因此，他歪在那裡進退兩難。她很快冷靜下來，為自己剛才的表演感到吃驚，就她對他的感情而言，毫無必要表現到這個程度。然後，她看見他一隻手按住自己的頭部，邊揉邊緩緩地蹲了下去。

「快，車門裡有藥，找給我。還有水，一起拿來。」他像胃痙攣似的。她慌忙進車裡找藥，翻來翻去只有一盒感冒通。他吃的時候，她提醒他這是感冒藥，他說沒錯。她問哪兒疼，他說頭疼。她見他感冒這麼嚴重，要他回去看醫生，不能自己亂吃藥。他說他沒有感冒。她說你有病，沒感冒吃感冒藥。

「老夫每天必吃，今天忘了。頭疼後再吃，效果差一點。試過很多種藥，就這個感冒通管用，還得是廣州廠生產的。」他頭暈眼花似的站起來，臉色蒼白：「沒有它，老夫真JB活不下去。」他幾乎是很深情了，好像感冒通是某個女人，看上去脆弱不堪。他仍說「JB」，聽起來嚴肅莊重，與以往截然不同。她就是從這一刻起，徹底接受了他的習慣用語，並且喜歡他用這個詞。她明白，他是在依賴一種叫感冒通的藥，來治並非感冒的頭疼。他也不知道長期服用的具體後果，但他現在需要它——依然像談及某個女人某次愛情。她漸漸地感動，心裡誕生出一團柔和東西——因為這個男人向她暴露了最真實與虛弱的一面。

「史今的作用和感冒通一樣，就是我的同居女友。我入睡前必須有雙手按摩頭部，輕輕撫摸我的面部。她才像我的親媽，直到我睡著了，她才會歇下來。我不相信，會有第二個女人像她那樣。我真正的親媽是個婊子。她極其漂亮，也極為淫蕩。她生下我從不管我的死活，沒餵過我一口奶，常常深夜不歸，和別的男人鬼混。我的父親工作忙得要命，管不了她，她反而會歇斯底里。我一歲多就跟著我奶奶。這個淫蕩的女人，後來乾脆跟別的男人跑了。她真的是個賤貨。沒多久又回來了，還是像以前一樣，浪蕩。我上小學的時候，她瘋了，進了精神病院。病情時好時壞。我真是不願意看到她，我們之間沒有絲毫感情。我從小學到中學，都極度自卑，怕同學知道自己有一個精神不正常的娘。我每次回去給她送錢送東西，她並不認識我。她早該死了。」

「我不覺得你那位有多麼了不起。愛一個男人，按頭撫臉哄他入睡，比買菜做飯打掃輕鬆多了。再說現在你還沒娶她，你們的關係還沒得到法律保障，她無怨無悔多給你按兩下子，完全可以理解。這就算母愛嗎？一個母親要付出的太多了。別恨你親媽了，憐憫她吧。虎毒不食子，就當她是中了魔。」旨邑反感史今，又故意問道：「你住她那兒，還是她住你這兒？」

旨邑知道，謝不周給史今買了房——關係好歹，都可算作一種補償。

在回去的路上，謝不周大談久遠的嫖妓生涯，不過已經收手多年了，收手後他的興趣由浪蕩小姐轉向良家婦女——原來將後者放倒在床遠比前者刺激。曾經有個年輕的良家婦女在高潮時激動得淚眼婆娑——她的丈夫從沒給過她這樣的幸福。他甚至模仿耶穌的聲音，他要像耶穌那樣，把自己的愛毫無保留地奉獻給世人。旨邑嘲笑他恬不知恥，和他母親一樣淫蕩，問他是否也把自己的這種放蕩歸根於他的母親。他毫不否認，他和他的母親一樣，天生的淫蕩胚子。

「你應該和她結婚，人家把最美好的年華都給了你。時間拖得越久，你和她分開的可能性越小。」旨邑自己都感覺不到她說這話的誠心。

「結個JB，老夫可不想財產又損失一半。」他笑答，半真半假。

人們都在尋找幸福。旨邑與水荊秋冷戰期間，想得最多的是肉體問題。沒有付出肉體的感情，或許是不夠深刻，沒有肉慾記憶的感情，比任何事情都淡漠得更快，初戀除外。旨邑覺得她並非非愛不可，更沒有必要去承受有婦之夫帶來的情感折磨，甚至假設是和謝不周，也會比與水荊秋要愉快得多。

她在店裡，靜望櫥窗外的一切，心裡的絞痛竟慢慢地散了，彷彿一隻手鬆開，隱約留下被攥的痕跡。她憂鬱地看著自己的感情，就如憐憫曾經心愛如今死去的小動物。她回想起他們一起共度的時刻，幾乎全是床上的光景，她簡直要把這歸結為一場簡單的肉體遭遇了。現在，不失為結局的一種，也是最終的結局——或早或晚，她都得面臨這一刻——只是一切似乎來得太早，她尚在夢中。

假設一覺醒來，就是耄耋之年——她期盼如此。當意識到不過是冷戰第三天時，她重新感到絕望——她沒法過完這一天，這一輩子。如果今天水荊秋不打電話，她打算明天出門遠行。她不能這樣忍受下去。但是經驗告訴她，出門走到哪裡都一樣，她不可能擺脫眼前的痛苦，除非她死掉。她感覺自己在腐爛。她的心就是一片桑葉，一條蠶蟲正不厭其煩地來回啃噬，發出沙沙沙的聲音。

可惡的距離。即便他打了電話，他們和好如初，也不能像他和梅卡瑪那樣，可以抱在一起，倒在自己的床上。她不能哭著將他又捶又打，又親又吻——她甚至連他的樣子也記不清楚，每次想起他，就像一幅素描，打頭總是那副大框眼鏡，眼鏡又常常反光，看不清他的眼神。除此之外，就是他發黃的牙齒。記憶最深的是他的溫存，她對肉體的感覺更敏感，她對他的愛藏在裡頭，並以此體現——他也同樣如此。

如果他果真忘了她，能忘了她，證明他根本不在乎她，她主動給他電話，何異於自取其辱。如果他忘不了她，時刻都惦記著她，像她一樣飽受著這種冷酷的折磨——他活該，她情願這種時間拖得更長一點——她要看著他像一棵失水的樹一樣枯葉飄零，在他奄奄一息時，她才給他水，給他陽光，他方能深切感受她的重要。

但是，過一會，一想到他在痛苦，她又疼他了。她疼他時，覺得自己仍然愛他。史今每晚給謝不周按摩頭部，那算不了什麼。她願意給水荊秋買菜做飯，照顧他，不讓他吃速凍食品，不准他饑一頓飽一頓。她願意付出一生，給他幸福。她愛上有婦之夫，不容易，他比她更難。如果她的愛只能給他煩躁、痛苦，這個愛又有什麼意義。於是，她停滯的對於愛的幻想又活躍起來——假如不是險些被埋進高原裡的泥石流，她根本不懂得珍惜生命和愛——她覺得她應該立刻給他電話，告訴他，她愛他，她將平靜地接受梅卡瑪，接受現實，不再無理取鬧。

她正準備打這個電話，腦海裡忽地蹦出昨天晚上的夢。她夢見他們一起到了一個地方，他立刻撇下她去和別的人玩。她終於透過過窗戶看見了他。一桌人，談笑風生，他與其中一個女人面對面聊天。他上身前傾，努力靠近她，姿勢優雅，他沒戴眼鏡，眼睛比平時大，尤其是注視那個女人時，眼裡的那種柔和與饒有興致的神采使她發抖與噁心，她從來沒見過他有那種眼神，曖昧、挑逗、醉意迷濛。她立刻被氣醒了，醒來還想著當時應該搧他一耳光。而現在，這個夢阻止了她對於愛的幻想，她放棄了打電話的想法，她心裡燒著一團憤怒和惡狠狠的嫉妒，措手無策。

看到自己被如此折磨的處境，她忍不住流下同情的淚。

她又想他在溫馨三口之家裡，若無其事地走動、抽菸、看書、陪兒子玩、和梅卡瑪說話，享受雨過天晴的嫵媚，一個道貌岸然的知識分子，隱藏著內心的虛偽，用欺瞞與謊言，編織一種幸福的景象，他應該獲得讚賞、傾慕，還是鄙視、憐憫，抑或她的疼愛——這一切結果，取決於他對她的愛，是否真實深刻。

「水荊秋，你到底是個什麼東西！」她突然低喊了一句，把門口進來的人嚇了一跳，她呢，也被嚇一跳——因為她看見一大捆紅玫瑰，就像一個巨大的武器（暗器），快速地游過來，馬上就要擊中她。

她很快知道這是水荊秋在網上訂購的鮮花。當她打開夾在鮮花中的留言紙片，剎那間身體霎時失去知覺，只覺得心在融化，幸福的、酸楚的、甜美的、內疚的滋味向四處流散，她看上去更像一個悲慟斷腸的人，身軀微躬，一隻手撐著櫃檯，痛苦地閉上眼，眼淚嘩嘩地流淌：

我的孩子：

別生氣了。是現實太強大，我們都無法躲避。我強忍著不和你聯繫（其實我無時不在想念你），我強烈自責，我拿什麼去愛你，我的孩子。我真的沒有資格說愛你。可我又深深感受到我們的愛情，我永遠珍惜這份情感不使它墜落下來。我理解你的憤怒，你的傷心，我也深知我的無能。但是只有我自己了解我對你的，既是塵世的，又是超塵世的情感。每天晚上我都遙祝你晚安。無論你怎麼諷刺我，我，我心裡始終惦念著你，愛著你。我不知如何才能讓你快樂。

你的荊秋

「荊秋，我也愛你！」她心裡喊了一句，對於愛的幻想又重新活躍起來。

說到底，我們關注的旨邑有著一副良好的腸胃，無論是對痛苦，還是幸福，都消化得很快。她醉心於波折，以及對愛的痛感，尤其是水荊秋掏心掏肺的語言，就像一道清涼的甜點，或者水果沙拉，在杯盞狼藉與油膩膻腥之後端上桌來，能覆蓋（統治）一切滋味。她很快忘記了所受的折磨，和好時剎那間巨大的幸福也很快淡去。日子喀嚓一下扳過來，進入另一條軌道，後面的風景很快籠罩在灰色之中。

平白無味時，嚼一嚼謝不周，會獲得一種踏實或者小小的興奮。她覺得他是一個候補隊員，除了坐在候補席上看球賽，在場邊走動以外，最大的夢想就是等候上場。她是教練，她決定是否讓他上場，以及上場的時間。看他在一邊躍躍欲試，活動筋骨，生龍活虎的樣子，她很是欣慰。她感到他是塊好料，絕對不會讓她失望，尤其是知道他隱祕的頭疼病以後，她對他的了解更進一步。他講粗口，談淫史，陳述婚變，描述他最墮落的生活，他並不會為了上場，而虛張聲勢，遮蔽缺點，他是個真實的候補隊員。她相信，在他還沒踢上一次主力之前，他不會轉去別的俱樂部球隊發展。

「倘若我有信仰，我絕不會對荊秋不忠。」她對自己說，「就算謝不周對我鄭重示愛，我也能（要）拒絕。」

這就是對愛的幻想也會產生「可能」——它使她獲得某種力量。

有天晚上旨邑請客，她與謝不周打賭，輸了。

事情要追溯到某個周五。晚上八點多，謝不周突然打來電話，說湖南衛視「超級女聲總決選」現場直播，他們正在下賭買馬。旨邑知道「超級女聲」，全國人民都愛看，身邊的朋友也在追，原碧是鐵杆超女迷，連謝不周這樣的人也湊上了，不可思議。旨邑邊看邊給水荊秋發短信聊天，水荊秋說那是庸眾文化，了解一下就行，不必多浪費時間。旨邑也覺得不過是一檔了普通娛樂節目，並非三頭六臂。她聽三位選手各唱了兩首，關了電視，下了張靚穎的注，謝不周則買李宇春贏，說好輸者請吃口味蝦。過一會兒，旨邑又開始琢磨誰獲第一的問題，打電話問原碧，原碧說她喜歡李宇春，人氣旺，百分之百會得最高票數。

地點定在湘江邊上的「楊眼鏡口味蝦蟹館」。旨邑叫上原碧，有她的想法。一來減少與謝不周單獨相處的機會，她不想有不忠的感覺；二是這餐飯因「超級女聲」而起，原碧在場氣氛更隨便。旨邑感覺到，自從上次謝不周說出母親的事，她和他的關係就到了一個緊張的邊緣；三是原碧讓她放心，她絕對吸引不了謝不周，而謝不周也不是原碧喜歡的類型。假設是一場兩人球賽，原碧不過是中間的球而已。

那天晚上原碧身穿咖啡色高領毛衣配黑色西褲，挎包黑色方正，似已婚的良家少婦，因為超級女聲，與謝不周相談甚歡，看上去頗合謝不周口味，旨邑心裡有些不爽。原碧與謝不周都預測李宇春得第一，他倆的共識又使她略有不快。謝不周大談他對超級女聲的看法。旨邑回味水荊秋的鮮花與留言，心裡的愛情使她安慰，幾乎是驕傲地開起了小差：她收到鮮花，毫不猶豫地給水荊秋打電話，又哭又笑。他剛帶孩子學完小提琴，正準備去公園，對她溫情撫慰，而他的孩子問他和誰通話，他不得不停止纏綿。

對孩子的嫉妒突然浮上來——旨邑立刻發現她多了一個敵人，一個同梅卡瑪一樣，看不見摸不著的敵人。她不可救藥地將孩子等同於做那事。想像的重點停留在他使梅卡瑪懷孕的那個晚上，排除其他的N多個夜晚同樣使旨邑感到嫉妒難忍，如何「做」成一個孩子，他們一定有周密的布署。他們早已熟知如何造人。旨邑無法控制想像他們的情景，她覺得太荒謬，他以同樣的姿勢在另一個女人身上汗流浹背。她感到心裡頭那條蠶蟲又在噬咬，她對突然闖入她生活的女人和孩子感到厭惡，還有屈辱，有一刻，她甚至清醒地覺得自己並不愛水荊秋，她只想以他的優秀讓自己發出光芒，而現在她什麼也不想要了，恨不得立刻將他們全部清除。

原碧和謝不周發生了快樂的爭執，他們好像是老朋友了。

旨邑不知道什麼是愛，當她想到愛就是與梅卡瑪一決高低時，幾乎是鬥志昂揚。她一個接一個飛快地幹掉口味蝦，因為心緒的全部轉移，她失去味覺。她咀嚼，像頭思考的牛。想到與梅卡瑪的較量，她有種一敗塗地的預感。

沒錯，旨邑的確曾經瓦解過一個家庭，不過真實的情況是，那個家庭內部已有明顯的分裂，她僅僅是作為外部的力量加速了瓦解，並且他們都在長沙。即便如此，她仍是受盡折磨，身心俱憊。現在，如果要給遠在哈爾濱的某個家庭造成作用力，好比在月球上拳擊對方，她感到自己體輕如毛。更何況水荊秋高築圍牆，不過是將她「珍惜」，至於如何理解這個詞，本身就是一個生活的謎。或許，愛只是一個華麗的詞藻，一個撲朔迷離的隱喻，一個扛不起來的沙包，一種空洞的兩廂情願，或者一堆敗絮。

她要自由的愛情，她討厭「愛著就獲得了自由」的說法。不自由、不公平的現實總像一個缺憾，填補她愛情的傷口。

「原碧，有沒有想過生孩子？」

旨邑的問話把原碧嚇了一跳，後者想得更多是談一場戀愛，而不是生一個孩子。不談戀愛意味著婚姻無望，不結婚，孩子便沒來由。

「私生子不是不可能。」謝不周對原碧說，彷彿是勸導。這個觀點與旨邑一致，她感到他比那個先前大談超級女聲的男人可愛多了。她問他有幾個孩子，他說他沒孩子。她說幸好沒有，他不像個當爹的人。他的酒量跟他的豪言爽語成反比，兩杯啤酒就使他面泛桃花，是那種女人嫉妒的膚色。原碧自嘲這種膚質長男人身上簡直是浪費，換給她，長沙肯定多一個美女，男人們多了一份悸動。謝不周戲言他這身皮膚全靠女人滋養，原碧要想皮膚好，也得長期取陽滋陰，陰陽交合的學問太大了。他指出原碧缺少性生活，說美女基本上是「睡」出來的。弄得原碧頗為羞澀，她從不在桌面上談性生活之類的話，顯出良家婦女的矜持。

中餐館從來是殺氣騰騰的景況。每個人都是職業殺手，表情興奮固執：將一隻蝦擰斷脖頸，掰斷牠的腿，咬碎牠的鉗子，用牙籤剔出肉絲塞進牙縫，咬牙切齒，用堅硬的指甲，對抗牠頑強的殼，剝開牠，挖出白嫩的肉體，蘸上暗紅的調料，一口吞下去。如此反覆。餐桌好比一個斷頭台，堆滿蝦的頭顱與殘肢斷腿。

夜晚的車流斷頭的蝦魂似的遊躥。某個行人像隻活蝦，蹦上人行道，頭部碩大無比，行走如魚得水。緊密的情侶，悠閒踱步，女人挽著男人的胳膊，抽菸的男人自己知道，他心裡頭想著誰。在這樣的夜晚，會有多少張床上，丈夫聽著妻子的呼吸，為另一個女人輾轉反側。如果思念能產生看得見的電波，夜晚也將如同白晝。被人津津樂道的幸福，恰恰是某人的痛處。眼前的祥和景象不是真實的生活。

「我愛水荊秋，請賜我一個我與他的孩子。」旨邑閉上眼，攥住自己佩戴的玉觀音，對自己說。她感到手心發熱，心為之一顫，彷彿車剛啟動，並且有束強光投射進來，她的靈魂有片刻走失。

旨邑一覺醒來，近乎瘋狂地湧現出對孩子的熱愛，就好像昨晚上有人在心裡種下了種子，今天突然發了芽。就這樣，被嫉妒以及種種微妙思緒折磨得痛苦不堪的旨邑，在短暫得令人難以置信的時間內，發生了翻天覆地的變化。想生個孩子的念頭占據了她的心，她時而幸福，時而焦慮。她這才開始回想，有些同學的孩子都上幼稚園了，當孩子一天天長大，自己一年年老去又有什麼可懼怕的呢。一個女人不生孩子，就像顆永不會萌芽的種子，不能用生命的影子覆蓋土地，她的腐爛有什麼可紀念的。詩人說，鳥兒不能避免白天，沒有一個人能避免自己，避免黑暗。女人，不能避免子宮。旨邑從來沒想過這件事。這到底是緣於母性的甦醒，愛情的召喚，還是梅卡瑪的挑釁，我們無法知道，不過可以肯定的是，她受了刺激。在她和水荊秋之間，唯一能讓她和他永遠聯繫在一起的，只有孩子，愛跟幸福一樣，是個空洞的詞，它時而出現，時而消失，而一個體內淌著兩個人共同血液的生命，是真實的，具體的，可以觸摸，可以看見的。他不僅是個活物，一個紀念品，一個道具，還是一個戰爭武器。兒子將是她最親的人。她想要一個兒子，一個小眼睛大耳朵的兒子。小時候愛打架脾氣牛嫉惡如仇，長大後讀萬卷書對女人體貼入微的兒子。她在店裡笑迷迷的，見到孩子逗孩子，賣價爽快。她在孩子堆中找她心目中的兒子，想她和水荊秋的兒子——小知識分子的模樣，結果她覺得會比所有孩子都要出色。於是，像打了一針鎮定劑，她體內所有嫉妒的、不平衡的、雜亂的古怪思緒全平息了，她像個真正的母親驕傲起來。

女人有時就是瘋子。一旦被某種情緒控制住，哪怕她是笨重的石磨，也會被驢子拉得飛快地旋轉。

水荊秋再度來長沙的時候，距離旨邑的經期還差三天。這對水荊秋來說是件快事，意味著他可以毫無顧忌，愛怎麼來就怎麼來。而旨邑則蒙著淡淡的失落，但很快被他到來的喜悅掩蓋了。他從瑞典回來，先在長沙陪她兩天，然後回家。她覺得他越發迷人。很奇怪之前她沒發現，他其實長得挺周正，整個人看起來非常舒服，穿棕色中長皮衣，黑休閒褲，棕色皮鞋，有型有款。她重新對他一見鍾情。他把她抱緊的瞬間，她覺得一切都不重要了。

兩滴水碰到一起，融於一滴，在風荷中滾蕩，變幻出危險的姿勢。多次溜滾到荷葉邊緣，又滾回去。尖叫低吟，驚心動魄。荷葉不堪重負，幾乎要浪打船翻。風停後，水滴在荷葉中心沉靜，良久，緩緩分成兩滴。他先起來，她隨後。空亂一床。

她洗完澡後穿上新買的睡衣。黑色，吊帶低胸，衣長至腳踝，有簡單灰色繡花，鎖骨突出，手臂細長，像隻正要爬行的螳螂。她說特意為取悅他買的。他說好看，她什麼也不穿更好看。她說不對，應該是穿什麼都好看。她戴著他送的小東西。她不太喜歡白金飾物，他來她才戴上。她喜歡玉。她撒嬌說自己有一種衣服，恐怕這輩子都沒機會穿了。說這話之前她根本沒想過這事，說完真的黯然神傷。他說想穿就穿，沒有什麼不能穿的，穿出自己的特點就好。他的大框眼鏡很嚴肅，嚴肅地說出一個真理。她說婚紗怎麼能想穿就穿，一個人穿婚紗是什麼意思呢。

他頓了一下，嘆口氣，說道，一定能穿上，你還年輕得很。他鼓勵的話說得不好，主要是方向不對，她不高興了，說心在他身上，如何能夠和別人穿婚紗。他說早十年相遇就好了。她說這話有人也對她說過，她理解他的難處，她很想要一個和他的孩子，小眼睛長耳朵大智若愚，她不後悔和他，唯一的遺憾就是沒有孩子。

他又頓了一下，說：「對不起，也許我不該這麼自私，我希望你穿婚紗，希望你有孩子，我不想看到你苦。」她說她不苦，她很幸福，她在想像中已經無數次看見了他和她的孩子，也許過一段，她就不這麼想了。但現在她瘋了似的，看見孩子就想抱。

有一次到超市，一個兩歲左右的陌生孩子朝她笑，她感動得鼻子發酸，眼圈都紅了。她羨慕那抱孩子的女人。孩子蓮藕般的手臂，小手摸她的臉。在她懷裡，仰頭用純淨的黑眼睛看她，朝她笑，依著她。那個幸福的女人。

一個無關緊要的電話結束了關於孩子的談話。

原碧問旨邑要不要逛街，她想買內衣。旨邑調侃她，原碧問什麼意思。旨邑說女人買內衣，一個重要的訊息就是，她有取悅的對象了。她知道原碧善待自己的身體，胸罩比外衣貴，內褲比長褲貴，鞋子也很講究。原碧反問她是否勤更內衣，同時也頻換男人。兩人插科打諢完後，旨邑又愁眉苦臉了。她說討厭一張床。討厭裸體。要穿著漂漂亮亮，帶水荊秋認識所有的朋友。水荊秋拍著哄著她，只是嘆息。見他這樣，她又心疼，想起高原上那麼樣的溫暖，她對他的回報不應該是讓他陷入尷尬。現在看來，促使他們相戀的，是他們共同的痛苦，而不是他們的狂歡。他們被茫然往前推動，前面仍是茫然，一種濃雲鎖霧，不得天開的壓抑。她為他的痛苦而難過，儘管她不確信他有多痛苦，他對於情人的認識應於她之前就完成了。他的痛苦，往往是在她提出某些問題才表現出來——這就是所謂的，她開心，他便開心，她愁苦，他也不快樂——也許他從沒想過要和她產生結果，也從來沒有為不能和她產生結果而難過。他痛苦表情的涵義，只是因為無法解決當下的問題，而非其他。而所有的女人（包括旨邑），都習慣把那種表情理解成他為愛痛苦。這樣理解所帶來的自我滿足和重要價值感讓女人誕生新的幸福，於是她們忘了她們原本的痛苦，掉進這個陷阱當中，繼續愛或更加愛。

旨邑給水荊秋泡一杯鐵觀音。他喝茶。她跪坐地板上，把頭埋在他兩腿間。聞到他的體味。他把手從她後背插進去，繞到前面，攥住她。一隻藝人的手，一團發酵的麵粉（發酵：複雜的有機物在微生物作用下分解）。搓揉絞纏難解難分。麵粉從指縫裡溢出來。退回去。再膨出來。手使勁。靈巧的手，手工藝人的手。麵團越發柔韌，愈加膨大。沸水翻滾，像牡丹花。一隻手從另一側插進去。揪起麵團，狠勁搓壓下去，以同樣的方式，反覆。

他摘下眼鏡。箭在弦上。他把她拉起來，頭埋進她的胸口。

「你，不值得為我受苦。」他抬頭對胸口說，彷彿為剛才對她們的蹂躪表示歉意。

「我愛你，一點都不苦。不許你拋下我。」她認為在這個關節眼上，他渴望推波助瀾的話。她是覺得苦，但常常是站在旁人的角度來發現這種苦，正如幸福在旁人眼裡一樣。她知道，當她回頭，回首一生，她的愛情生活終究是苦的。她不面對自己，只是跳得遠遠的看著自己。

「我不會拋下你，旨邑，你知道我在乎你，我為不能給你所要的一切難過。」兩點大淚滾出他的小眼睛，他看起來沮喪極了。

他的眼淚比黃金耀眼，比鑽石明亮，他比大海憂傷的眼淚讓旨邑慌亂了，她更為慌亂地說：「荊秋，我什麼也不要，我什麼都不要，不要婚紗，不要孩子。只要你愛我，記著我。」她說完哭了。

他也流了更多的眼淚。

這一幕的重要性，在後來的時光中，幾乎勝過高原上的剎那溫暖。旨邑相信黃金的耀眼，鑽石的明亮可能是假的，但是水荊秋的眼淚千真萬確。

旨邑哭著，突然感覺不知為何而哭，於是說道：「為什麼要哭？好端端的。」

他點點頭表示贊同。他們又黏在一塊。

「為什麼肉貼肉會這麼舒服？」完後她問他。

他答不出來。她和他一起笑了。她又想起什麼，打開抽屜，取出一個錦繡紅包給他，裡面是玉串飾（手鏈）。

「你看整個串飾潔白光潤，製作也滿精緻的，好看嗎？」

「不錯。鼓形珠、彈頭形管、琮形管串一塊了。」

「這是一九八七年江蘇新沂花廳16號墓出土的——當然不是真貨，真貨在博物館。送給梅卡瑪，說你買的。」

「我的小心眼兒，太陽打西邊出來了？」

「感謝她替我照顧你，怎麼著她還是有苦勞的。」

至於婚姻關係的可怕，謝不周深有體會，因為社會不單要管出子宮的是什麼，還管進子宮的是什麼，對於他來說，性道德就是財產道德和禁欲道德的雜種。

這期間發生了一件事。謝不周的前妻呂霜車禍撞傷了腿，她不願告訴他，謝不周間接得知情況，彷彿是他親自撞了她，他感到的仍是背叛她所產生的痛苦，埋在心底的愧疚又跳出來，他拋下史今，夜以繼日地守在醫院，不顧一切的照顧她，帶她住最好的醫院，請最有名的醫生，吃最好的營養。她想吃什麼，他開車跑遍每個角落，一定要買回來。而在尋找的過程中，他一遍一遍想到自己剛到長沙的時候，人生地不熟，工作不穩定，生病臥床，是呂霜騎著自行車，頭頂毒日頭，從城市的西邊到東邊給他熬湯送藥。沒有她，他真不知如何度過那痛苦的時光。他從來沒想過他們會分開，並且分開的原因直接由於他的背叛。

一想到此，他就頭痛欲裂。有時候，正開車去某個地方，突然把車停下來，在封閉的車裡大聲喊「霜隱，我不是東西」，稍有平靜，又覺得「呂霜心真狠，全然不顧夫妻間的情分」。他又想史今是個真正厲害的角色，她知道他的軟肋所在，她煮出鮮美的食物，讓他給呂霜送去；替他備好漂亮的鮮花，他帶到呂霜的病床邊。呂霜出院後，史今鼓勵他繼續關心呂霜，開車接送她去醫院換藥打針，陪她排隊等候。史今的通情達理，使他重新感到面對「好女人」的苦不堪言。他不得不認為，世界上最單純可愛的女人莫過於妓女。

那段時間，醫院的醫生護士都認識謝不周了，她們從沒見過這麼浪漫體貼的丈夫，那些鮮花迷惑了她們，沒結婚的打算找個像謝不周這樣的男人，或者有他一半表現就行了。她們因此相信，那種活到五十歲還能陪妻子燙髮，在一邊含情脈脈地等上幾個鐘頭的男人完全存在。她們的評價令謝不周無地自容。呂霜微笑著全盤接納，令他懷疑她已經原諒他了。遺憾的是，呂霜一個月後就出院了。一旦變得對她無用，他內心的苦楚便浮起來，負疚與虧欠感把他擠壓成一片薄紙，最輕微的風都能將他掀翻幾個筋斗。他的頭痛病消失了半個月，直到史今哭哭啼啼地叫他回到呂霜身邊去，才重新犯病，痛了一宿，史今給他按了一宿。正如他需要呂霜住院一樣，史今同樣也需要他的頭痛，他像個發燒的孩子枕在她的腿上，有時還會噙著她的奶頭，她感到誰也不可能把他從身邊奪走了。

他頭痛的時候，史今的乳房是活動的，像嬰兒時期的一個玩具。他哭，大人便把這玩具塞給他，他得以忘記其他的需求。史今的乳房是透明的，像他剛學會自己吃飯時用的那種砸不碎的塑膠碗，敲擊它會有一種溫馨低啞的聲音。她身上的洞穴更是柔韌緊密。他盛滿果汁的容器，總像擱淺的船，需要費力的撐上幾篙，船才能劃破淤泥滑入河心。笨重的船，淺顯的灘，縴夫的努力使大腿肌肉隆起，腳上青筋畢現，踩下深深的坑印，吶喊的號子形成風，在天地間呼嘯。逼仄的河流由平靜到騷動，像嚴寒冰凍住一切漂流之物，被慢慢搗碎融化。果汁終於從一個容器倒進另一個容器，受傷的河流裡滙入一脈溪澗清泉。不過，性給史今的感受更多的是疼。數學老師說「1大於0」是正確的，這種「正確」發生在謝不周與史今的性關係中，就形成了障礙。最終她不得不將容器換成了嘴，他也很快習慣（樂意）了。

以上是謝不周對旨邑的部分陳述，以及聆聽過程中，旨邑不可遏止的想像。兩個不相干的女人攪得她心頭頗為不快。謝不周對呂霜的殷勤幾乎讓她惱怒，他識不破史今的心計與放長線釣大魚的手段，還以為在溫柔鄉裡徜徉，簡直是個愣頭青。旨邑並沒意識到自己內心的嫉妒，她愛的是水荊秋，她一會兒站在呂霜的立場，感覺到報復的快感，一會兒又把自己當成史今，想像他心懷負罪，舊情未了面對受傷的前妻，鞍前馬後心緒不平，必定想和她重溫舊夢，再拾床笫之私，於是旨邑心頭湧起恥辱感，她佯笑著輕聲漫語，彷彿描述一段美好的過去：

「謝不周，別試圖以偉大的行動感動自己，以求得自己的原諒，你所做的一切，不過是為了你自己。你想挽回真正的男人形象，不想背忘恩負義的名聲，你的努力使你更像小丑了，說不定，你還妨礙了呂霜的私生活，她有男友也不一定呢。我知道你不和史今結婚，其中一個原因就是你盼著復婚。你以為現在透過贖罪可以換取失去的，呂霜不會原諒你，因為只有這樣，她這輩子才真正擁有你，你永遠虧欠她的，你便是她的奴隸，並將會為此經受一生的折磨。你把史今放在什麼位置了呢？過去了的，你不讓它過去，現在進行的，又不將之善待，你以為你正做著高尚的事情嗎？我看那就是犯賤呢。」

彷彿聽了一段配有背景輕音樂的抒情詩歌，陶醉其中而不能自拔，一向雄糾糾的謝不周居然氣短情長，半晌才對之作出評價：

「你真可怕。老夫他媽的忙得連『老二』都顧不上，你半點安慰都沒有，尖酸刻薄的女人，沒人敢娶。」

旨邑從不願意滿足謝不周，存心不讓他舒坦：「你該躺在史今的懷裡，她會用母愛撫慰你。難道我說的不對嗎？你只是在成就自己，你要重建你被損毀的形象，你愛的是你自己。呂霜是對的，對於傷害自己的男人，應該給他苦頭吃，關鍵是讓他的靈魂永遠活在地獄的煎熬之中，永久地懺悔與哭泣。」此時旨邑站在呂霜的立場正義凜然，儼然是呂霜的化身。

謝不周舔舔嘴巴，不說話，臉色更顯蒼白。他知道，如果他說他愛呂霜，旨邑一定會怪笑著，用更尖刻的刀子般的話語捅進他的心窩。她有多可怕，就有多可愛，她的可怕指數升高，個人魅力指數也會隨之攀爬。她的眼睛能穿越重重障礙，看到事物的本質與核心。這就是他從不在她面前偽飾的原因，也是他為之著迷的所在。人與人在交往的過程中都裝神弄鬼，每個人幾乎都清楚對方的把戲，都高估自己，以為對方比自己愚蠢，形成無聊的社交圈。他樂意在旨邑面前赤裸靈魂。他心裡承認旨邑說的不無道理，嘴裡說「你不是心裡有醋吧」，眼睛盯著她的身段兒——他同樣看穿了她。她和他都知道彼此要上床太容易了，而上床不免造成對現有情感的損害，他們更願意進行躲躲閃閃的遊戲，像貓和老鼠的追逐與逃逸，並自動在貓和老鼠間進行角色調換。

旨邑明白，在一個閱人無數的男人面前撒謊是幼稚的，她假裝沒聽見，說：「去弔喪的人都穿黑衣服，你心情陰鬱，卻穿這麼鮮豔的橙色，反倒是風月無邊嘛。」她盡其所能嘲諷了他一通，把他弄得十分快活。她從不忘記對他的當面誹謗，在密密麻麻的人群中遇到這麼個人，她覺得這彌足珍貴。

之前，旨邑不斷咒罵長沙是個煩心之城，可今天它看起來既美麗且充滿奇遇，尤其是水荊秋那句「直抵你的老巢」，有革命者的嚴肅，也不失為一句亢奮的調情蕩話。「按照存在哲學的說法，需要蛇的介入，人才能邁出犯罪的一步，被神祕力量誘惑之後，人屈服於理性真理的力量，擺脫了上帝的真理，並用生命之樹的果實來換取知識之樹的果實。」她從書裡抬起頭，望向櫥窗外的街面。時值隆冬，斜雨交織冰粒，街面閃泛黯淡青光，屋簷下走著雙手籠袖的人。音樂CD店門可羅雀。中國人民銀行門口陣陣冷風，有人躲在石獅像背後發抖。沒有人挑簾而進。

旨邑把手放到腹部，感到自己正懷著孩子，而孩子的爸爸，正在這雨雪交加的氣候裡從遠方歸來。她在等他。她想起春節回老家，母親對她又是獨自一人回來過年表示不滿，數落她年紀不小，再不結婚，就錯過了生孩子的好年齡。她說到底是想她結婚，還是想她生孩子。母親回答自然是結婚生子，同時表示私生一個她也同意。旨邑兩姊妹，她是老大，母親盼著像別的婦女一樣含飴弄孫，但旨邑都快三十了，連對象也沒有，抱外孫的希望仍很渺茫，母親在外人前有點抬不起頭來。旨邑的母親很是孩子氣，她答應母親在一年內嫁人生子，母親便每日晨起鍛鍊，熬中藥補身體，把身體練得倍兒結實，摩拳擦掌帶外孫。然而，肚子的隱痛（來例假）使旨邑清醒。她只是那顆寂寞的卵子，渴望擁抱與交合。除了和水荊秋在電話裡做那事，她沒有別的男人。她變成一顆新鮮的卵子，懷著新鮮的希望被分泌出來，在一個潮濕的環境裡無望地死去，如此周而復始。

某個陽光燦爛的下午，一個體格健壯的青年挑簾而入。旨邑正在思忖孩子的問題，眼見青年，首先想到「品種優良」這個詞，他像匹種馬似的活力四射。他說要找一副想像中的首飾，給他的畫中人戴。原來他是個畫家。她和他聊得十分愉快，把下午的陽光都擠到角落去了。他是一枚秦代流通的錢幣，小名叫秦半兩，學名秦煥辭。他的爺爺是個古玩迷，一輩子都在搜集秦代的錢幣，他的父親投其所好，結婚後索性生了一個「秦半兩」。這枚現代秦半兩完全褪去了泥土與歷史的覆蓋，裝扮似搖滾青年：染黃的捲髮披散一肩，黑框眼鏡神祕詭異，褲腿上拉鏈口袋神出鬼沒，登山鞋穿他腳上有軍匪的氣息。與秦半兩相比，水荊秋更像一枚「秦半兩」，他以一枚古幣的神情說話，發出一枚古幣的聲音，身上覆蓋的古幣的氣味，他幾乎與現代生活脫節。這時旨邑才發現，自己其實更喜歡種馬一樣活力四射的青年，她感到在某一瞬間，她身上沾染的水荊秋的塵土，被秦半兩沖刷得乾乾淨淨。更令人愉快的是，他還沒有結婚，比她小一歲，生為北京人，卻無北京人的油滑，硬漢般字句清晰鏗鏘有力。

我們無需對秦半兩做更細緻的描述，他的意義在於喚醒旨邑對於愛的幻想。他是匹走四方的種馬，絕不可能待在溫暖的馬廄裡。他欣賞旨邑的自由職業和生活方式，稱她為同道中人。最後他買了一枚單環青玉，說要戴在畫中人的腳踝處。又一天，天氣很好，他們約好去博物館看《中國玉器全集》裡面收藏的部分圖片實物。她感到博物館像個巨大的墓穴陰冷，而在對玉器的欣賞中才有了暖意。看到玉質碧綠的玉龍實物，她驚喜地扯住了秦半兩的袖子：

「你看，栩栩如生。身體蜷曲，像字母『C』，吻前伸，嘴緊閉，鼻端平齊，雙眼突起，還有這，額和顎底都有細密的方格網紋，邊緣斜削成銳刃，末端尖銳，而尾部向內彎曲，末端圓鈍，整個形狀充滿力量與動感。背上有一對穿圓孔，不知哪個公子爺佩戴過。」

她像餓極的窮孩子望著櫥櫃裡的蛋糕，不斷地嚥口水。

秦半兩摸摸她的頭：「丫頭，這是好東西，但人家不賣，咱們到別的地方看看。」

她笑了。他牽起她的手。她乖乖地跟著。

「我真想晚上來打劫。」她悄悄對他說。

「好主意，你準備兩只絲襪，一個手電筒，一把玩具手槍，還有，順便通知你爸媽，逢年過節探監時多帶點肉，監獄裡伙食不好。」他非常鄭重地交代。

她又笑了。認識秦半兩後，她不斷地被他逗笑，彷彿她是個愛笑的人。他把一匹種馬的活力傳給了她。他是一匹棕色的駿馬，四肢健壯挺拔，皮毛光潔，肌肉結實隆起，線條圓潤柔韌，眼神溫和高貴。他在她面前踢腿、前蹄騰空、嘶鳴、迎風奔跑，鬃毛翻捲，馬尾飄逸。她原本是匹青春的母馬，在陰暗的馬廄裡淡忘了草原，熄滅了奔跑的激情，這匹種馬帶來了亮光，照亮了她。她情願跟著他，奔向太陽升起的地方。就像整個螢屏上只有兩匹馬的矯健身姿。和水荊秋的日子，簡直是活在一堆苦惱裡，片刻歡娛後，就被煩絲纏得悶不透氣。對梅卡瑪的嫉妒糾纏她，他們的孩子折磨她，她沒有孩子刺激她，墜入瑣碎的日常情感又讓她感到俗不可耐。她有一種擺脫一切的衝動，她甚至不想成為自己，情願是一匹馬，不要語言，不要裝扮，在無邊無際的草原度過一生。

母馬忽然神情黯淡，與種馬前蹄相纏，他稍微俯下頭來，立刻就能耳鬢廝磨。母馬知道他一定也在想這個問題。因為他的手指在她的手裡顫動，像被困的蟲子尋找出口，或者掙扎。幸好很快參觀完了博物館，兩隻手分開了，都沒有就此別離的意思。於是秦半兩提議去看全國頂尖的油畫展或去古玩市場淘寶。旨邑選擇後者，他們打輛車七彎八拐來到一條較寬的弄堂，只見各種玩物兩邊一溜兒席地鋪開，再往後則是有頭有臉的店鋪，依舊是那些物什，看上去彷彿要貨真價實得多。

旨邑沒想到秦半兩從他爺爺那裡學了幾招，東摸摸，西捏捏，也能識出個好歹。逛一溜下來，徒勞無獲，最後買了一本破舊的紅皮《毛主席語錄》，正要走，看見弄堂拐角處，一個不起眼的人，面前擺了幾件可憐兮兮的東西，包括古錢幣、玉觀音、紫砂壺。秦半兩蹲下去，發現一大一小兩枚形狀可疑的錢幣，立刻握在手裡反覆捏、搓、摳，慢慢辨認出「半兩」的字樣，他克制激動，漫不經心地問價錢，那人請他給個價，誇他是識貨的人。他堅持要賣主給價，那人便伸出三個手指頭說三百，他二話不說給了人六百塊錢。離開弄堂，旨邑說不到兩百塊錢，他也會樂呵呵地賣掉，幹嘛要花六百。秦半兩小聲說，他認為這是兩枚「秦半兩」，樣子樸拙，飽滿憨厚，綠泥和鏽斑不像做上去的，再說旁邊有人晃悠，萬一是真傢伙，被別人搶了去，豈不可惜了？兩枚秦半兩，一枚送旨邑留著，另一枚拿回去，請他爺爺老眼昏花地鑑定一下。末了他又說，如果是真貨，值幾十萬，即便是假貨，三百塊錢就買回一個秦半兩，仍是物有所值。說不定放到店裡，遇到古幣發燒友，賣個三千、三萬也不一定。旨邑說她不會拿去賣，在她心目中，秦半兩是無價之寶。他問她指的是人還是錢幣，她說人和錢幣都一樣。他說她這孩子懂事，他沒白疼她。到分手的時候，秦半兩把他已被捏拿得溜光圓潤的一枚錢幣放在她手心。

很久以前，旨邑有過幾次關於死亡的夢，就像刻在記憶的石頭上，隨時隨地都能完整的讀出來：

她夢見十八歲的時候，她和兩個女同學要到一個毒蛇遍地的山裡，尋找那汪異常澄靜的湖水，據說在那湖裡游過泳的人，皮膚將永遠青春光滑。她們翻過一座山，進入到另一座山。陰暗潮濕的路，像蛇一樣昂首蜿蜒。路有點泥濘，低窪積水裡沾滿會低飛的蚊子，而高飛的蚊子在頭頂盤旋，她們閉嘴前行。旨邑的父母不放心，尾隨她們，指責她們無理取鬧。她揮一根帶葉的枝條驅趕蚊子和父母的嘮叨，約半個小時後，天空突然明亮，她們到了另一個山頭。山坡下曲折小徑的盡頭，有一間小草房。暗灰色陰涼的泥徑，像一條翻天曬肚皮的蛇，兩邊雜綠的淺草，就是它的肌膚，人好像走在巨蛇的身上行走，她感到莫名的恐懼與興奮。

小草屋的主人既像是青年，又像是老人，面孔像風吹亂了一樣模糊，眼睛裡透出蛇一樣峻嶺的目光，且蒙著一層水霧。他說話的嘴像在水波裡搖曳，錯亂不定，和他的面孔不斷地打碎與組合，無法判斷出他皮膚的顏色。他似乎在微笑，或者什麼也沒說。他打開小草屋的後門，門邊是曲線，門框與曲線之間的空隙，幾條蛇同時鑽進來都不成問題。

她記得她的父母留在草屋裡，喝著濃釅色暗的茶，然後昏昏欲睡，在凳子上打起了盹。她立刻獲得了自由——父母極力阻止她們下湖游泳——跟從老頭從門縫裡擠出去，來到一片碧綠的菜園。整齊的菜畦裡長滿青草，草地裡生長著無數帶花紋的菜瓜，一團一團。旨邑正伸手去摘，老頭有力的手勢制止了她。於是，她看到那一團綠色緩慢的散開，水一樣漫延，漸漸地像一堆繩索，被人從另一頭扯動，一圈圈減少，足足一分鐘，才完全消失在草叢中。瓜果架搭得很高，瓜藤長勢很好，一些淺綠、深綠、暗綠的瓜果懸掛。有一個瓜果忽地彈鬆變成一條線，在空中擺盪了幾下，然後又捲上去，像體操運動員，展示力量與形體的美。

她們三人並不害怕，只是驚訝。旨邑還敢俯身湊近，清楚地看到蛇背上的花紋。牠的肌膚滑嫩，腹部沒有爬行的繭，身上沒有粗糙的泥，渾身滴水一樣，透著鮮活的青春色彩——而老頭說牠已經是條十八年的老蛇了，牠大部分時間生活在湖裡。這時候，蛇那雙小眼睛忽然朝她笑了，像她的初戀男友，令她意亂情迷。恍恍惚惚地跟隨老頭在蛇果園子裡轉了一圈。牠像影子一樣，默默地貼著地面滑過去，然後從門縫鑽進了草屋。

她們來到湖邊，看見和蛇一樣綠的湖水。她們把衣服掛樹枝上，赤裸身體下了湖。湖水是想像不到的溫暖，漸漸地漫過她的胸。她和她們自由地撲騰一陣，然後手指搭著手指，並排向湖心游去。她感到自己擺動雙腿時，就是一條美人魚。腳在水裡猛烈划動，昂著頭，像蛇一樣，在水面划出游移的水紋。她往湖心游，湖水越來越涼，游動時，似有無數條蛇從肌膚滑過。很快游到湖心，湖水的沁骨冰涼讓她們產生了恐懼，誰的手扯了一下，就調轉了方向，向出發的岸邊游去。她在吐水的片刻，彷彿看見嘴邊游動著一條蛇，眨眼間就消失了。然後，遠遠地看見湖邊上站著三個人。她的父母已經醒了，父親正氣急敗壞的在湖邊匆匆走來走去，母親似乎在抹淚，老頭也顯得焦灼不安，他張望著湖面，他並不是找她們，而是在她們的周圍尋找什麼，並且說些含糊不清的話。她立刻想到蛇，於是拚命地往岸邊游去。這時候湖忽然變得很寬，原本綠色的湖水渾濁不堪，風刮起來，湖水的濁浪夾著草屑，好像來了一場洪水。她仍是奮力地游，可是根本無法靠近，岸邊倒越來越遙遠。她感到嘴裡嗆進了泥沙，沙子在唇齒間磨擦，手指上纏了雜草，身體失去力氣。

不知怎麼終於回到岸邊，他們都背過身去，等她們穿好衣服走過來，她的父親劈頭一頓狠訓。她驚魂未定，根本聽不清他喝斥什麼，但清楚地聽到老頭在問，有沒有人被蛇咬傷。她們都搖頭。老頭說「蛇咬人短時間內不覺得疼，也看不出傷口」。她的母親便反覆地檢查她的身體，似乎唯有找出被咬的痕跡才肯罷休。「你們別動，五分鐘後，被咬傷的地方會有刺癢，人必死無疑。」老頭的右眼滾出一滴淚，面孔模糊看不出悲傷。

兩個女孩哭起來的時候，旨邑感覺胸部一陣輕微的刺痛，她大喊一聲：「我要死了。」那兩個女孩立刻笑了。她的父親搖搖頭，母親也跟著搖搖頭，他們搖著頭進了小草屋。沒有人理她。她感覺全身發熱，豆大的黑血滲透到衣服外面，傷口冰涼。毒性正在浸入，眼前的老頭變成一個年輕人，對她說：「讓我看看傷口。」她撩起外衣，雙乳中間，烏血正從瘀紫的皮膚上冒出來。他說她被那條十八年的老蛇咬了，如果四天內不死，就會是四年，四年後不死，可能是四十年，總之毒性在體內潛伏，很難說何時發作。

在夢中她變成一個等死的人。醒來後，直到現在，旨邑仍然感到身體裡遺留神祕的死亡毒素。這彷彿成了她對事物從不執著的原因，這種心理的確影響了她的耐心與對恆久的認識。她有很多次夢見牙齒掉光，夢見在大街上裸體行走，夢見從高處跌下深淵，夢見蛇以及蛇的眼睛，夢見身體被劈成兩半……有一天晚上八點多鐘，她借朋友的車去機場接人，一路下雨，因為趕時間，車速太快，撞到非高速公路的間隔島，當即前胎爆裂，車子橫身公路，後面的車煞不住，撞了過來。

當天晚上，她夢見自己死了，準備火化，她躺在擔架上，擔架正緩緩朝前移動，巨大的火爐裡烈火熊熊，她感覺到溫度。她被推進火爐，她覺得自己像片羽毛，正向下飛落，而靈魂從鼻孔裡蹦出去，身體像滴水一樣融化，而過程慢鏡頭似的酥軟醉癢，美妙無比。旨邑確信那就是死亡的真正感覺，就像高潮一刻，自己消失於自己的身體。

她重新列出這些夢，想起那條蛇對她微笑的眼神，夢裡的騷動，正如秦半兩的手指在她的手心掙扎時所產生的心靈動蕩。她恐懼新的愛情，同樣害怕愛情消失，像一株季節變更中的植物，對於枯萎與新生感到疲倦，感到苦不堪言。

旨邑總是無法完整地想起水荊秋的樣子。一旦他從她身體裡退去，將自己連根拔走，便有一股無形的力量將他們分開，她感到和他之間立刻隔著雲海、蒼山。他仍然陌生，屬於哈爾濱的那個家庭，她照舊是孤魂野鬼，和他的媾合只像一場偶然的雨淋濕了泥土。她是一顆卵子在潮濕的環境裡無望地死去，如此周而復始。

沒有婚姻，愛情將是愛情的墳墓。

春節來臨的前幾天，旨邑的精神世界發生了巨大的騷亂。她記不清從哪年開始對節日充滿恐懼。對於她來說，春節就是一條漫長漆黑的隧道，她是一隻螞蟻。現在，螞蟻望見了隧道，渾身發抖，這一次如何穿越隧道的漆黑抵達光明，牠完全沒有把握。那個巨大洞口，既像槍口瞄準牠，又似要吞噬牠的身體。牠徘徊，絞盡腦汁。牠需要一個夥伴，需要勇氣，需要愛。牠馱回沈重的食物，包括飲料、燻肉、大米，感到纖細的腿支撐不住，快被壓斷，其中有一條似乎已經扭傷，開始疼痛。一個人的生活，令牠無法不顧影自憐。牠感到世界比桌子大，比茶杯空曠，比石頭冷漠，比糞便無聊，比一只球鞋裡的空氣還要渾濁。人們都比牠高大，牠抬頭望見他們幸福的胯部，滿足的屁股，以及黑洞洞的褲管與袖口，而手裡攥住的祕密早已甩開。牠害怕鞭炮和煙花，往鞋縫裡躲，往衣褶裡藏。對門張貼的春聯香味刺鼻，飄滿一屋，直到春節過去很久才會淡去。

現在，這隻螞蟻躲在牆角，想水荊秋這個龐然大物，在往年春節如何被人瓜分，今年仍將繼續。牠憑藉敏感的觸鬚相信，首先，他作為父親，被兒子瓜分，他變著法子把父愛換成玩具交給兒子，把父愛變成馬讓兒子騎，把父愛變成一堆快樂圍在兒子身邊。其次，他作為丈夫，被梅卡瑪瓜分。梅卡瑪也是個龐然大物，她身上的慾壑很多，需要他充滿愛意地填補。他必得像一名修路工，勤勤懇懇，細心將一年來造成的坑坑窪窪修補完善，絕不將遺憾帶到新年。然後，一家三口打造得像一塊蛋糕那樣和諧完美，他們端著這盤蛋糕走親訪友，談笑風生，看一場電影，聽一場音樂會，包一頓多肉的餃子……完美直到春節過去很久。水荊秋這個龐然大物的心，太大，太亂，記不得一隻螞蟻，紛紛踐踏一隻螞蟻，驅逐一隻螞蟻。他對她的意義，正如她對他的意義一樣。

或許是聽從了旨邑「分手趁早」的勸告，謝不周有意疏遠史今，不和她過春節，也不再以準女婿的身分驚擾她的母親。他計畫春節約幾個朋友開車去新疆旅行，問旨邑意下如何，如果怕他路上非禮她，可以叫上原碧壯膽。新疆是旨邑的興奮點，突然被謝不周摸了一下，表現自然亢奮。但她立刻冷靜下來，她不能不回家看望父母——他們從她離開那天起就盼她回，年年如此。

謝不周笑著說乾脆他陪她回家過年算了。他又摸到了旨邑的興奮點，她很奇怪地叫了起來，彷彿被踩了尾巴的貓。同樣，她的興奮很快滅了——她不能帶謝不周回家。因為他白得過分，像嫖客，和這樣的男人在一起，母親不放心，嘮叨起來更麻煩。母親不會聽她的話，母親相信自己的眼睛，即便她告訴母親，長得白不是他的錯，謝不周是個極為心善的男人，每年還資助十幾個貧困兒童上學，拒絕接受採訪，從不給自己臉上抹彩虹。這樣的男人，白得像嫖客也不遺憾。

婉拒謝不周後，旨邑心裡窩了一團火，愛一個人，聽見他感徹肺腑的情話，卻不能雙雙把家還：「水荊秋啊水荊秋，我這是什麼愛情？是扯淡！」她十分順溜地說出謝不周的專用詞彙，嚇了一跳，然後大笑起來，說出這個詞讓她感到痛快，就像解開了袋子的死結，把東西嘩啦啦全部倒出來，於是又狠狠地說了一遍，居然說出了幾分謝不周的味道，她想，他媽的受他影響了。

各處飄散的過年氣氛陰魂不散，旨邑感到自己被往絕路上逼。水荊秋感到她的躁動不安，深知自己分身無術，除了輸送甜蜜溫情，給她寄有價值的書以外，別無他法。但是現在不同，水荊秋越這是這樣，旨邑越是嫉恨，連街上忙碌的男女一併唾棄了。在她看來，他們浮在生活水面，而她沉入了底部。她是一條魚。看見沉入湖底的生活渣滓，那些死掉的貝殼、摔碎的杯子、撕裂的布帛、斷腿的眼鏡，如卵石一樣光滑的謊言，靜臥湖底，而骯髒的碎片正源源不斷地沈澱下來。所有女人不可能守住自己的男人，男人的詞典裡已經抹去了「背叛」這個詞。他們覺得自己是頭獅子，枯燥的叢林使牠激情沉睡，當一頭靈敏的羚羊出現，立刻震醒，在追捕羚羊的過程中，牠的潛在力量再度爆發。湖底和現在的天氣一樣，透著陰冷的鐵青色，她感到雙重寒冷，疲憊不堪。她想放棄，並不假思索，立刻將自己的想法傳給了他。然後一種新的東西吸引了她，她發現，她對他的反應如何有更強烈的興趣。她是這麼對他說的：她想結婚，想要孩子，她受不了被失望無望絕望勒得透不過氣來，她受不了他和梅卡瑪日夜廝守在一起，她愛他，但現在，她不得不放棄他，放棄愛他。

她覺得自己說得很好，確有其事。她一面因自己的話流下悲傷的眼淚，一面饒有興趣地期待接下來將要發生的事情，像一個抽泣的孩子並沒忘記往嘴裡塞糖果。孩子知道他有權利以哭的方式撒嬌，他心裡更在意的是把糖果吃下去。然後，旨邑還是感到了緊張，儘管她對局面控制很有把握。同時她又想起了秦半兩、謝不周，以及其他認識的男人，在她與水荊秋分手後，她必須和其中一個馬上投入戀愛。

秦半兩的手指被困在她的手心，它們尋求出路的躁動，可以翻江倒海。她的後腦勺留著他溫暖手印。被他牽過的左手比右手幸福。她捂住自己酥癢的心，手裡捏著那枚秦半兩，手指感覺這溫潤、拙樸、另類、獨特的混合物，她辨不出它的真偽，更無法判斷，他在她這條路上能走多遠。

維特根斯坦說「把精神說清楚是一個巨大的誘惑」，眼下要旨邑把愛情搞清楚就是痛苦了。愛情是一枚高吊樹梢的果子，她是一隻不會爬樹的動物，仰望著它，守著它，覺得擁有它，又清醒地意識到它生長在樹上，不相信它會掉下來，等不到它成熟後掉下來，她轉身要走放棄它。她接著哭。她想到了高原上那一剎那的震顫。那隻已婚的手，如今已涉足屬於她身體的高原、叢林、溪谷，以及星星、月亮、茂密的草地，此後將不再重複，她無法不對此表示傷痛。她枕他腿上，聽他講古今歷史宗教起源，最後以淫聲蕩語謝幕，她無法不對此表示懷念。她情深意重地淚流滿面，心想以後無論如何得找一個可以陪在身邊的男人。

水荊秋並沒有立刻回覆。大約半小時後，他給她打來電話，近乎囁嚅地說：「太快了，太短暫了，太刻骨了，太傷心了，如果你是一個離過婚又結了婚且有了孩子且充分認識了婚姻本質的人，你會明白我的心情。我理解你對我的不耐煩，在你放棄我的時候，我還是要說，我愛你。」他的聲音像一隻在地面匍匐前進的烏龜，風雨交織中，小心翼翼地探出半個頭，一面要辨清方向，一面不斷地躲避障礙物，牠艱難地爬完一段路，靠著一塊石頭停止不動，腦袋藏進烏龜殼裡，於是只剩下雨打在龜殼上的聲音。她知道他哭了。她立刻發現，把男人弄哭，原來並不好玩，那不但惹得她哭得更厲害，也使分手的事變得更真實了。即便如此，她撒的網，她還是能收回來，但她不想收網太快，索性一鬧，把平時積壓的苦悶全倒出來，好讓他知道，她受的委屈比海還深。接下來她的做法並沒有喚起他更深的愛意，只是加重了他對於她的愧疚與虧欠，他越發認同了她的選擇，放棄他是對的，他之前太自私了。她由是認為，他不求她繼續相愛，其實時刻在等著她放棄，他說得越動聽，越矯情。她恨他虛偽的知識分子模樣。直到他掛了電話，她才發現忘了收網，被網住的魚蝦在網裡衝撞，她的手因此戰慄，像一條疼痛的魚。她面前一片汪洋。

狀此景抒此情，有一句古詩恰如其分：孤帆遠影碧空盡，唯見長江天際流。

不過，遠去的船不久又重回視野，彼時魚蝦滿艙，水荊秋的深情令長江水漲數尺，風起浪更高，他發來一段令旨邑至今珍藏的文字：

「我真的愛你。我已經傻了。我不知怎樣挽留你，我有千難萬難說不出口。好吧，你應該有一個完整的婚姻，但別再找結了婚的人，也別輕易相信答應離婚並和你結婚的人，他怎樣對待他現有的婚姻，他將來也可能怎樣對待你。你應該和一個未婚的沒孩子的人結婚，哪怕這是個平庸的男人。婚姻是一場平庸的戲劇，你得做好準備，人人都是這樣過來的。但是，旨邑，沒想到你是如此急於結婚，沒想到你對愛這麼不屑一顧，沒想到你把一切留在了二〇〇四年。傷心呵，但你是對的，我愛你，但你是對的。只有你也經歷了我經歷的一切，我們才能談得清。嗚嗚，我的女人，她就是想結婚，她就是想結婚生孩子，多實際的問題啊。是我對不起你，我愛你，但是旨邑，你是對的，我不配被你愛。我已被生活折騰得疲憊不堪，我拿什麼來愛你。」

旨邑一直在哭，她感到身體有口深潭，兩股清泉源源不斷地自眼睛裡突湧出來，抹乾又濕了，於是索性不抹，隨它們四處流淌。有一陣她猛覺輕鬆，而鬆下來的那個瞬間給她一擊，又讓她不堪重負。她喜歡自己的眼淚，這是她重感情的依據，她將為此驕傲地繼續流淚。現在，當她讀完水荊秋大段的文字，她哭得更有道理，更有聲色了。她反覆翻看，儘管每句話都在撞擊她，仍然難以捕捉到她需要的信息——他始終沒有打算離開梅卡瑪和她在一起。她的眼淚突然停止了，就像啼唱被彈弓槍打斷，小鳥倏地飛遠了，彷彿牠從沒出現過。她努力研究這段文字，就像面對一張藏寶圖，怕自己的粗心錯過他的暗示，錯過通往寶地的機關按鈕。最終，她依然一無所獲。

她感到一切就這麼結束了。

第二部

旨邑發覺自己成了語言欺騙性力量下的俘虜，失去任何辨別的力量，將真理和謊言區分開來。當水荊秋語詞激烈地對旨邑說出那番迷人情話的時候，她只是感受到了欺騙。如何理解愛情，似乎與愛情無關，倒是反映了生活中許多別的東西。愛情是一場戰鬥，它以語言為手段來抵抗理智上的困惑與懷疑。經驗的代價，就是成為一個農夫，收穫那徒產生計而耕耘的凋萎田野。如果一個時代的疾病只能透過改變人類的生活方式來治癒，那麼，一個人所經受的傷痛，是否可以由另一個人來撫平。

早晨醒來，一想到一切真的結束了，旨邑又湧出一批眼淚。洞穴裡爬出兩行螞蟻。深山中飛起一群白鳥。後來，昏頭昏腦再度睡了過去，直到秦半兩的電話把她吵醒。聽到秦半兩的聲音，眼淚又漲出來。秦半兩說你哭了。她說你知道就行，幹嘛要說出來。他說下次一定記住。你哭餓了，還是哭飽了？賞面去港式早茶吃點心如何。如果你恨不得把誰吃了，那裡的人肉叉燒包是一絕，保證合你胃口。我剛到你店裡吃了閉門羹，已經灰頭土臉了，千萬別碰我鼻子。她啞笑著問幹嘛還沒回北京過年。他說這個問題留到飯桌上討論，他先去餐廳霸台，要她十點半到位，因為人肉包子緊俏。於是她懷著一酸一甜兩種滋味洗臉漱口，酸味泛上來，甜味覆過去，兩種滋味絞拌不停，到穿衣出門時，已經絞合成一種說不出的怪味。

她淡抹脂粉，淺塗彩妝，與其說是為了遮蓋臉部哭泣的痕跡，不如說是為了掩飾心靈無望的悲傷——畢竟，愛情在春節來臨前去了。

秦半兩反扣了一頂黑鴨舌帽，髮尾蓬鬆，灰色外套披在椅背上，黑高領毛衣突顯出一匹駿馬的結實。

一頓豐盛的早餐擺在她的面前。可能的話，她想先從他的嘴唇吃起，茶水已將它們浸得熟透了。他用熟透的嘴唇對她說半兩錢幣的事。他說那枚錢幣也成了他老眼昏花的爺爺的問題，他研究了大半個晚上，還是不敢貿然下結論，最後決定找權威專家鑑定。她笑了，他的嘴唇就成了那枚錢幣，她想起那種溫潤的手感。觸覺，包括對一枚古錢幣的觸覺，都能喚起性意識。觸覺既屬原始，而所占的面積又廣，既散漫，又模糊，一經激發，它的情緒總是特別濃厚。它最缺乏理智，同時又最富有情緒，它和積慾與解慾的機構有拆不開的關係，是喚起性活動的最方便的路徑。她突然想到，這其實就是肉貼肉非常舒服的原因。水荊秋居然答不出來。她差點馬上打電話告訴他這個答案，像往常一樣嬉皮笑臉。

秦半兩始終不問她為什麼哭。有幾次他把眼鏡摘了，她看見他真實的面孔，既峻冷又憂鬱，像一頭眺望遠方的豹子，使她慚愧自己不是一隻正值豆蔻年華的梅花鹿。她吃飽了。他回畫室。臨別前問她是否可以遲點營業。她道無所謂。他便牽起她的手，帶她去一個地方。他們進了一所大學，穿過樹林，沿湖邊走了幾分鐘，到一棟古舊的樓下。樓高兩層。他好像打開車庫的門（兩扇巨大的封閉的鐵門），她以為她會看見廢鐵皮殼、生鏽的零件、輪胎等等雜亂無章地陳設，隨他進門，裡面空曠得嚇人，沒有大大小小的房間，只是一個巨大的整體空間。房子裡相當明亮，無數扇玻璃窗戶嵌在三面牆中間。片刻，她才感覺到顏色蜂擁而至——滿屋子的油畫作品。人體畫居多。描驀女人腳的畫紙成堆，彷彿臏辟的刑場，驚心動魄。接著她看見了擺放一邊的亨利・傑維的作品「羅拉」，不過與原作不同的是，裸體仰臥在床的妓女瑪麗恩的小腳上戴了一枚青玉，那是不久前秦半兩從她那兒買的。

就像看到孩子頑皮地給聖母瑪麗亞塗上鬍鬚，她禁不住笑出聲來。

秦半兩說畫中的羅拉在瑪麗恩身上用盡了最後一枚「皮斯托爾」，就是西班牙古幣，然後笑著說相當於一枚秦代「半兩」，羅拉站在窗口不是往外看，而是打算自殺。旨邑笑得厲害，問這算不算金（精）盡而亡。他故作嚴肅地說這是藝術以外的問題。她說她知道《羅拉》因為過於猥褻而被拒絕進入一八七八年的沙龍，這裡的身體是以沙龍藝術家的理想化方式呈現出來，但它特定的、軼事性的背景在當時肯定是觸目驚心。秦半兩點頭，認為繪畫所提供的特定的敘述語境會使它對於裸體的表現更有衝擊力，到底是表現體毛還是尊重經典的沒有體毛的方案，很多畫家都曾面對現實主義在表現裸體中的兩難選擇。

旨邑盡量克制被畫中女性裸體的光芒震懾的情緒，不敢直視耀眼的軀體。這類女人像美麗的、致命的細菌生長，在她們雪白的兩腿之間腐化和擾亂城市。她在想秦半兩畫那些身體器官時，一定也感到了細菌的入侵。畫中裙衫一地。那是秦半兩剝下來的：脫下她的拖鞋之前，他已經解開了她的襯衣。她胸前圓鼓的成熟的果子落在他的嘴邊。她的腹部在兩腿交合之處收攏，形成兩條貝殼似的曲線，猶如落日的餘暉消失時的地平線，沉寂、幽閉、深邃。他一定想住在那裡閉戶不出。

想到這，旨邑心中隱隱不快，她感到自己無時不在經受著別的女人的威脅。

「馬奈在《奧林匹亞》中仿照經典的手法，利用一隻恰好擺放在那個位置的手來解決問題。但是這隻手激怒了當時的批評界，因為手明確暗示那裡有東西被掩蓋了，倒不如直接呈現反而能沖淡這個問題。」秦半兩接著說，並且推開幾扇玻璃窗，湖面的風立刻衝進來，抖動畫紙。

一套仿明清的桌椅，巨大的樹墩茶几上堆放畫冊、時尚刊物、報紙、茶具、菸灰缸。兩個音箱比人高。一台老式唱機，荷葉狀的大喇叭。

「我最苦惱的是，畫起腳來總不滿意。」他和她各自坐下來。她的屁股剛接觸到椅上的軟墊，突然就想離開。

「我的朋友有雙漂亮的腳，不弱於《維納斯的誕生》。」她想到原碧，但她猶豫是否介紹給他做模特。

他笑說有的腳雖漂亮，但沒生命，因而也沒情感。她躲開他豹子似的眼神。她想他見過不少女人的腳（自然也包括女人的身體），他必定會為原碧的小腳著迷。這類男人的心思最難把握。她頗為不安，突然想起什麼似的，說她得走了，約了人去店裡拿東西。陰影迅速蒙上他的臉。他低著頭，不吭聲，受傷似的頹喪不堪。他凝重的神情擊中了她。她剛站起來，差點動情地跌倒在他的懷裡，同時，她更希望他像豹子那樣衝過來，將她俘獲。她已經從他面前走過去了。衣服幾乎擦到了他的頭髮。她懷著失去水荊秋的悲傷，步伐乾淨利索。他凝固不動。她感到自己像一部被撞爛的車，仍在一路疾馳，零件鐵片散落，在身後樹葉般飛旋。他像路標等待她停下來。她不是她自己，任憑逝去的愛情帶著她前進。快到門口的時候，他叫住了她。她停下腳，不敢回頭看他。他問她哪天回家，他閒著沒事，想隨她玩一趟。

原碧洗完澡開始修剪腳趾甲，完後塗上一層潤膚霜，她對它們心滿意足。穿襪子前，她用數位相機不同角度地拍下它們，再輸到電腦裡，透過螢幕欣賞一會兒，然後索性將它設置成桌面。她愉快地做完這一切，想起剛當老師沒多久，有位男生對她說她的腳很好看，她臉都紅了，好像受到關注的是胸部，後來長時間祕而不敢示人。那時候覺得被誇獎雙足，等於是鄙薄人。當然，現在她不這麼想了。她已經開始正確認識自己的腳（從前覺得腳敗壞了愛情，是錯誤的），並逐漸上升到理性認知階段。她開始了解腳的文化：猶太人說到性器官，有時婉轉地用「足」代替。

《舊約・以賽亞書》裡寫「腳上的毛」，意思就是陰毛。在許多不同的民族裡，一個人的足也是怕羞的部分，是羞澀心理的中心。不久前的西班牙像她一樣羞於露腳，但現在這種風氣已經不再通行，把足部呈露出來的女子，不再是準備以色相授的表示。讓原碧自信的資料上說，無論什麼時代，戀愛狀態中的人，都認為足部是身體上最可愛的部分。愛人美麗的足不只是件值得崇拜的體質的東西，它是一個力的中心，一個會施展壓力與魅力的活物，它是生動的，甚至是會說話的。原碧相信自己的小腳軟、秀、纖，也是香豔欲絕，足以使人魂銷千古。李漁對小腳的玩法歸納出了四十八種之多，如：聞、吸、舔、咬、捏、推等，小腳是女人（除陰部、乳房外）的第三「性器官」，她理當引以為豪。

謝不周找原碧諮詢她們學校招生的事情時，曾經說到天氣暖和的時候，一起去漂流。她覺得時間離「天氣暖和」並不久遠，春節一過，世界就是桃紅柳綠的了。如果是廣東或海南島，更是躍躍欲試的初夏季節。腳是原碧的驕傲，她熱切地等待春天到來。

原碧頗為快活，有話想說，忍不住打開自己的私人博客網，掛上剛拍的圖片，取名「現代金蓮」，得意地附上杜牧的詩：「鈿尺裁量減四分，纖纖玉筍裹輕雲，五陵年少欺他醉，笑把花前出畫裙。」原本想對自己擁有的雙足美言一番，卻感到言語貧乏，現代漢語淺薄，不如古詩意蘊深厚，妙不可言，像古樂府詩「足趺如春妍」，李商隱寫「浣花溪紙桃花色，好好題詩掛玉鉤」，李白說「履上足如霜，不著鴉頭襪」，讀起來蕩然銷魂，於是她接著寫道：「我由衷感覺，多年前那位稱我雙足為奇蹟的已婚男人，是懂得品味的，鑑於我當時對他的不良態度，我頗有悔意。」其實說悔意還不準確，原碧在某種程度上已經有點懷念他了。她又想到《趙飛燕外傳》所敘成帝和趙昭儀合德的性關係，再次證實了足和性興奮的密切聯繫：

「帝嘗蚤獵，觸雪得疾，陰緩弱不能壯發，每持昭儀足，不勝至欲，輒暴起；昭儀常轉側，帝不能長持其足。樊嫕謂昭儀曰：『上餌方士大丹，求盛大，不能得，得貴人足，一持暢動，此天與貴妃大福，寧轉側俾帝就耶？』昭儀曰：『幸轉側不就，尚能留帝欲，亦如姊教帝持，則厭去矣，安能復動乎？』」

讀到此處，原碧滿心欣慰，不由將雙足攥在手中，又想到「蓮中花更好，雲裡月長新」，只覺腳趾間冒出香膩的汗來。

有種東西在旨邑內心深處越來越稀薄。心靈在本質上表裡不一、圖謀不軌。她需要找到一個解放性的詞，借助於那個詞語，能夠最終把握迄今為止一直糾纏不清地壓迫著她的意識的東西，忘記所謂的時間、悲傷、自我。「回家」，是一個不錯的詞，但這個詞帶給她新的壓力與緊張。一年到頭，時間這張稀疏的網，將一切都遺漏掉了，只有家鄉的小鎮倒是密密麻麻地收集著歷史，不論糟粕和精華。街道越發狹窄，路面坑窪漸深。經濟似乎好起來，部分舊木樓消失了，代之以洋樓小景。河裡的水污染太重，不能飲用，游泳也不行了，政府將它包給個體戶養魚，改變了全鎮人的生活趣味。年輕人都在吸毒，和抽菸一樣普遍，毒癮上來，趁黑到鄉下偷雞摸狗，打家劫舍，弄得村民們天黑閉戶，每家養好幾條狗。派出所的夥計們認錢不認人，行賄者能拿出上百萬的人民幣上下疏通。一個純樸的小鎮都變成這樣了，其他自不待說。

旨邑在回家的路上想起這些，提醒身邊的秦半兩，不要對那個墮落了的、有著兩百年歷史的湘北古鎮抱有期待，它早已不是她出生、成長時期的面貌。如果哪一天街角那株蒼老梧桐不見了，河上石拱橋以及橋底烏篷船消失了，舊木樓青瓦簷全部毀掉了，她絕不會再回來。秦半兩說她恨之愈深，愛之愈切，他這次來的任務是，在這些東西消失前，把它們記到他的畫裡。旨邑笑。她感到自己又在做荒唐事，居然把他帶到自己生長的地方，難道潛意識裡對他懷有什麼樣的期待？剛與水荊秋分手那會兒，她哭著想，一定要在身邊找一個人馬上戀愛，事實上，即便身體裡躁動不安，虛無感也會將它們輕易地毀壓。她是一隻吃飽了的狼，對出現在附近的動物失去攻擊興趣，就算動物們在她嘴皮底下遊蕩，也絕對安全。不過，她願意將牠們盯緊，儲藏，以期再度饑餓時享用。

他們終於抵達小鎮，秦半兩立刻喜歡上它。那時正是黃昏，斜陽浮在河面上，一些屋頂白霧繚繞，兩條狹長的街道成「人」字形伸展開去，裡面傳出偶爾的炮竹聲，以及晃動的人影。他撐開兩腿，軍匪似的站在橋頭，飽看小鎮嫻靜迷人的面孔，覺得並非旨邑描述的那麼糟糕。在往家裡走的那段路上，旨邑給他講了自己的家庭情況，母親的脾性，還有由於父母的一次「不慎」生下的妹妹，比她小八歲，還指給他看了她當年就讀的小學。秦半兩問她將怎麼介紹他，她說是「朋友」，他說你媽要是問我是不是你男朋友我怎麼回答？旨邑說你笑一下就行了，讓我媽自己去理解。他說聽起來我們像是不依賴語言，而是依靠觸鬚傳遞情感的動物。完了又說，萬一我很高興，對你媽說我是你的男朋友怎麼辦。她說以後每年都得過來圓謊。他說這很有吸引力。腳下的淺靴踩得咯嚓作響。這個時候，旨邑想起自己對水荊秋說，她要一輩子做他的情人，永遠不要分開。水荊秋戰慄地抱緊她，他說她是他的福分，他不奢求太多。現在她覺得自己說出那種話，簡直是恬不知恥，遠不如水荊秋說的實在，比如說「不奢求太多」，潛在意思則是一段，或者部分就夠了，她奇怪當時怎麼就沒明白過來。她太相信他的顫抖，因為偽裝顫抖的難度太高。有些話怎麼要很久以後回想起來才能領悟，確實給人生釀成許多失誤。

秦半兩受到旨邑一家的熱情款待，連她家的狗都一反往常地對他表示友好，並迅速和他成為朋友。第二天，這條黃狗從頭到尾都跟隨旨邑與秦半兩在小鎮轉悠。一會兒跑在前面，一會兒跟在後面，有時突然消失了，但很快又回到他們的腳邊。牠驕傲地展示牠的家人和朋友，樂呵呵地跑著碎步，對一切胸有成竹。他們仨圍著小鎮走了一個小時左右。有時穿越狹小的胡同，這裡是聲音的大雜燴：鍋碗瓢盆、電視劇、咳嗽、聊家常、大聲爭執；有時走到集市裡頭，嘈雜混亂，讓人想起「清明上河圖」的局部。他們來到河邊，廢棄的碼頭曾是繁華的貿易點，後來一度成為女人的搗衣場所，游泳的人也在此上下河灘。現在的麻石縫裡長滿了雜草，鳥屎點綴著麻石板。一艘養魚放食的舊船停靠。風將河面的垃圾堆掃到岸沿，也圍在船的底部。在這裡看到對岸的「郵政局」幾個綠色的大字。邊上有間小館子，有米粉、包子、粉蒸排骨、臭豆腐，晚上吃田螺喝漫酒的人很多。旨邑說，在小鎮裡，這樣的吃法是很令人滿足的，他們不會想到要吃海鮮鮑魚穿山甲果子狸，那還比不上弄條狗一鍋燉了，加上紫蘇、辣椒、桂皮、薑蔥蒜。

「每個人都生活在一定的文化模式中。藝術的形式和心理要求反映了一個社會的、宗教的、政治的和文化的要求。從藝術上來講，這是獨特的表現手法，他們是自由的。這就像是一個作品中的隱喻，啟示一種看待生存的世界的方式，在看待它的同時接受它，並將它同自己的感覺結合起來。」秦半兩引申到某個高度。

旨邑對一切給予充分理解，她接著說：「也許我們對生活的呈現，總是與經驗相關。比如說植物，這裡有『細胞中的細胞』，『原生質』和諸如此類，不言而喻，既合乎理性，又合乎生理。它在植物裡是如何生長的，是藝術。它在蘑菇裡一個樣，在白樺樹裡另一個樣，但是，在蘑菇裡是藝術，在白樺樹裡也是藝術。」

「當代的實質是喜歡把一切納入規範、模式和套語中，有了叔本華，『悲觀主義』便成了套語，有了尼采，他的『反基督』便掛在成千上萬的嘴上。每個活生生的個性都是絕對的，是不可侵犯的。」他們往另一條街走去，幾個衣著光鮮的孩子歡笑奔跑著經過他們，手裡拿著花炮。秦半兩又說：「做孩子真幸福。我希望所有的婚姻都停留在童年——夫妻應該是孩子，是小狗兒，人人都有責任餵養他們，關心愛護他們。他們呢，只須是幸福的，並為一個好社會生好孩子。還有，新婚第一年不是住在家裡，而是住在玫瑰花做成的籃子裡。真是太嚮往了。」

「你覺得愛是奇蹟嗎？道德奇蹟？人們到底應該讓婚姻服從愛情法則，還是讓愛情服從婚姻法則？」旨邑抹不掉水荊秋的影子。

「上帝創造了愛情，亞當和夏娃相愛——這是《聖經》承認的琴瑟之好，男女之愛。愛情比『婚姻的法則』古老，古老的和基本的東西不應該服從新的和附加的東西。我的回答你滿意？」

旨邑點點頭，心想他還不能體會「身不由己」的苦衷，理論與現實從來是分道揚鑣的。她給他講了一個鎮裡的愛情故事。天色漸漸陰冷，看樣子要下雪。晚飯時分他們回到旨邑的家裡，他開始在餐桌上津津樂道於小鎮的景觀。旨邑的母親忙著準備明天過大年的食物，一直沒閒下來和秦半兩聊幾句，她也講不好普通話，只是聽他們聊到開心處跟著笑。倒是旨邑的妹妹，直呼秦半兩的名字，私底下問他什麼時候可以喊他姊夫。

旨邑的母親一直保留孩子們的童年玩具，旨邑每年回來都要欣賞一遍。其中一支木製彈弓引起秦半兩的興趣：利用一截形狀標準的「Y」形的結實樹枝，兩邊各弄一道深深的勒口，分別套上一堆橡皮筋，中間用小塊皮質連接，作為子彈的發射中心。如今彈弓的樹皮已經磨掉了，露出白的樹肉，仍有木香。旨邑說彈弓是她十歲前最喜歡的東西，她用它來彈天上的鳥、水裡的魚，樹上的果子，地上的蟲子，也玩彈擊同伴的遊戲。她問他要不要試試她當年的功夫是否還在，他點點頭，做出英勇就義的姿態。於是她飛快地捲出一顆有稜角的「紙彈」，退後牆角，對準秦半兩「啪」放了一槍，秦半兩的額頭緊跟著一聲響，紅了一塊，同時感到有點疼。

「如果是石子兒，小命就被你拿下了。彈弓是男孩子玩的，那樣的女孩子長大了成為女性主義者的可能性太大了。」秦半兩揉著額頭，沒料到她真有兩下子。

「只是可能性。我相信人會是潛意識地『選擇』自我，決定自我採取男性的生存方式還是女性的生存方式。人的性是心理的性，性差異不僅僅是文化因素，它總是超出單純性別上的不同。」旨邑心想女性主義者是否會陷入她這樣的處境。

「女性其實本來就是自由的。女性一旦意識到自己完全是自由的，她就必須自己拿主意，自己來塑造自己的女性性特徵，而不是聽從男權文化的安排。那麼，每一位女性的所作所為本身也就決定了女性自己為自己塑造的特徵，所以，自由意味著責任。」秦半兩對女性主義有自己的理解。

「我知道『成為女人』並不意味著生物性別與社會性別的對立，是女性利用自由的方式。不說這些，複雜到頭痛。」旨邑感覺「自由」一詞格外刺耳。

秦半兩看她一眼，意味深長地說：「佛洛伊德酷愛雪茄，保持每天抽二十支雪茄的習慣，在查出患有口腔癌後也沒有改變這一切工作習慣。」

旨邑一愣，明顯感覺他有所暗示。不管怎樣，又是個聰明男人。他在洞察她的心跡。她和他沒有性，才會有談話的情感交流方式與溝通慾望。水荊秋是塊老薑，比他更富見解，閱歷更深，但她和他的性愛幾乎代替了一切——對身體的反覆閱讀占用了全部感覺，他們幾乎抽不出時間做出評說。

衰老的時間在屋子裡咳嗽，噓痰，挪動。

有一陣旨邑待在自己的房子裡，耳聽滿世界流淌的節日歡笑，不可遏制的悲傷。水荊秋依然沒再給她發一則簡訊，如此決絕。他或許平靜地回到家庭，辭舊迎新，火車再次壓上了軌道，正轟隆隆地前進。她與他重新回到陌生。流星劃過天際，春夢了無痕。她試圖理解他：他是善的，但未把善的一面朝向她。她勸導自己：人性並不是永遠前進的，它有進有退。激情是有冷有熱的，而冷也像熱本身一樣顯示了激情的溫度和偉大，為了要感到熱，冷就是可愛的。水荊秋的手第一次觸及她的身體，就像在宇宙間刷出一道迷幻彩虹，在大地上劈出一條滾滾江河，他不能一揮手就讓世界恢復原樣。意識到自己仍心懷期待，便咒罵自己沒有出息。她又想到秦半兩，那麼迅速地融入到她的家庭，好像只是少小離家老大回。他唾手可得，而她對水荊秋熱情未熄。

早上起來，小鎮全白了。雪花仍在翻飛，這一情景令旨邑恨不得嚎啕大哭。她想起元旦節的晚上，水荊秋在公用電話亭裡給她打了整整一個小時的電話。臉上結了一層薄冰，雪已沒至他的腳踝。風一陣陣嗚咽。他說這個世界上，他最牽掛的人是她。她是他的女人，他的愛人，他的孩子，他的寶。那晚她比任何時候都相信他是一塊優質的和田玉。可以說，她期盼的其實是她完全不了解的東西，又是什麼賦予她如此戀戀不忘的深情。進行一次沒有終點沒有目的地的奔跑，以含糊不清的愛為起跑的槍聲，還沒想清楚怎麼才能停下來時，就已經停了。

晚上，正當旨邑認真投入過年這麼一回事裡，歡度除夕夜的時候，水荊秋發來連續的訊息：

「旨邑，無時不惦記你。早些日子離開長沙的時候，我在你床頭的玻璃花瓶底下留了張紙條，還在你書架上的《追憶似水年華》第一卷裡夾了東西，打開那本《聖經》，也有。拿出來，別看，全部燒了吧。

「不知道你在哪裡過年，希望你已經回家了，不要獨自留在長沙。你曾給我開闢了一個世界，你將會看到你對我的影響如何反映到我的生命中來。對你說再多癡心的話也沒有用，我是如此無奈。是我對不起你。我愛你，我會把你深深藏在心底，旨邑永遠在我心中。」

無數隻夜鳥倏忽間飛起來，拍打的翅膀令樹葉疾翻，如颶風驟起，瞬間將悲傷掃蕩一空，疼痛如黑夜的白光閃現，彷彿即將破曉。

旨邑只想立刻回到長沙，打開《追憶似水年華》第一卷、《聖經》，以及玻璃花瓶。

年初三就要回長沙，誰也拿不準旨邑要幹什麼。到得長沙後，她請秦半兩吃飯以作犒勞。她很快活，眼裡閃現令秦半兩惶惑的光彩。她似乎對他陡然親近了許多，他反而覺得遙不可及，感覺她被別的男人刺激了芳心，神魂顛倒。他頗為頹敗，但仍是陪她樂了一陣，直到分手各自回家。旨邑放下行李，在書櫃前站了很久，彷彿是到了別人家裡的小孩，仰著頭，想看書卻又不敢伸手拿。她的心跳得像個行竊者，在進行一次沒有絕對把握的行動。她始終是沒有下手。然後她收拾行李，清理屋子，給陽台的花草澆水，無論她在做什麼，心思始終停留在書櫃和玻璃花瓶上。她沒有想到，水荊秋還會做出這種細節，她只意識到這種細節的浪漫，不能意識到它的危險：一個人的一生，很可能就毀在這樣的小細節裡。實際上她並沒吃飽，她急於回家看水荊秋留下的東西，站在書櫃前卻望而卻步，彷如「近鄉情更怯」的遊子。她漫無邊際的猜測他留下的東西，情話，誓言，一個已婚男人理性的表白，或者其他什麼小物什。她怕看了難以承受幸福，更擔心看了會失望難過，她就像一隻鼴鼠，面對僅剩一塊肉片過冬的現實，說不清該欣喜還是惆悵。如果雪一直下，整個冬季都不能囤積到別的食物，牠就會在牠陰暗的洞穴裡餓死，如果天很快晴朗，這塊肉片勉強糊口，牠完全可以樂觀的打個盹，該幹嘛幹嘛去。

其實她什麼也不想做，就想坐在書櫃前盯著它們，放電影一樣將水荊秋從頭至尾回憶一遍。他在她房間裡走動、抽菸、吃飯、蹲廁所，在屋子裡任何一處攻擊她，心滿意足地回去消化，因為身心舒暢，對梅卡瑪倍加溫情。想到這一點旨邑就不舒服，根本就不想看他留了什麼。她覺得做妻子的太了不起了，她們（梅卡瑪）精通精明的愚蠢哲學，故意掩飾了女人敏感細膩的大性（她不相信梅卡瑪察覺不到他如此深厚的外遇情感），情人不過是給婚姻之船卸下重物，減除壓力的搬運工，折騰得一身疲憊，不過是白忙一場。

白忙一場是功利主義者的想法，旨邑辯駁自己。生活本身是一片虛無，全靠自己賦予它意義。人生的價值在於自我設計和自我實現的過程，愛只是人生的一部分，是自我的選擇，道理是一樣的。旨邑陷入無盡的鬥爭中，不知道哪個自己才算真實。我們保持我們的某種德行並不是由於我們自身的力量，而是由於兩種相反罪惡的平衡，就像我們在兩股相反的颶風中維持著直立那樣，取消這兩種罪惡的一種，我們就會陷入另一種。看來一個人呈現的真實是具有偶然性的。旨邑似乎是這麼感覺，她索性戴好帽子繫好圍巾出了門。大年初三的雪夜，街上格外冷清，一窗窗燈火在人世間更顯珍貴，不管出了什麼問題的家庭，在這個時刻都拿出了最大的誠意來對付完美的春節。如果一定讓她來解讀這個時刻，她只想用「扯淡」兩個字來形容，然而她希望屬於任何一個「扯淡」的窗口，像籠子似地把她和水荊秋關起來，直到他有了外遇，努力隱瞞，造就她成為比梅卡瑪更偉大、更懂生存哲學的女人。

她沿著一條風景美好的街道走到繁華之所。酒吧搖滾樂、咖啡館曖昧的人影、夜晚找樂子的孤獨者，混雜的熱鬧聲音感染了她，她確信在這個世界上，年輕人需要快樂，老年人需要安寧，女孩需要出嫁，已婚者需要「第二春」，互相碰撞，永遠鬧哄哄，是有道理的。每悟出一點道理，她感覺自己便老了一重。常見的那名乞丐仍在乞討，對自己從事的行業從不厭倦，餐風露宿，戚戚哀鳴，並不在乎人們的心靈變得越來越堅硬。他在向這個世界乞討，他是最真實的，她想，恐怕只有乞丐是這個世界上唯一沒有外遇的人了，於是心裡陡然生敬，往他面前的飯缽裡扔了一個硬幣，撞擊出金屬質地的聲響，顫顫巍巍，瑟瑟不絕。

漫無目的，好像整個長沙只剩秦半兩了。匆忙與他告別，現在又有了悔意。她感到內心裡的空洞重新變大，書櫃裡的祕密根本填補不了它，甚至使空洞更疼。她想立刻回去看個清楚，但只是緩慢地在一個冷清的報亭隨手買了一份冰涼的報紙，打算喝杯「藍山」咖啡讀完它。喝「藍山」原是謝不周的嗜好，他從不更換（當然潛在原因是，這是他逐一品嘗過後的選擇），與他對女人的態度截然不同。他會因喝到不純淨的咖啡而怒火滿腔，但始終寬容女人各式各樣的缺點，並予以尊重。今晚特例喝「藍山」，她並沒意識到自己頗為想念滿嘴粗口的謝不周，他跟那個乞丐一樣真實。她要了咖啡，又加奶又加糖，像謝不周那樣輕抿了一口，然而她的舌尖還沒來得及真去品味，立刻被報紙的標題吸引了：日本簽訂「婚姻契約」已成時尚：

「今年在日本流行一種在結婚前男女雙方簽訂『婚姻契約』的時尚，除了那本法律承認的婚書以外，雙方還要根據自己的愛惡、習慣，再簽訂一份由雙方簽字畫押，有的甚至有證人簽字的『婚姻契約』，以便來達到婚後的和諧、減少糾紛和爭吵。研究生畢業的渡邊里子上個月結婚。渡邊酷愛旅遊，為了保證婚後能繼續外出瀟灑，她就在『婚姻契約』裡明確寫下了每年要在國內旅遊兩次，去海外旅遊一次的計畫；而她的丈夫則要求每個月有五萬日圓歸自己自由支配，渡邊不得干涉。一個女職員，結婚後就辭去了工作，做起了全職太太，她就要求每周有一天自己外出會朋友、購物、做自己想做的事情。現在日本，夫婦雙方都上班的人在增多，這類人的簽約就更詳細具體。經濟分開，或者經濟公開自不必說，那肯定是契約內容；就連做飯、洗碗、洗衣服、打掃衛生，都有明確分工，責任到人。在這種家庭中，很難再看到那種由女人一個人承包全部家務的情況了；有的還規定生下孩子後，丈夫和妻子輪流請假、護理嬰兒。日本人做事認真，崇尚條條框框，因此最近書店裡還出現了一些專門教人如何寫『婚姻契約』的書，這些書裡對怎樣寫『婚姻契約』、應該寫哪些內容都有詳細地講述，絕無半點遺漏；有的書裡，甚至就連夫妻間做那種事，都會教你如何去簽約。譬如，在做那種事前必須洗澡刷牙淨身，再譬如每周做幾次、什麼時間做，要有計畫，不能臨時起意，更不能不顧對方感覺，草草了事。這一時尚很得年輕人青睞，已有燎原勢頭，相信很快就會燒到中國來。」

旨邑讀之啞然失笑，這種契約簽得很可愛，很家常，相當於一次彼此的撒嬌，因為它根本不觸及關鍵的問題，比如個人財產的保障，離婚的財產分割，有外遇而隱瞞姦情者需支付鉅額精神

（不忠）賠償（這項太重要了），因為隱瞞是對另一方的自尊以及智慧的侮辱，對彼此的愛情的嚴重玷污，而及時坦白可酌情商榷，甚至免除懲罰。至於性愛時間約定一項，未免滑稽弱智，強姦民意。我們當然知道，簽訂契約是人們發現問題，尋求解決方式的一種，但是它的效果猶如抽刀斷水，永遠解決不了人的精神困境，正如別爾嘉耶夫所說，精神的現實深度正是在對命運的體驗中，在痛苦、憂鬱、死亡以及愛中，在自由中被生存地認識。

可以說，在某種程度上，謝不周心靈深處愛著旨邑。他「愛」著，不斷地想她和她未曾暴露過的身體，但這並不妨礙他被別的女人吸引。世間女子有千萬種，旨邑只能代表一種類型。他不斷參加全國各地的房地產營銷策劃講座，唾沫橫飛，財源廣進，同時特別關注矜持的房地產界美女的仰慕，她們暗送秋波，他隔山相望，一眼掃過黑壓壓的人頭，總能準確地發現他的目標對象。通常謝不周都對女性說自己正在和諧婚姻當中，如他當時騙旨邑一樣。於是有知趣而退的，自然也有迎難而上的。他對自己的身體有幾種使用方式，感覺好則不遺餘力，事後適度溫存，會再次約會；感覺一般則顧自了事，當即離場，永遠只有別人懷念他。「女人們愛上我，如果我不和她們睡覺，那會傷她們自尊，她們會覺得受到侮辱。我也不容易啊。」謝不周曾經對旨邑說過此番言語。

這一次謝不周掛彩了，從安靜斯文模樣單純的女孩身上下來，他的左側肩膀上留下兩彎通紅的牙印。當晚沒事，第二晚史今看見了，也只是一笑置之，似乎還開了句玩笑，說他被狗咬了，且照舊把他伺候舒服了。她知道他衛生方面很注意，在外必用安全套，照理說來，他與女人算不得是真正的肉體接觸。只是完後她還想就牙印說點什麼。遇這種事，謝不周像往常那樣，眉頭一皺，腦袋一歪，頭就痛了。他不能與女人糾纏一個問題，如果史今要鬧，他會頭痛欲裂，等於在要他的命。只要他亮出頭痛的法寶，天大的事情也要平靜下來。

「古代男女相愛，私訂婚約的，會有一種叫做『齧臂盟』的儀式舉行，其實就是情咬。閨房之樂裡，男女之間，喜歡在對方頸項上撮取紅印痕，江南人叫做『撮俏痧』，也是情咬的一種。」史今笑著說，眼裡閃著幻滅的冷光。

其實，如何理解謝不周與史今的關係，似乎並不困難。在莎士比亞的《奧賽羅》中，奧賽羅對黛絲德莫娜有這樣的評價：「她愛我是因為我經歷過的風險，我愛她是因為她確實憐憫我經歷過的風險。」不妨以此來闡釋史今和謝不周的感情：她愛他，愛的是一個「閹割」了的存在；他愛她，愛的是一個母親，母親能夠撫慰他的創傷。再轉到旨邑與水荊秋的關係上來，也有同樣的道理：因為旨邑剎那間的無助，令水荊秋心動；他愛上她的無助，而她因為想到他發現並愛上她的無助，在第一次不太美好的做那事後，終於從他的油性頭髮中聞到了幸福的芬芳。

旨邑看完水荊秋所藏下的東西，第二天就趕往哈爾濱去了。身體外沒發生什麼事情，而是身體內發生了大事。不是健康問題，而是情慾問題。彷彿交響樂中的停頓靜默之後，突然炸響一個強音，她與水荊秋過去的種種，狂蜂亂蝶似的一起奏響，音樂情緒高漲懸空，她必須像一枚低沉的大提琴音符，從眾多聲響中逃離出來，這枚傷感音符的軌跡在空中形成一道深深的水渠，隨之緩緩注入那些激烈洪流，她率領它們從長沙流向哈爾濱——她的每一個毛孔都渴望他的填充。

她就在離他家不遠的賓館住下，他打車五分鐘就到了。在門開的瞬間，壯烈的交響樂第二樂章的頭一個音符奏響，一段纏綿悱惻的小提琴，婉轉悠揚，如泣如訴，鋼琴曲輕柔點綴，作為樂手的男子與長髮的女子，雙目緊閉，彼此捲入於他們奏響的優美旋律中。她是他手中的琴鍵，她隨之發出不同音調的音符，或長或短，或高或低，手指狂亂，音符便急切密集；他是她懷裡巨大的大提琴，長出她許多，身體的戰慄使她的拉奏有失水準，愛拽著她往他的身體裡沉墜，比地球的引力更大。他是一管薩克斯，她吹響他，激昂與夢幻的旋律風一樣奔跑。他們的身體就是音樂廳，一座在彼此來臨前無比空曠的建築物。他舞動銀色的指揮棒，有大師的氣勢與魄力，熟知起、轉、承、合，激越、柔緩、速度以及停頓。除了音樂，全場鴉雀無聲。這是一場生命的演奏，一場忘我的演出，直到每位演奏者精疲力竭，臉上淌著汗水，氣喘吁吁地謝幕，才有了交談聲。

他們迅速地成為了觀眾，濕漉漉地坐在大廳裡，讚美彼此的音樂才華，演奏者的音容變幻。他把燈光調到明亮，她不肯離開他去洗澡。

「你把東西夾在《追憶似水年華》裡，是暗示什麼嗎？可你又在信裡叫我永遠不要懷疑你的愛。」她憂戚忡忡地說。

「我是無意識的，夾在你喜歡的書裡，只表示我對你的重視。我從沒想過會離開你。你是我今生的福分，我的寶。」他笑她胡思亂想，唯心主義，神祕主義。

她對他的話感到滿足，接著說道：「你在信裡夾一撮毛髮，嚇我一跳，什麼時候剪下來的？我第一次收到這種禮物。以後你要是離開我，我拿它做證據告你強姦。」

「喲，怎麼報復我都想好了？我的寶，早上你在睡覺，我起來抽菸，拍了幾張室內的照片，你還沒起來，我想你多睡會兒，沒有叫醒你，一直琢磨著給你留點什麼，免得你一天到晚猜疑，心情不好。我想過剪一綹頭髮，但我想有比頭髮更親密的毛髮。你怎麼沒燒掉，還留著呢？」

「捨不得。春節回家了，回長沙又過了好幾天才敢看。你真能忍，非得大年夜才告訴我。」

「本來是留給你大年夜看的。我想陪伴你，讓你感到我在你身邊。欠你太多，我常常為此心疼。」

她箍緊他，覺得他的腰比以前粗，體重有所增加。

「壓在花瓶底下的照片，我看了半天，才知道那是高原上你第一次抱我的地方，你的手還伸到我屁股底下耍流氓。」她還是樂於說起他留下的東西，那是促使她來見他的主要原因。他睇起眼得意地笑，說是大清早他特地拍下來送給她的。又說如果不是在高原，而是在任何一座城市裡頭，他的手絕對不會伸到那樣的地方去。他為他的手感到羞澀，她知道他說的是真的，如果不是在高原，而是在任何一座城市裡頭，她也不會和一個陌生人擁抱，並默許他的手插到她屁股底下。

回憶是甜蜜的，時間因此溜得更快。沒等到他們的身體冷卻，他匆匆走了。旨邑上街溜達的時候，才真正看清哈爾濱的樣子。春節還在繼續，街上到處張燈結綵，街邊很多隨意堆起的雪人。每見到一個女人，旨邑就想那是不是梅卡瑪，或是梅卡瑪的類型。類型很重要，代表水荊秋的品味。旨邑一會想像梅短髮捲曲，燙染成暗黃色；一會又想她可能是頭髮蓬鬆的長髮女人。她是前衛時髦的，也可能是傳統精緻的，幹練潑辣，或者穩重典雅。旨邑滿腦子都是梅卡瑪，走在屬於梅卡瑪的城市與街道，她感到一種侵犯者的隱隱快感。梅卡瑪的氣息在空氣裡飄。那些美容院、超級市場、乾洗店、麥當勞以及郵政報刊亭、新華書店，都有梅卡瑪的影子。包括腳下這條人行道，很可能是梅卡瑪經常走過的路。梅卡瑪和水荊秋，他們一家三口，這是他們的世界。旨邑感到自己就像鬼子進村，端著刺刀鬼鬼祟祟地東張西望。

水荊秋第二天下午匆匆來了。他找什麼藉口得以從家裡走出來和她幽會，旨邑不再用刻薄話損他。他正為偉大的愛情冒著巨大的危險，她不想把他降為猥瑣的偷情者，儘管兩者區別模糊。但是，一旦他抽身離開她，回到他的家裡，回到梅卡瑪的身邊，她立即認定他是猥瑣的偷情者，是一隻偷嘴的貓。如果貓看見魚發抖，那絕對不是愛，而是食慾。牠吃完後舔乾淨嘴巴，用前爪洗面，泡把土，掩埋自己的排泄物，轉身邁著雍容華貴的貓步，陡然間龐大如虎。他從容面對梅卡瑪時，他們更像一對名副其實的狗男女，打著婚姻的幌子彼此占有與囚禁對方，賣著責任的招牌菜，慘澹經營寥落的家庭餐館，他們的父母、兒子、親人和朋友，以及社會這個空虛的銜頭，是這個餐館的所有主顧，他們的婚姻對所羅列的每一個人（包括社會）都負有責任，他們那條婚姻的百足蟲，得以死而不僵。

不過，待再一次見到水荊秋的時候，她又重新理解了他，他心力交瘁的樣子喚起她的溫柔與獻身精神。有句老話，叫老房子著火撲不滅，也不盡然。風吹得越大，說不定火熄滅得越快，要讓它燒得更旺，得掌握好風力風向，方式方法。水荊秋就是一所老房子，每一次刻薄與貶損諷刺都會是一場雨，久之將是毀滅性的後果。於是旨邑時而像個婊子一樣取悅他，賣弄風騷，淫音蕩語不斷，時而又回到自己，心裡充滿纏綿真摯的愛戀。他像一隻鳥飛進她的巢裡，即使是在外面飛行時，也惦記她的巢，渴望重新回到她的巢裡。社會上他有無數的身分，到處都在向他尋求結果，解決問題，承受壓力，只有在她這兒，他才可以放鬆到膨脹，快樂到飛翔，單純到只剩身體。

他們玩得很盡興。她要他叫她老婆，他說怎麼這樣喜歡當老婆。她說是啊，如果我是你老婆，你現在抱的就不是我，而是別的女人了。他只有苦笑。她又說是不是叫老婆你就想到她。我教你，你睜大眼睛看著我，然後說，旨邑你是我的老婆。他拗不過，照辦，她並不滿意，因為他表現得太機械了。他說你還不知道老婆是什麼東西。她問會是什麼東西。他說家庭成員而已，就像你不可能對她產生淫慾邪念的一個親人。她說那是因為各自都有問題。她嚥下一句刻薄的話：因為在外面有更好吃的，粗茶淡飯的胃口自然起不來了。但還是忍不住有所表示，便略含蓄地附和道，你說的可能也對，我從前愛吃農家小炒肉，連續吃了一周就不行了，見到就想吐。如果要我每天都吃它，也是很要命的事情。是不是當老婆的都想回到情人時代？

她終是藏不住內心的刺，她一定要刺他，他感到痛了，她才會舒服一點。

和她預想的一樣，水荊秋感到了痛，他拜託她不要把梅卜瑪扯進來，他忘了梅卡瑪本身就存在於他們的情感裡面。她痛恨他這句話的樣子，幾乎要說出更尖刻的話。她心癢癢，恨不得撓出血來。但她只是笑了一聲，她從長沙來到哈爾濱時，身上並沒有刺，突然間長出一身的刺，對他們的關係是很不妥貼的。更何況是她提出和他分手，爾後又是她親自送上門來，萬一他這麼擂上一句，她將顏面盡掃。於是她檢討自己，全身最惹人厭的毛病，就是嫉妒。他便反過來撫慰她，說她比以前有進步，再努力一把，徹底消滅嫉妒的毒素，明知是無用的壞感情的東西，何苦不拋乾淨它們。

旨邑心存疑惑，她肯定愛和嫉妒血肉相連，如果她真的絲毫不嫉妒，他相信她愛他嗎？

「佛洛伊德早就將嫉妒劃分為競爭性、投射性和妄想性三類，他把嫉妒和悲傷聯繫在一起，證明有些人表面上沒有顯示出這兩種普遍的情感，內心卻經歷著嚴重的壓抑，因而在潛意識中，嫉妒和悲傷的心理更加活躍。對於斯萬來說，愛火熄滅了，嫉妒仍然存在，他原以為只有他所愛的女人的死亡他才會解脫，而事實證明，死亡也不能減弱嫉妒帶給他的痛苦。我覺得嫉妒是個人的寶貴情感，嫉妒是有激勵作用的，難道你願意我成為一個壓抑鬱悶的女人？難道你從不嫉妒我嗎？當然了，我身邊又沒有別的男人，你的嫉妒也無從發生。假若我們身分對換一下呢？假若已婚的是我，未婚的是你呢？你能不嫉妒嗎？」

「我當然會嫉妒，但我會盡量不表現出來，如果總受到它的干擾，確實會影響兩個的感情。醋意越大，探求真相的熱情越高，沒事也會鬧出事來。我不想它成為你的十字架時時背著它，我不想看到你不快樂。」水荊秋待的時間稍長一點，有時間和她磨嘴皮。

他的話似乎處處替她著想，旨邑只聽出他的自私自利，卻無法指責他。她姑妄聽之，倒是習慣了忍受這樣的不舒服。不過，她仍是不服氣：

「你知道蘇丹穆罕默德二世的故事嗎？他對自己的一個后妃愛得發狂，就用匕首把她刺死了。」

「是的，為他作傳的威尼斯人不加掩飾地說，他殺后妃是為了求得心靈的平靜。難道你也想這麼做？」

「我不是蘇丹。欺負你這個燒香拜佛的佛教徒，怕佛不饒我。」

「旨邑，你這孩子，我怎麼做才能讓你快樂滿意啊？」

旨邑回長沙之前，他帶她去看了一次冰雕與雪雕展，她很高興他有大半夜是屬於她。夜色掩蓋下，他敢於牽起她的手，再有帽子和圍巾的遮擋，他敢於摟著她的腰，側低臉迎吻她。他們混在人群中，落落大方，看不出任何偷情者的跡象。她喜歡他緊緊地摟著她，避閃人潮，像掩護撤退的戰友，或者戰爭中生死一線的戀人。她幻想這個夜晚永無止境，他和她一生就這樣走下去。冰雪雕刻的藝術品像炮彈一樣在他們周圍不斷炸響，光芒耀眼，她視死如歸，緊偎在他的懷裡，人如流水，他們跋涉其中。只有一次他們被衝散了，但他很快抓住了她，用雙手把她圈得更緊。耳邊鬧哄哄的，連衣服的磨擦也融滙成一種強大、特別的聲響，腳下則兵荒馬亂，白天融化的雪水凍成冰，一個人滑倒，要波及幾個人跟著立不住腳。他穩步前行，她腳下打滑時，他就整個把她抱起來。他們走到橋頭，人忽然密集得不可思議，前面擁擠不動，而後面的人仍在推進，橋上的人牆越來越結實，肌肉越壓越緊。他們被擠到橋欄邊。更多的壓力逼過來，埋怨的叫囂已經變成恐慌的叫喊，有人哭，但很快哭不出聲音，緊接著有人跌倒了，更多的人跌倒了，後面的人機器一樣碾過去。

已經沒有任何退路，情況危在旦夕。他急問，會游泳嗎？她點點頭，她也嚇壞了。他說快跳。她抽不出身。他像卸下自己的胳膊一樣痛苦艱難，一隻手撐著欄杆，一隻手把她往上提，然而並沒有空間使勁。她從不覺得自己像現在這樣臃腫笨拙，這樣無能為力，她眼淚早流下來了，但她沒有哭，她頑強地配合他的手，終於翻到了橋欄那邊。他說，快，別怕，我馬上跳下來。她不跳，腳尖踮著一線橋沿，使勁拽他，像從泥濘裡往外拔千斤重物，或者要連根拔起一棵樹，絕望地看著他越陷越深，似乎馬上就要被淹沒過去。但是，他突然冒出了頭，頑強地掙扎，他已經不能正常翻過去，上半身倒懸在欄杆外，慢緩地拔出兩條腿，她扯他的腿，卻只是扯動了褲腳，手還碰到他小腿上黏糊的東西，然後只聽他喊了一聲「旨邑快跳」，便撒手跌了下去。她緊跟著跳下來，一起落在河裡。

所幸河面不寬，他拽著她游，後來幾乎是拖著她。他們很快上了岸，凍得不能說話。她是個從沒經歷過這種寒冷的南方人，光著腳，一身水，根本拖不動腳，他也踉踉蹌蹌，但他背起了她。他們很快打了一輛的士，呼嘯著開往酒店。他先把她脫了捂在被子裡，用熱毛巾給她擦乾身體，她哆嗦著指著他的腿，他這才發現小腿被剜掉一塊肉，多處擦傷，正在流血。他讓酒店送來簡單的藥物和紗布，將他們的衣服交給酒店乾洗，請他們明天早上送到房間，然後才在她的身邊躺下來，對她說：「今晚我不走了。」她說：「明天你怎麼交代？」他說：「不管了，死也要陪你。」

旨邑從前所見的梔子花都是開在樹上，並且花葉相對肥碩，現在的湘江邊上，竟有貼著地面生長的梔子花，緊緊密密地把草地都染白了，彷彿積了一層雪，香味隨風飄散，聞之神清氣爽。暴雨過後的湘江混濁，江水流動。毛澤東在第一師範讀書期間，常和同學在此漫步，據說一九五五到一九五九年間還經常來此游泳。現在只有運輸船停靠江邊，船頭晾曬的衣袖迎風招展。湘江大橋上車流不息。洗乾淨了的雲彩晾在嶽麓山頭。嶽麓山在長沙的西面，在旨邑住處的對面，是她陽台外的第一片風景。秦半兩說嶽麓山「碧嶂屏開，秀如琢珠」，旨邑只了解愛晚亭及嶽麓書院，也知這裡葬有黃興、蔡鍔等人，毛澤東和蔡和森等人在此成立「新民學會」，對於秦半兩說的六朝羅漢松、唐宋銀杏、明清松樟興趣不大。在長沙待了幾年，她親眼見過嶽麓山春季綠意逼人，秋時霜葉紅於二月花；冬日玉樹瓊枝，銀裝素裹。據說從前「五六月間無暑氣，二三更裡有漁歌」，現在，前半句沒變，漁歌卻是難以聽到了。旨邑羨慕古人生活的年代，沒有現代化工業的污染，詩意就在生活周圍，而今人們只能奢談「詩意的棲居」。

有天傍晚，旨邑和謝不周在湘江邊吃完鯛魚，到橘子洲頭聽混濤拍岸，謝不周表達了他對毛主席的熱愛，自詡他能背諸多主席的詩。旨邑說這讓她想起妓女皮包裡的三樣東西。謝不周問哪幾樣東西。旨邑說口紅，避孕套，一本XXX的文學著作。謝不周佯怒，說她看走眼了，他是不願在可恥的文化圈混，見到那撥鳥人就想揍他們。他連拓跋史都瞭如指掌，其他中國古今歷史自不在話下，至於背幾首詩詞，雕蟲小技而已。

「『昨天文小姐，今日武將軍』，〈臨江仙〉，寫給丁玲的；『才飲長沙水，又食武昌魚』，〈水調歌頭〉，一九五六年六月寫的，毛主席在武漢從哪個地方下長江游泳，老夫也一清二楚。老夫最喜歡的是〈沁園春〉，氣勢真磅礴，你聽仔細了：

「獨立寒秋，湘江北去，橘子洲頭。看萬山紅遍，層林盡染；漫江碧透，百舸爭流。鷹擊長空，魚翔淺底，萬類霜天競自由。悵寥廓，問蒼茫大地，誰主沈浮，攜來百侶曾遊。憶往昔崢嶸歲月稠。恰同學少年，風華正茂；書生意氣，揮斥方遒。指點江山，激揚文字，糞土當年萬戶侯。曾記否，到中流擊水，浪遏飛舟？」謝不周用的是逼真的湖南話，模仿毛主席，有七八分偉人的風采。他表演完，裝出不學無術的浪蕩樣，問道：「怎麼樣？有沒有愛我一點？」

旨邑覺得滑稽，扶著一棵松樹彎腰笑了半天。她覺得，與那種嚴肅的學院派風格的朗誦比，謝不周的民間立場更有意思。

謝不周又模仿幾位國家領導人講話，練得爐火純青，完了追問道：「還是一點都不愛？」

旨邑笑著一語雙關：「你的疏遠計畫失敗了吧，是不是反倒越來越如膠似漆了？」

「雪山草地都過來了，沒有爭取不到的事情。國民黨那麼頑固，我軍還是取得了團結、民主、進步。」他訕笑。

「幾百年後，全世界實現了共產主義，還有沒有鬥爭？」旨邑看出他只是嘴上硬。

「我看，還是有鬥爭的，但不在戰場上，而在牆壁上。」他依舊使用毛主席的話，然後接著說道：「老夫看得出來，你喜歡道貌岸然的知識分子，沒錯吧？」

旨邑說：「知識分子得罪你了？」

「中國還有幾人稱得上知識分子？知識分子早已退化，大部分私德卑劣，只是一群追名逐利的庸人。至於國外的，你聽聽：盧梭忘恩負義，對養母兼情婦的求助置之不理，任她貧病而死。他自稱沒有一個父親比他更加慈愛，卻把五個自己親生的孩子送進育嬰堂，此後不再過問，所謂《懺悔錄》，更是假話連篇。易卜生這個鳥人更是十足的市儈，在十分富有後，也只是用五克郎打發掉他的私生子。托爾斯泰從來不承認自己的私生子，也不願看一眼臨死的兄弟；雪萊和海明威一樣，看中婦女不擇手段地勾引，厭倦了則一腳踢開，不管對方死活。」謝不周一口氣說了一長串，最後告誡旨邑，千萬不要和所謂的知識分子搞在一起。

旨邑說道：「我才不相信你的野史資料。人們喜歡放大知識分子私人生活中所犯的錯誤和弱點，我可以舉例證明對他們完全相反的評價。我相信一個男人會拋棄女人，但不相信一個父親會不要自己的孩子，不承認自己的孩子，尤其是當孩子活生生地站在他的面前。」

此刻，江水綿綿，垂柳悠悠。旨邑坐在愛晚亭裡，眺望了很久。然而她什麼也沒看到，她心不在焉。她先是想起謝不周的有趣，一笑而過；接著又想起他們關於知識分子德行的爭執，她從心底裡否定謝不周的看法。對於她來說，常常回憶春節期間的那次危險經歷，是莫大的幸福，她也越發堅信，有那個夜晚的存在，除了水荊秋，任何男人都不可能贏得她的心靈和肉體。那件事像她生命中一個永遠啃不完，吃不膩的甜餅。他們第二天早上從電視上得知結果，那次事故死傷慘重，有的淹死在河裡，一部分人被踩得血肉模糊。如果不是水荊秋，她可能死了。也可能他們一起死了，他們總算是死裡逃生。她時時想起他說「死也要陪你」，沒有什麼比死更能證明愛情。她不知道他回家怎麼向梅卡瑪撒謊。她第一次沒有嫉妒，她覺得她這一生都滿足了。後來他再到長沙來，她看見他腿上的疤痕，她知道它永遠不會消失。

更早前，秦半兩的爺爺把錢幣帶回北京，直到如今還沒有下文。秦半兩的爺爺每到一個地方，第一件事就是找博物館以及被發現與挖掘的墓地，其次是古玩市場。不知道是什麼東西，使得一個活著的人，對死亡以及故去的事物興趣如此濃厚。旨邑經歷過生死體驗，對生命的認識原本就有些不同，秦半兩帶她去博物館看完馬王堆漢墓之後，震驚之餘，她理解那種不可言說的吸引力，也迷上此道。

即便是墓地移置到了博物館內，四周的陰冷仍然異樣。她不得不拽住秦半兩的手。

「兩千一百多年以前，墓室的女主人辛追（西漢長沙國丞相利蒼的妻子），死時約五十歲。據說一九七二年，她的遺體從墓葬中出土時，全身潤澤，皮膚覆蓋完整，毛髮尚在，指、趾紋路清晰，部分關節可以活動，軟組織尚有彈性，幾乎與新鮮屍體相似。是世界上首次發現歷史悠久的濕屍，出土後震驚世界，它既不同於木乃伊，又不同於屍蠟和泥炭鞣屍，這種特殊類型的屍體，又是防腐學上的奇蹟，搞得醫學界十分震驚。女屍解剖後，軀體和內臟器官均陳列特殊設計的地下室內。」秦半兩的外地朋友來長沙都要看這個，把他培養成一流的解說員了。

「你願意幾千年後，你的人和器官被拿出來擺弄嗎？」那些浸泡在玻璃罐裡的器官令旨邑肚子裡翻江倒海。

「我死後想去鄉下買塊地，睡進地下幾十米。安靜清寂。我只希望幾千年後我的畫還很有價值。」他牽著她去另外的墓室。

「我有時候想把骨灰撒在我喜歡的大海裡，有時候也想睡在大地深處，像在母親的子宮裡一樣安寧。」旨邑浮現夢中對死亡的感覺。

「一號漢墓的彩繪漆棺，色澤如新，棺面漆繪的流雲漫捲，形態詭譎的動物和神怪，體態生動，活靈活現，具有很高的藝術水平。三號墓出土的十多萬字的大批帛書，是不可多得的歷史文獻資料。帛書的內容涉及古代哲學、歷史，和科學技術許多方面。經整理，共有二十八種書籍，十二多萬字。另外還有幾冊圖籍，大部分都是失傳的佚書。二號漢墓出土的地形圖，其繪製技術及其所標示的位置與現代地圖大體近似，先後在美國、日本、波蘭等國展出，評價極高，譽為『驚人的發現』。」他邊走邊說。

她依次看到了各種漆器，製作精緻，紋飾華麗，光澤如新；還有絹、綺、羅、紗等保護完好的絲織品，一件素紗禪衣，長袖，輕若煙霧，薄如蟬翼，衣長一點二八米，居然僅重四十九克，不禁啞然失色。

「半兩，我越看越覺得現代社會是一種退步。」

「說實話，我也不愛我們的時代。你看，這張T形帛畫。西漢出殯時張舉的一種銘旌，色彩鮮豔、線條流暢，以神話與現實、想像與寫實交織而成的詭異絢爛場景為構圖，充分反映了漢初繪畫藝術的風格和成就，而且這是最早描寫西漢當時現實生活的大型作品。操，了不得。」秦半兩手指在玻璃框上指指劃劃。

「你最想生活在哪個年代？」

「當然是唐代了。」

「我願意是才藝雙絕的妓女，像柳如是、董小宛，反正活在允許納妾的年代。」

「你原本是個喜歡拋頭露面的人，對吧？在現代社會裡，反而自我封閉起來了。說實話，我還真不知道你是什麼樣的女人。」

「那你就別當我是女人，我感到現代人的生活真是乏味透了。即使與時代脫節，我也不覺得自己有什麼損失。」

「我爺爺一輩子不理會他的時代，他對自己的一生很滿足。」

「你爺爺心裡有自己的時代。」

「對，實際上就這麼回事，人活在自己的內心深處。」

「半兩同志，我有豁然開朗的感覺。你小小年紀，還挺會教育人。」旨邑笑道。

「嘿，我經常被我哥的孩子教育，說我土老冒，連『帝國時代』都不會玩。」

「我也不會。所有網路遊戲我都不會。」

「還是給你講畫。看這個，長沙東南郊楚墓一九四九年出土的『人物龍鳳帛畫』，帛質為深褐色的平紋絹，用墨繪成，兼用白粉，以寫意手法繪人物及龍鳳。畫的主體為一婦女，身著繡有雲紋的廣袖長袍，腰束寬帶，下襬前後分張，像倒懸的牽牛花，雙手合掌，做祈禱之狀。婦女站在一彎月形物之上，應表示立於龍船之上。婦女姝上方有一夔一鳳。鳳鳥昂首展翅，一足前伸，一足後伸，尾瓴上捲到頭部上方，現得強健有力。鳳鳥前方有一豎垂的龍，一足前伸，一隻足不太清晰，尾部捲曲。很見功力。」

「你別羨慕，這種氣質的畫大約也只是屬於那個時代。這幅『人物龍鳳帛畫』風格滿相近的，想必正是楚地巫文化盛極之時。」

「對，這是描繪巫師乘龍升天的情景。它出土時平放在槨蓋板與棺材之間，是引魂升天的銘旌，現在我們看到的棕黃色肯定是年代久遠的緣故。巫師寬袍高冠，腰佩長劍，手執韁繩，神情瀟灑地駕馭巨龍。龍首軒昂，龍尾翹捲，龍身為舟，迎風奮進。龍尾之上立有長頸仙鶴，龍體之下有游魚。帛畫中的華蓋飄帶與巫師衣帶隨風飄動，表現巫師乘龍飛升的動勢。正中是一位有鬍鬚的男子，側身直立，手執為繩，駕馭一條巨龍。龍頭高昂，龍尾上翹，龍身平伏，略似船形。在龍尾上站著一隻鶴，圓目長喙，昂首仰天。人頭上方為輿蓋，三條飄帶隨風拂動。畫幅左下角為鯉魚。人、龍、魚均向左，以示前進方向，連華蓋上的纓絡也迎風飄動。整個畫面呈行進狀，充滿了動感。這幅帛畫，基本上運用白描手法，但也有地方使用平塗，人物則略施彩色。畫面布局精當，比例準確。線條流暢，想像豐富，表現了楚藝術譎怪莫測的獨特風格。畫中人物比例相當準確，使用單線勾勒和平塗於渲染兼用的畫法，技巧已越成熟。人物略施彩色、龍、鶴、輿蓋基本上用白描。畫上有的部分用了金白粉彩，是迄今發現用此畫法的最早作品。」

「秦老師，做我偶像，讓我崇拜你吧。真後悔當年沒學你的專業。」

「你學的什麼專業？」

「無用的中文。」

「佩服呀！像我這種畫畫的好『色』之徒，從來都是書到用來方恨少，能博女人一笑就滿足了。」

「要是笑個不停，你豈不是要飽死過去？」

「女人笑中死，做鬼也風流。」

「我看你不像風流鬼。」

「你明知道我很喜歡你。」

「咳。我記得剛畢業那年，幾個同學去南京玩，看到『竹林七賢和榮啟期』的磚印模畫，狂喜。據說出三百多塊古墓磚組成，出土時分東西兩塊，一塊為嵇康、阮籍、山濤、王戎四人，另一塊為向秀、劉伶、阮咸、榮啟期四人。八人席地而坐，撫琴嘯歌，個個風流倜儻。我覺得即便他們去嫖妓，也不猥瑣或者骯髒。」旨邑故意引開話題。

秦半兩不急不躁，順著旨邑的話題往下談：「有印象。這幅磚畫發揮了線條的表現能力，人物造型簡練而傳神，人物之間以樹木相隔，完美地體現了對稱美學。魏晉間的風流名士，不滿暴政，逍遙山林，談玄醉酒，長歌當哭，不與統治者合作。他們嫖的是精通琴棋書畫的藝妓，有精神交流，當然覺得風雅。」

「嵇康作為『七賢』之首，豁達而有文采，文獻中記載他『博綜伎藝，於絲竹特妙』，且常常『彈琴詠詩，自足於懷』。阮籍則是不拘小節，活得很瀟灑滋潤的人，他喜歡酒，而且『嗜酒能嘯』。」

「就是把手指放在嘴裡吹口哨，對吧。他喝酒後尤其喜歡長嘯，『嵇琴阮嘯』之說大約就是這麼來的。」

「嗨，原本想賣弄一下學而無用的東西，沒想到你知道的比我還細。」

「我是關公面前耍大刀，主要是因為我對魏晉風度情有獨鍾。」

他們停在陳列室的角落裡，她看玻璃櫃裡有獸首瑪瑙杯、銀壺、青銅方鏡等。他看著她的側臉，似乎在猶豫是否靠過去吻她。她感覺到了。她能夠想像那可能發生的一切，他慢慢靠近的身體，必定暗火似的燃燒。從內心來說，如果沒有水荊秋，她和秦半兩此時此刻定會在這枯墓裡開出花來。但是，水荊秋就像博物館裡的服務員，或者是角落的電子眼，正虎視眈眈地監視他們——他仍佔據著她的整個心靈。

我們看到旨邑無能為力的彎下腰，似乎要看個仔細，她在想不應該再這樣和秦半兩相處下去了，那對他不公平，但又羞於告訴他自己是已婚男人的情人。她突然發現自己陷入一個滑稽的局面：也許謝不周和秦半兩，他們其實想著她的肉體，但一直在進行精神遊戲，展現他們的豐富內心，而水荊秋一直強調要和她有精神上的深層相交，卻仍然停留在肉慾中無法自拔。

「烏魯木齊多狹斜，小樓深巷，方響時聞，自譙鼓初鳴，至寺鐘欲動，燈火恆熒熒也。冶蕩者惟所欲為，官弗禁，亦弗能禁。有寧夏布商何某，年少美風姿，資累千金，亦不甚吝，而不喜為北里遊；惟畜牝豕十餘，飼極肥，濯極潔，日閉門而沓淫之。豕亦相摩相倚，如昵其雄；僕隸恆竊窺之，何弗覺也。忽其友乘醉戲詰，乃愧而投井死。迪化廳同知木金泰曰：『非我親鞫是獄，雖司馬溫公以告我，我弗信也。』余作是地雜詩有曰：『石破天驚事有無，後來好色勝登徒，何郎甘為風情死，才信劉郎愛媚豬』，即詠是事。人之性癖有至於是者，乃知以理斷天下事，不盡其變，即以情斷天下事，亦不盡其變也。」

原碧每寫「現代金蓮」部落格，必附上一奇聞軼事，且多與性癖相關。她自己的「金蓮」照片，已不僅限於雙足，正一張一張地往腿部攀爬，如一個懸念故事，吸引了更多的看客。成就感令原碧興奮，就像當年解出一道數學題。恭維的讚賞起鬨的留言使得她的部落格熱鬧非凡。她感到自己成了焦點，人人都在關注她，就像聚會時，男士們的眼光都停留在旨邑身上。假若他們接近原碧，也只是在琢磨如何更熟悉旨邑。原碧早就有所不滿，盡量避免與旨邑成雙成對，她討厭成為旨邑的綠葉，她希望突出自我。現在，她找到了自己喜歡的生活方式，那些陌生人送給她的華麗詞藻令她寬懷。有人在部落格上的留言稱讚與鼓勵她，認為她應該大膽展示雙足的無與倫比的美，包括身體的其他部分。有人叫囂更新太慢，照片應該一寸一寸地爬，趕緊漫過膝蓋，露出大腿。

「有些可惡的傢伙一心等著看俺的裸體，慢慢兒等吧，熬死人一律不償命。你們既是虛擬的，也是真實的，你們毫不隱瞞自己的慾望，是值得讚賞的。俺肯定會接著貼照片，至於哪一天能讓你們如願以償，俺心裡也沒底。有所期待，本來是件挺美好的事情嘛。」原碧寫起博客來語調完全變了一個人。

有一日，原碧中午在學校食堂吃飯，忽聽到有學生正在議論「現代金蓮」部落格，一個學生說，狗日的那雙腳真是完美無瑕，部落格也寫得有意思，我都快愛上她了，如果我向她求婚，她肯不肯幹？其他學生哄地笑了，一個說道，我不太相信，太完美了，很可能是假的，電腦製作出來騙人的，說不定是個男人在搞鬼。於是他們又笑，慫恿那個學生去搞同志關係。另一個同學說，在沒有充分的證據前，不要下任何結論，就像我們解題，一步一步來，自然有個水落石出的結果，我相信還是有完美存在的。

如果說以前原碧覺得「現代金蓮」只是個人的東西，那麼從現在開始，她覺得對它有了責任，更準確地說，對看客有了責任——她有必要將它弄得更加漂亮。她興趣更大了。

「俺知道Z姑娘嫉妒俺的雙腳。她擔心X大人看到俺的腳。X大人追求她，她不予回應，只是吊著他。她真是貪心的女人。俺一定要找機會在X大人面前裸腳，他見俺的腳必將為之流鼻血。X大人說去漂流，總是湊不齊人，其實他主要是等Z。Z近段去北方比較頻繁，俺琢磨她在那裡有敵情。既捂著不能示人，想必又在挖社會主義牆角。俺很是佩服她屢敗屢戰的毅力，見了棺材都不流淚。不過也挺納悶，她咋不撬X大人呢？怎麼說他也不在婚姻當中。說句公道話，X大人和她還是般配的。她這個人貪婪又清高，總希望男人都在她周邊，隨時為她服務。哼，漂亮女生一輩子都改不了風流病。俺與其催問X大人啥時出去玩，還不如直接找Z。再不出去，整個暑假就OVER了。X大人如果曬黑一點，可能會更性感。說到皮膚，俺話又多了。敷粉的風氣證明許多民族是愛好皮膚潔白的，但此種愛好也往往因時代而變遷。例如在六朝至宋代，勻面亦兼尚黃，號稱『佛妝』。梁簡文帝有詩：異作額間黃。唐溫庭筠詩：額黃無限夕陽山。遼詩：燕俗女子有顏色者，稱細娘；宋彭汝礪詩說：有女夭夭稱細娘，真珠絡髻面塗黃，南人見怪疑為瘴，墨吏矜誇是佛妝。嘿，俺不喜佛妝之美，俺偏愛膚白的，無論男女。X白得讓女人慚愧，他真的該去熱帶海邊曬上半個月。電一電Z先，如果能去海邊游泳，就比漂流更爽了。」

一切都在蠢蠢欲動。好比正在醞釀一場暴動或者革命，原碧是首領，人們圍在她的身邊，歡呼吶喊。她部落格的點擊率越來越高，居然被網站推上首頁「每周一星」欄目，知道「現代金蓮」的人更多了。她不得不重新編排了一下從前的日記，將版面調製得藝術精美，使它更具觀賞價值。原碧認識了不少「朋友」，並且和他們在網上聊得相當快樂。他們不知道她是誰，她可以毫無顧忌，從前羞於啟齒的話以及謹慎的話題，透過手指頭十分流暢地敲打出來——她對誰都不用負責，像無政府主義者那樣放浪逍遙——直到某一天，原碧發現自己變了。

事情是這樣的，那一天，她在餐桌上講起了性癖習的段子，自己還哈哈大笑，她在大笑時第一次解放了自己的嘴巴和雙手，樣子自信自然，彷彿她從來就是這樣。朋友們也對此感到驚訝。然後有人說原碧頭髮該剪了，她就說不剪，要蓄起來。大家便懷疑她經歷或正經歷某種不平常的感情。原碧只是笑，她為自己有一個幸福的祕密而幸福。前些天部落格上有一位叫Q的人留言，說他是個畫家，問她是否在長沙，如果不在也沒有關係，總之他非常希望聯繫上她，請她當他的足部模特，她完美的雙足，正是他作為一個繪畫者夢寐以求的。他留下了他的郵箱地址，希望郵件聯繫，具體商談。原碧還在考慮，是否回到現實，在一個陌生人面前公開自己的身分，但心裡面一直惦記著這件事。沒幾天，畫家Q又跟進一個留言，再次表示了他誠懇急迫的心情。她給他回了一封信，請允許她稍做考慮。於是他在她的郵箱裡留下了電話，給了許多讓她對他信任的話。他理解一個女孩子的顧慮，他盡一切證明他是一個誠實的人，並非社會上的混蛋。

他們去的是西海。謝不周對西海的熟悉不亞於長沙，他曾在此將一個死樓盤炒活，將一個活樓盤炒火，足足風流了兩年時間。城市的景觀和路線不在話下，娛樂消遣方面更不待說。他在西海找到一個有車的朋友，帶旨邑和原碧在市區轉了一天，將幾個傳說中的風景點跑了一遍。那開車的男人和謝不周十分默契，看得出來是，兩人早就狼狽為奸。謝不周暗示那男人讓原碧玩開心就夠了，休要打旨邑的主意。那人瘦高，笑起來臉特長，是某房地產公司的總經理，姓馬，她們叫他馬總。車在西海大道行駛，前往一個海濱山景。原碧坐在前排和馬總說話，後排兩人偷笑。對於旨邑來說，她希望看到馬總把原碧征服，她很想知道原碧傾心於男人的樣子。謝不周比旨邑更希望看到前排結下好果子，這樣的話，旨邑肯定會受到某些影響，將她對他的愛意激發出來，這個假期就其樂融融了。

旨邑開始還擔心原碧會木訥寡言，結果她在前面笑話一個接一個，葷的素的，把馬總樂得嘴合不攏。原碧的變化讓旨邑暗自吃驚，這才注意到原碧的頭髮過了「警戒線」，變長了，突然有了幾分嫵媚。旨邑幾乎是驚慌地去看她的腳，但是因為她坐在原碧後座，而後者屈著膝蓋，她根本看不見。她努力回憶，也記不清原碧穿的什麼鞋子，車到一片樹林，大家下車的時候，她才看見，原碧穿的是運動鞋，還有牛仔褲罩著。她鬆了一口氣，但一想到明天將在梅沙游泳，她莫名其妙的煩躁起來，幾乎後悔這麼愚蠢地選擇到西海來，往遠點說，後悔把原碧帶到自己的朋友圈來。

期間水荊秋打來電話，問及在西海玩得如何，帶防曬油沒有，叮囑她玩得別太野，小心中暑。旨邑將景色描述了一番，說正在淺海，海水有點濁，天倒是很藍，海鷗也飛得很低，她想如果和他來住上幾天，她會比那些鳥還幸福。她感到越來越依戀他，他也是。她不想婚姻了，但仍想有個她和他的孩子，越愛他，她便越需要一個孩子，很強烈。他仍是苦笑。她想得到他苦笑的樣子，像一個犯了大錯的孩子。於是她便不忍心在這個問題上折磨他，實際上她也並沒有設想過有孩子以後的生活。她只是有這個念頭而已。這個念頭突然湧現，又會悄然消失，沒多久又重新蹦出來。如此反覆，她就是一個情緒反覆的人。她反覆的情緒常牽動他的情緒跟著波動，他從沒埋怨過她。

他們在海邊照相。數位相機是原碧的。馬總拍完檢查效果時，無意間發現了原碧自拍的腳，馬總對此反應平淡，只是說一句：「這雙腳長得不錯。」謝不周說，馬總馬屁比照片拍得好，原碧小姐腳還在鞋裡頭，怎麼看得見。馬總又舉起相機，要謝不周跟旨邑合影，嚷著靠近點，表現親熱點，別像鬧彆扭的小倆口。謝不周就罵了馬總一句粗話，說咱們要親熱回家上炕親熱，不習慣在外人前頭摟摟抱抱。話雖這麼說著，他還是靠近旨邑，見她對著鏡頭表情投入，問她願不願意攬他的小腰。旨邑便搭過去一隻手，感覺到他腰桿結實，應該是常練仰臥起坐，又或者是把女人當運動工具了。

海風吹，夕陽垂，幾個人拖著斜影，在海邊逗留。馬總悄悄問原碧，那雙腳是你的嗎？原碧點頭。馬總不信，要眼見為實。完了又糾正，說買房的人都注重看實景，光看宣傳圖片心裡頭不踏實。原碧說明天游泳就可以看到了。馬總說明天的事明天說，今天晚上請她去足浴，就他和她。原碧說不行，集體活動，不能開小差。馬總頗為失望，那雙小腳讓他心動，但他還是放棄了集體洗腳的想法。馬總非常清楚謝不周的口味，他戀足，顯然他不知道原碧有雙小腳，看樣子他在錯過它們。

謝不周和旨邑落在後面，看他們低聲交談的曖昧樣子，旨邑覺得晚上原碧就要倒在馬總的懷裡了。

「走慢點。」謝不周拉了一下旨邑的手，並沒有馬上放開，直到她面對他，「你真的對老夫沒有一點感覺，老夫永遠只是個嫖客？」謝不周說得很慢，乾淨，彷彿擔心發音錯誤。旨邑最怕這種時刻，一個愛講粗口的男人，突然像個老教授，讓她哭笑不得，認真不得，也遊戲不得。她採取游離其間的方式答道：「喜歡你有什麼用？你會和我結婚嗎？」謝不周一貫的口吻上來了：「真勢利，開口就談結婚，結婚真不是件好事，老夫這不是前車之鑑嗎？像你這樣的女人，結婚可惜了，那是慢性自殺。」旨邑假裝生氣：「憑什麼你自己結兩次婚，別人想結一次你都要阻擾。」

「正因為結了兩次，下了地獄探得真理，結成現在的經驗果子，白送給你你都不願張嘴，老夫笑掉大老二的時候多，今天是氣斷大老二了。女人談戀愛太實際太功利了。」

「你是個風流債主，呂霜那裡一屁股債，史今這邊也扯不清，如果我再攪進來，你只有瘋掉了。我是喜歡你，你說明天結婚，我立刻答應。」

「將老夫的軍，明知道老夫處境險惡。你這女人，老夫知道你不是省油的燈。」

「謝不周，行了，男女關係容易反目成仇，不如兄弟相稱更長久。」

「和自己喜歡的女人兄弟相稱，豈不是嘲笑老夫無能？」

梅沙島在西海的東部，離西海市區一個半小時的車程，幾年前還沒修海梅高速的時候，走靠海的盤山路，要繞三四個小時，一路上總有人盤得受不了，下車對著大海嘔吐。崖下邊海浪拍石，開出白花。海水遠近顏色不同。大油輪或者老漁船各行其道。海盡頭，天盡頭，海天相接，顏色千變萬化，景色的確稀罕。高速公路沒有盤山的險，同樣也沒有盤山的景，一路平淡。車裡播放鄧麗君的歌。旨邑聽得膩煩，心想男人怎麼都一個口味。她歪著頭，幾乎睡著了。睜開眼時，她看到梅沙島綿長的海岸線，白色沙灘以及熱帶樹林。

他們停下車，在沙灘上支起陽傘，鋪上野餐布，拿出水以及啤酒零食。馬總對原碧關照細心，謝不周不知道他另有盤算。原碧已經換上牛仔短褲，脫了運動鞋，光著腳丫，沙子覆沒了她的腳背。她的腿不難看，甚至可以說頗為修長。她往野餐布上一坐，伸直腿，抖落腳上的沙。謝不周和馬總同時看見了她的腳，只是前者表現淡定，後者表情誇張，但是無疑，兩個男人心裡狂蜂亂舞。馬總提出立馬下海，他大學時候拿過游泳冠軍。原碧認為游一圈再休息也不錯，她朝謝不周一笑，後者站了起來。旨邑說太曬了，你們去游，我看守東西。其實，四周空無一人，只隱約看到遠處旅遊區螞蟻似的人影。

旨邑看著他們走向大海的背影，慢慢融入波光瀲灩之中，她感到這次出行有點彆扭。原碧的言行舉止，讓旨邑感到她對她有股蓄積已久的敵意。尤其是她亮出自己的小腳時，那種毫不掩飾的得意，讓旨邑既嫉妒，又不屑。她故意不下海，滿足她被兩個男人爭奪的虛榮。她瞇著眼睛，看見三顆黑色的人頭浮在海面。她已經分不出誰是誰，她也不在乎誰是誰。她喜歡就剩自己，在空曠的海邊和天空下，莫名其妙地憂傷。這一刻，她感到舒服、自由、解脫。

秦半兩後來帶她去湖北的曾侯乙墓，那用青銅鑄造的編鐘，在地下埋藏了兩千四百多年，低、中，高音都非常優美。一件衣箱蓋上畫的蒼龍、白虎圖和二十八宿天文圖，是中國二十八宿全部名稱的最早的記載，也是天文史上的界碑。秦半兩欣賞那些出土的銅塑、雕刻和繪畫藝術作品，他和她一樣偏愛古代文明。他暗示過她，他願意和她一起遍尋全世界大大小小的墓地和古城。像詩人聶魯達筆下的瑪丘碧丘、阿根廷權貴著名的墓地雷科萊塔公墓、美國加州Forest Lawn Memorial Park……如果沒有水荊秋，她的確願意，那樣一直到老，到死去，躺進自己的墓地，不生孩子，誰也沒有外遇，遠離梅卡瑪，清除內心該死的嫉妒和邪惡。

是的，邪惡，她最近時常感到自己內心充滿邪惡，魔鬼在霸占她的心。她設想某一天，水荊秋突然懷著悲痛告訴她，梅卡瑪死了，因為絕症，或者是車禍，飛機失事。趁梅卡瑪出差的時候，請殺手將她解決掉，毀屍滅跡。黑道打手出面威逼梅卡瑪和水荊秋離婚，不然在她臉蛋刻上「賤人」，就像《紅字》裡的海絲特．白蘭。總之，電影、小說裡常用的方法她都想到了。她常常在夜裡感到梅卡瑪不過如隻螞蟻，她用食指和拇指就輕鬆地把她廢了。一種力量不斷地牽引她，她嘲笑一個人成為另一個人的障礙。

此刻，在大海面前，她感到靈魂送給自己理性的禮品：憂傷、靜寂、安寧。她對大海發誓，她愛水荊秋，願意為他做出任何犧牲。

她看到海裡的三個人頭變換了位置，然後有個人頭往海中間漂。或許是視線錯覺，她感到剩下的兩個人頭重疊成一個，像在接吻，片刻之後又錯開了。海面金光閃閃，散發出溫暖華貴絢麗的氣氛，那一片溫和的海水，像蛋糕般淌著奶油的香味。旨邑餓了，咬了一口蛋黃派。遠處那個人頭已經漂到更深的藍色當中，停在那裡，向他們揮手，像是在叫另外的人游過去。近處的兩個人頭游開一會又重疊了，其中一個沉下去，旨邑聽到原碧一聲興奮的尖叫，她想一定是沉下去的那個人在摸原碧的小腳，原碧故意叫給她聽，她叫起來有股放蕩的潛力。

旨邑不再看那三個渺小的黑點，她感到大海有股墳墓的味道，就像她走進廣州的西漢南越王墓，那塊象崗山腹心深處二十米深的地方，她聽到千年亡魂的喘息。她渾身發冷，心裡奢想擁有那對絕品角形玉杯，頭碰在紅砂岩上，回去後竟病了一周，於是相信對於有些東西，念頭不純就是不敬。

她重新看他們，他們玩得很好。遠處那個人頭喊了一聲，競賽似的快速回游，而近處的兩個人轉身往岸邊移動。

好像發生了什麼事。旨邑站起來，往海邊走，由於坐得太久，腿部發麻。

這時候她聽到一聲慘叫，遠處那顆頭沉了下去，雙手撲騰，手消失的時候，水面一團紅色。

她聽見自己的心咯噔一下，迅速跑過去——她首先想到謝不周。近處的兩個人氣喘吁吁跑到淺灘，當她看清是謝不周和原碧時，稍微鬆口氣。他們倆回頭看後面，旨邑看到的那團紅色也消失了，海面仍是金光閃閃，散發出溫暖華貴絢麗的氣氛。他們帶著錯愕的表情看了一陣，馬總的頭始終沒有浮現。原碧在太陽底下渾身發抖，謝不周臉色蒼白，半擁住她。旨邑站在他們幾步開外，他們在血腥味的海風中站了很久。

不遠處一塊不太起眼的警示牌上寫著：小心鯊魚。

整個下午，他們仨像犯罪嫌疑似的被警察局盤問，錄口供，做保證，按手印，然後接受媒體的採訪。

天黑前他們恢復自由，三人沉默不語，謝不周與原碧各自因馬總的悲劇而做深刻的內心反省。

唯有旨邑，被一種令她陌生的情緒控制，一句話都沒說，彷彿也沉陷在對於死者的悲悼裡。實際上，在她看到近處的兩個人頭重疊時，她立即判斷謝不周和原碧勾搭上了，那一刻，對原碧的嫉妒像一隻在鼠洞邊窺視很久的貓，猛地跳出來，撲向獵物。而當她確實看見謝不周的手搭在原碧的肩上，他們肌膚相觸的那一點面積正好烙在她的心上，她感覺有絲灼痛，同時深感不安和羞恥——她竟然會吃原碧的醋，竟然會對嫖客模樣的謝不周湧起妒火——他無論如何比不上她的知識分子水荊秋。她心裡頭甚至湧起粗鄙的話，告訴自己謝不周並不是她喜歡的類型，她討厭滿口粗話的男人，他不到四十歲，至少已經搞過五百個女人；至於原碧，她打內心眼裡就沒有欣賞過她，她們從來就不是一路人。

現在，嫉妒在喚醒她什麼。

接下來的行程取消，撤返長沙，大家仍是驚魂未定，各自回窩，有懷抱的找懷抱依，有肩膀的找肩膀靠，無依無靠的，就只好摟著自己安靜地過幾天，仔細勸導自己：人終有一死，死在哪裡，都將死在夜裡。的確，到處都在死人，海嘯、地震、洪水、恐怖襲擊，單說上個月，全球共五架飛機墜毀，無一生還，一架飛機掉在居民區，地下幾十人莫名其妙搭上了性命。輕生不對，把死亡看得太重同樣不妥，知人生無常，而以常心相待，再來處理自己的生活。謝不周的頭痛病比往日更為嚴重，在史今的懷裡足足療養了一周，他感到對她有種前所未有的需要，出「療養院」後恢復正常社交，將掙得的第一筆費用留給了馬總的老婆孩子。史今表示幸虧游向深海的不是謝不周，如果失去他，她這輩子都將暗無天日。

謝不周的父親打來電話，說他母親神智清醒，要見他。謝不周立刻起程，回到家看到父親又見蒼老，照例一陣勃然大怒，對尚在精神病院的母親罵不絕口。父親終生只有母親這一個女人，無論她是瘋了，還是跑了，只要她記得回來，父親都寬容相待。不知道父親哪根筋壞了，母親到底有什麼值得他這樣去對待，她從不在乎他，只是將他不斷地折磨。父親說當年母親愛上一個唱戲的小生，遭到她家裡的強烈反對，他們看上父親是個年輕的知識分子。謝不周明白，母親從來沒有愛過父親。

和謝不周一道去精神病院前，父親告訴他，他從學校退休後，要嘛把母親接回來，雇一個保母照顧她，要嘛他和母親一起住到精神病院去，他說「她一個人，太孤獨了」。

謝不周沒說話。他希望她死。

所謂的神智清醒，也就是母親願意和別人對話，並且總是答非所問。父親常來，是她眼中熟悉的事物，就像病房裡的桌椅和床。至於謝不周，每次她都像第一次見面，躲著他，一會兒又饒有興趣地盯著他。

父親說當時她確實很清醒，求他帶她去見不周，他才打電話通知他。

他們暫時把這個女人帶回家。在父親的乞求下，謝不周留下來陪了兩天，母親始終瘋癲，又恰逢北京有事，便走了。

所有人，當時在場的人以及媒體，很快淡化了馬總與鯊魚。新的資訊覆蓋了報紙的版面，新的生活融進了每個人的日常。旨邑告知水荊秋這件事情的時候，水荊秋大驚失色，他不在身邊，他不許她下水。她說她沒有下水，她在岸上想她和他在哈爾濱排污河裡游泳的情景，她說跳下水時覺得有千萬把尖刀刺進身體裡。他說那還不是哈爾濱最冷的天氣，幸虧是排污河，沒結冰，否則跳下去不死也殘了。他說他正在謀畫再次來長沙，長沙某機構邀請他參加一個會議，他著實不願意，因為可以見她，他便答應了。旨邑很高興，想到他那句「直抵你的老巢」，便緩慢地說：「親愛的，等著你來，姦我。」一陣打情罵俏後，旨邑說：「荊秋，我不想你做不願意做的事情，不想你耐著性子應付那撥傢伙。說不定哪一天，我把『德玉閣』搬到哈爾濱去，我們可以想見就見，想姦就姦。」水荊秋笑道：「傻丫頭別盡搗騰，好好待著，不用多久，我就會來姦你。」

旨邑問仔細他來的日子，又算了算自己的生理周期，不湊巧，懷孕的希望渺茫。

就像面對嚴寒，謝不周和旨邑彼此都有人暖腳，受驚嚇後「無依無靠」的原碧，只有看陌生朋友的留言以及寫部落格日記取暖：

「西洋有個當笑話講的故事：有個男孩在馬路的人行道上溲溺，一個道貌岸然的牧師走過，申斥他說，下回再如此，便要割掉他的陽具；過了一陣，小男孩在人行道上走，遇一個女孩蹲著溲溺，他就走過去，一面照樣警誡她，一面蹲下去瞧，忽然跳起來說：『啊哈，原來早已割掉了！』俺覺得這故事好玩得很，用來做今日博客的開場白。俺最近發生了一點事情。如果你問俺從鯊魚嘴邊逃生，活在世上想做的第一樁勾當是什麼？把自己交給一個男人，而不是鯊魚。把自己交到男人的嘴裡，而不是鯊魚的嘴裡。交到哪個男人的嘴裡？從字母A到K，再從字母M到N，都不對，只有X，交到X的嘴裡，讓他把俺吃了，葬身他溫暖的腹中，這就是俺想幹的第一樁勾當。俺覺得這不會太難，至少沒你想像的難。有時候，人們的確都會把自己看癟，把他人看高，被謙虛的美德坑了。誰能說女人平胸不能挺起胸膛自信做人？誰能說矮子拿破崙就不是偉人？誰說沒有姿色的女人不會多情？誰說漂亮的女人一定風情萬種？即使你只有一個美麗的腳趾頭，你也該為之驕傲。人生苦短，不是說著玩的，更不是鬧著玩的。今天還好好的，不定明兒就完了。年華易逝，眨眼不再少女，如果還沒有愛情，那就得去創造愛情。中華文化上下五千年，戀愛對象少可二十出頭，老至四十掛零，擇優共舞，總之放寬條件，堅守信念，沒有狩獵不到的愛情，沒有嫁不出的女人。Z以為滿世界的男人都為她活著，趾高氣揚，有幾個小錢，懂幾樣古玩，就充學問，裝知識分子，我倒要讓她看看，X是怎麼歸我的。」

那位畫家Q又有信件，情真意切，原碧恍惚間感覺他正追求她。從他留下的電話中，她已經知道他在長沙，他們隨時可以見面。但這正是她顧慮的地方，她不想暴露自己的真實身分。她暗底裡喜歡他堅持寫信，他的信使她成為可愛的公主，她希望把這個過程拖得更長。於是，她回了幾句矜持的話，意即這段時間出差，待她回家後再與他聯繫，最後較為含蓄地問他是婚否，她對已婚男人比較謹慎，「作為一個單身女子，我一直小心避免捲入不必要的麻煩當中。」

完後接著上傳照片。照片中的肌膚格外光潔，像白瓷。小腿已然全裸，正值膝蓋關頭，登陸人數激增，網站伺服器曾經一度癱瘓。

樓下門鈴響時，原碧知道來者何人。她已經關了電腦，正對鏡梳理。

滿屋玫瑰花清香。

旨邑照例睡到八九點鐘起來。早餐簡單，水果或者牛奶，有時搭配雞蛋。她總幻想有自己的孩子在屋子裡跑動：一頭捲髮，兩眼漆黑，笑露幾顆小白牙，長得像她，或者像水荊秋。他在另一個城市，她仍覺得生活完整。一個人住久了，屋子裡過於空蕩，猛然環顧，心裡滲出家徒四壁的荒涼。那些家具裝飾以及室外風景，都是過於華貴的謊言和幻象。今天幹什麼，明天到哪裡去，拎個包便身在異鄉，打個盹又回到住處，沒有人要求她，她也不用向誰請示，她快樂，她憂傷，任何人都管不著。一個人的生活，甚至生命，如果與別人無關，對別人不承擔責任，這個人可能無法感覺到自己的價值。我們看得出來，旨邑正是這樣，她從前熱愛的像瓣羽毛般在大地隨風飄蕩的散漫，如今成了她的痛處。她甚至想找個公司去上班，有一群同事，有另一種生活，總之，她渴望一種「不自由」的生活，渴望肩頭有所負荷，讓她貼近真實的地面，甚至比地面更低。

有時候她想，自己為什麼是這樣子，而不是那樣子，怎麼在長沙，而不是在北京或者紐西蘭，她承認自己只是一可供辨認的符號，就像她的那個名叫「德玉閣」的玉器店，鑲嵌在城市不起眼的一隅。她常常不知道今天星期幾，陰曆初幾，陽曆幾號。窗外月上弦，月下弦，月圓月缺，天陰天晴。一縷可怕的皺紋出現在脖子上，很快會有很多縷，最後滿是皺褶。她有強烈背叛水荊秋的衝動，她甚至覺得她做什麼並不算背叛，她和他之間不存在背叛，因為他在認識她之前，就開始背叛，並且，她還必須尊重他的背叛，對他之於家庭的責任心敬佩而由衷感嘆自己遇到了一個好男人，她愛他這一點好，彷彿他的魅力存在於他對家庭的維護當中，一旦他與他的家庭剝離，他便立刻失去意義。無疑是荒誕一種。

拘泥於形式是人類的一個典型特徵，一切「動物性」的活動，包括交配、排泄、狩獵和吃飯，都受到各種規則和象徵用法的制約。就像在喪禮中表達對死者的極端尊重的方式上，會有唱歌和跳舞，甚至分吃死者的肉體，而在不同的文化背景下的人們覺得它不可理喻。愛情似乎只有建立在非常態的基礎上，才有撼人力量，不幸即價值，悲劇見深情。而多數愛情是平淡無奇的，平淡無奇的愛情構成庸眾的日常生活。不凡的愛情，活在幻想與期待裡。一句話，任何愛情落地即成灰，只有死亡才能使之永恆。

水荊秋一直暗示她是自由的。對於他的暗示，她是不痛快的。她曾經以為春節那一幕生死，是她「永遠啃不完，吃不膩的甜餅」，可是對無數漫長夜晚，對無處託放的靈魂與肉體來說，那一幕終究過於單薄，就像一隻跳蚤藏進獅子的長毛裡，在感情尚深，記憶還新的情況下，它可能會不斷地跳出來，在皮毛外面爬動，表明它還活著，但是終有一天，它將死不見屍。它永不能將現實這頭巨大的獅子咬死，吞噬。

旨邑一邊撣塵拭玉，一邊胡思亂想。某一次對水荊秋說要把「德玉閣」搬到哈爾濱去的玩笑話提醒了她，她仔細琢磨，搬到哈爾濱未嘗不可，她可以把那隻跳蚤餵養肥大，既免不了一死，如果它能強大到可與獅子匹敵，何不與獅子決戰而亡。

她捏出「秦半兩」用指頭搓了幾下，放回原處，從玻璃外面看它，拙樸而特別。她並不打算賣掉它，她擺放那裡，只是作為一個稀有品種使「德玉閣」增添神祕。若有人問價，她總是回答不賣。這一枚是真是假，她並不想知道，對一切的真相感到索然無味。一般來說，古玩市場只有十分之二沒多大價值的舊貨，千分之二的真傢伙，要會「掐尖」，才能有收穫。旨邑與秦半兩去廣州和武漢等地方看完墓地後，他們照例找古玩市場閒逛，她買回幾樣漂亮的古舊筆筒、紫砂壺、玉獸形玦，現在都陳列在她的櫥櫃裡。和那些小商販貧嘴砍價時，她感到這種欺騙與揭穿騙局很有意思。秦半兩尤其擅長此道，到最後似乎他成了賣主，真正的賣主只得無辜訕笑。她在一邊偷著樂，覺得她和秦半兩不只在鑑賞小東西上有共識，他們的血液裡有相似的天性。

每次擺弄和秦半兩一塊淘回來的物什，旨邑的臉上就滲出微笑。她也曾設想過，她是某一件古玩，在秦半兩的手心，被翻來覆去地撫摸，裡裡外外檢視，吹響它，聆聽它，彈擊它，對它愛不釋手，捂在懷裡，捏拿得溫熱，於是她感到某種清晰的情慾暖流和朦朧的幸福之熱。她接著想，他至死都將它帶在身邊。幾千年後，那些所謂的現代人發現了他們的骨骸，以及他們身邊的古玩玉器，考究出墓中男女約生於西元一九七五年左右，還有身高、體重、相貌以及死亡時間。他們的靈魂已成翩翩蝴蝶，竊笑著看那些嚴肅的專家對兩個普通死人的努力猜想與考證。

旨邑清潔完，站在「德玉閣」中央，面朝琳琅櫥櫃，正胡亂想得快活，屋裡忽然墓地一樣陰暗，一股空穴來風冷颼颼的。一個大塊頭老頭走進來，什麼也不看，就說他的朋友告訴他，這兒有一枚「秦半兩」，他有興趣瞧瞧。旨邑指給老頭看，老頭貓腰瞅一眼，要她拿出來。旨邑猶豫一下，打開玻璃櫃把錢幣遞給老頭，目不轉睛地盯著他。只見錢幣到老頭手上立刻成了活物，在他的兩隻手心跳來跳去，讓旨邑懷疑是錢幣燙手。她看著老頭撫弄半天，除了她和秦半兩常用的動作外，還有令她陌生的方法。直到旨邑看煩了，看累了，老頭仍沒完成對錢幣的鑑別工作。他把它放下，又拿起來，瞅一會，還咬了幾口，有一陣她以為老頭睡著了，正要叫醒他，他卻睜開了眼，彷彿嘴裡在品嘗什麼滋味似的，又或者那味很苦，令他已然花白的眉頭緊鎖。

期間水荊秋打來電話，她和他聊了一陣，她的眼睛始終盯著老頭，她也懷有警惕，怕他貍貓換太子。水荊秋說他正在訂機票，哈爾濱陽光燦爛。她突然想問春節的時候，他一夜未歸，是怎麼向梅卡瑪撒謊的，梅卡瑪是否質疑。這個問題使她頗為興奮，她感到能和水荊秋一起欺騙梅卡瑪，比水荊秋對她的愛更為重要。梅卡瑪是她的敵人，敵人對寶貴的地盤正在淪陷而一無所知，旨邑並不為此快活，她更希望敵人早一點感到痛苦，收起她作為「妻子」的低賤驕傲，為自己哀悼。

旨邑終究沒為難水荊秋，她只是倍兒溫柔地對他，倍兒通情達理知書識禮，還跟他談起他最近寄的幾本書，關於她的閱讀理解和質疑。比如海德格與納粹，他遭遇的毀譽和褒貶，他為什麼從不公開譴責納粹，他的思想是否有納粹傾向等等，水荊秋說海德格爾的思想與特質畢竟大不同於納粹，但現在他沒心思談這個，因為情況有變，長沙的會議要到陽朔開，為期一周，答應了會議又不好再推脫，不能去長沙看她，他感到十分沮喪。

「親愛的，這太好了，我一直想去陽朔看看呢。你哪天報到，我去那裡和你會合。白天你開你的會，晚上咱們一起玩。」旨邑低聲說。

水荊秋覺得她的主意不錯，很高興，在電話那頭咂給她一串響吻。

老頭那邊的鑑賞把玩正好告一段落。

「小姑娘，這個賣什麼價？」老頭問。旨邑笑著擺了兩下頭。「德玉閣，德玉閣，想必小姑娘有德如玉。」老頭又說。旨邑探問：「大爺，您覺得，值多少？」老頭答：「不好說，說白了就是個人心目中的價值。」旨邑說：「大爺，那這枚錢幣，你心目中的價值是多少？」老頭仍堅持要旨邑開價。旨邑說不賣。老頭想了想，說他出兩千塊。旨邑搖頭，仍是說不賣。於是老頭又加了一千。旨邑十分從容地搖頭。老頭叉開一隻手說：「我出五千。」「大爺，我不賣。」旨邑笑了。她在心裡盤算，如果不是大爺有毛病，那就是這枚秦半兩是真傢伙；他能出五千塊，那麼賣一兩萬沒問題；賣一兩萬沒問題，那麼它的實際價值應遠遠超出兩萬。大爺也看旨邑有猶豫之態，又捏了捏錢幣，說：「剛才給你開玩笑。這樣吧，君子一言，駟馬難追，說好兩千，就兩千。」老頭說完作掏腰包狀。「大爺，這錢幣是我朋友的，我做不了主。」旨邑拿回錢幣。老頭急了，說小姑娘挺倔的，價錢可以商量，先別著急收回去。旨邑鎖上櫃門時，老頭笑笑便走了。

天黑前，水荊秋與旨邑先後到達陽朔。他會議安排的酒店就在西街，開會兩天，餘下幾天就是在周邊遊山玩水。他已經為她訂好了房間，離他不遠。在家庭旅館前，他笑望她，然後抱緊她。彼此感覺不如最初的幾次會面那般熱血沸騰，但依然美好，尤其是在這種充滿浪漫傳說的地方，都有登台主演的榮耀感。西街狹長，閒庭信步的遊人並不能破壞它骨子裡的靜謐，以及處女般的氣味。兩邊建築物如古典羞澀的仕女，精雕細鏤羅裳麗，蛾眉淡掃目低垂。他牽她上樓，暗紅色的木樓梯發出古老卻不腐朽的聲音，樓梯窄，階梯細密，他一步跨三層，她簡直是跟著他在飛。

明知道裡面裝的是什麼，他仍然懷著好奇打開禮物盒。解開蝴蝶結，撕去外包裝，還要拆更精緻的一層。他分秒不停地將它剝開。

彷彿是千山萬水，蝴蝶飛近花蕊。沒有風，花在顫抖。天氣正好，叢林裡陽光斑駁。靜謐。只有花綻放的聲音。兩頁木格子窗如翅膀朝外張開，對面一片青山，一小撮白雲溫柔纏繞。枝頭小鳥歡唱跳躍。森林小溪流淌。馬兒低頭飲水，滋滋有聲。遼闊的疆場任駿馬狂奔，所向披靡。時間不能改變熟悉的氣味與溫度，樹木從容生長，直入雲層。陽光令人暈眩。

窗戶下西街裡的聲音，乾淨、夢幻、近在咫尺。

他們準備出去吃飯。她笑他的內褲像超短裙，褲邊鬆大晃蕩，像是常年受虐被扯。他覺得沒有爛，扔了可惜，天高任鳥飛嘛，穿著舒服就行。她尖聲說難道非得穿出破洞來，她一會就去買新的，立刻把他的「超短裙」換下。他笑著說她開始監管特區形象了。

她其實又開始嫉恨，那梅卡瑪是什麼東西，居然讓他穿得這樣寒酸；而水荊秋也真可笑，一個浪漫的男人，原本不該疏忽自己的內褲。總之，細究起來，內褲牽扯的問題太多，主要責任在梅卡瑪。旨邑對這事認真起來。一方面有打抱不平的意思，水荊秋為他的家庭努力付出，回報他的卻是超短裙似的陳舊內褲；一方面含沙射影，抨擊梅卡瑪身為妻子，對丈夫不關心不體貼；還有一方面就是水荊秋穿這樣的內褲見她，明擺著是不重視她——她為了見他，胸罩內褲全換了嶄新漂亮的。她在取悅他，而他呢？這種「超短裙」只配面對糟糠之妻，憑什麼穿著它面對香豔的情人？這條寒酸的破褲子，是對她用情的諷刺，嘲笑；也是對她漂亮內衣的侮辱，對她美妙身材的蔑視。他多少年穿著它與梅卡瑪睡在一起，它是他與梅卡瑪之間的罪證，也是他婚姻生活的反映——他根本就不幸福。他不幸福，他也不反抗。即便她和他這麼相愛，他也沒想過和她結婚，只說他永遠不會離開她。這很窩囊。

反過來，假如水荊秋穿著漂亮得體的內褲，乾淨潔白的襪子，又都是梅卡瑪買的，旨邑會是另一種不舒服，恨得更厲害。因為他太貪婪，他不該一邊享受梅卡瑪的體貼，一邊享受情人的溫柔；一邊喚梅卡瑪妻子，一邊把愛給他的情人；一邊與情人溫存，一邊計畫周末帶妻兒去哪裡消遣。他身上不該沾有梅卡瑪的痕跡，一切都該讓她旨邑來打點。

總之，這條內褲帶來了一連串糟糕的感覺。

旨邑情緒壞了，並立刻發現壞情緒一直壓抑在心底。她知道直接進攻顯得太蠻橫無理，於是一面語氣平緩，似笑非笑，一面尖酸刻薄，冷嘲熱諷，她的話裡傳遞出一種訊息：她是個聰明的女人，她知道世界運轉的潛規則，她看透了男人和女人，婚姻和愛情，她把自己貶得一錢不值。她越說越起勁，發現自己是存心要挑起不快，有意要刺穿美好的相處，以表示自己冷靜地活著，他對她的愛就是對她的傷害。

無辜的短褲釀起莫名的風波，他被弄得暈頭轉向。他答應穿她買的，把「超短裙」扔進西街垃圾桶，如果她願意，還可以先踩上幾腳再扔。他順著她，直到把她逗笑，他才筋疲力盡地生氣。她舒坦了，撫慰他，又變成一個通情達理知書識禮溫情體貼的情人。

他們再次準備出門吃飯時，水荊秋的電話響了。他朝她「噓」了一下，把嗓子清理乾淨，彷彿出門前檢查穿著是否齊整。

旨邑聽出來了，打電話的是梅卡瑪，她已經到了陽朔，正在他住的酒店大堂等他。

他說他在西街溜達，馬上過來。他慢慢合上手機，無助地望著她，他在她眼裡漸漸地萎縮得趴在地上。

那一刻，她真的感覺他像一條喪家犬，收緊尾巴，眼神困苦，渴望收留與寬容。這不但不能激起旨邑的憐憫心，反倒惹起了她的鄙視與厭惡，她踢了它一腳，鼻子一哼，說：「你該感到高興，可以重度蜜月了。試過和她在酒店兩米乘兩米的大床上做嗎？像我們剛才一樣，挺美好的。」他說旨邑不講道理，他根本不知道梅卡瑪會來陽朔，事情會是這樣，他完全不知情。他解釋起來，也只是像喪家犬進一步打動別人獲取同情的表演。她依舊只是冷靜地嘲諷，一想到他們將在此同床共枕，心裡就要發瘋。

「怎麼著，我也得讓位於她，誰讓我是野的，她是家裡的；她是法內的，我是法外的；她和你生了兒子，我和你只是做了一場；她早認識你，我遲了十幾年。她是你的妻子，我是你的野食。你對她有責任，對我只講感情，多麼寶貴的感情，關鍵的時候，你都不會留在我的身邊。」彷彿暮年的老女人，她語調平淡，眼淚已經滴下來。

他心慌意亂，著急回酒店把自己交給梅卡瑪，又不能這樣扔下旨邑，更何況她在哭。他打定主意，隨她的話怎麼傷人，都不生她的氣，在最快的時間裡安頓好她的情緒。於是他說很內疚，他想陪她，可是他不能不回酒店，下次好好彌補她。他覺得說「下次」太敷衍，於是想了想，很果斷地說，下個月，他就帶她去麗江，那裡比西街更漂亮。他被自己的想法所鼓舞，一掃先前的可憐氣，神情立刻好起來。她慢慢甦醒似的回心轉意，她比他更無奈，她痛苦地望著他，因而意識到自己才是真正的喪家犬——他拋下她，回到梅卡瑪的身邊，梅卡瑪又一次贏了她。她唯一一次贏梅卡瑪，是他們一起跳進河裡的那個晚上，而那個晚上的意義越來越模糊，越來越撐不住她的愛情與耐心。

他吻別她匆匆走了，走前不忘對著鏡子檢查一遍。她在他背後說道：「放心，很正常，怎麼看也不像剛剛偷過情的樣子。」

他已經沒有時間在乎她的挖苦話，囑咐她自己去吃飯。

看著他道貌岸然的背影消失，旨邑忽然不知自己究竟是何物，因何出現此時此地，又將向何處去？

她一個人待了很久，想到一個更為關鍵的問題：梅卡瑪為什麼突然追到陽朔？如果不是她發現了水荊秋的姦情，便是特意來一場浪漫襲擊。旨邑當然希望結果是前者，但前者依然令她不快。一分為二來說，梅卡瑪的追蹤不是好跡象，這說明她對他看得緊，害怕他被別人奪走，是不願放手的反應；另一方面，旨邑期望她發現了水荊秋的姦情，她做夢都想，梅卡瑪對此事的態度，幾乎能決定兩個女人的幸福與命運。但旨邑到最後都不知道梅卡瑪來陽朔的原因。

正常的話，在狹長的西街碰上梅卡瑪與水荊秋很容易，她也盼望有那樣的一幕，看那一對狗男女是怎樣的貌合神離。她白天租輛自行車到周邊排遣憂傷，一到天黑，就整晚都在西街游蕩，像個便衣偵探。然而，一連幾天，她都沒有碰到他們。她便猜想是水荊秋有意躲開了。她感到失落，同時又感到快活，她覺得梅卡瑪實際上還是敗給了她，因為她霸占了整個西街，水荊秋的心，也仍然留在她身上。不過這種快活並沒有延續多久，水荊秋在梅卡瑪身邊，這個基本的事實擊中了她，說不定在這個絕對新鮮的環境裡，他們在兩米乘兩米的大床上撿回了久違的快活——他們才是真正快活的人。

嫉恨使她渾身灼熱，躁動，她感到自己在光潔的圓月底下，正痛苦地蛻變成一頭面目猙獰的怪物。

回到長沙，旨邑一點胃口也沒有。每天勉強填上肚子，索然無味地生活。她偶爾去菜市場，各種動物被殺之後的血水到處流淌。天氣剛涼，狗肉立刻走俏了。關著狗的籠子架在血污上面，籠子裡的狗臉色悲涼，身上沾著同類的血跡，知道活不久了，伏身等死。當旨邑從邊上經過，牠抬一下眼皮，眼裡是冰涼的光，像一個哀莫大於心死的人。有的狗似乎是剛被關進來，正在希望與絕望之間惶恐與掙扎，只要屠狗的人稍靠近牠，牠立刻緊退到籠子角落，四肢顫抖，悲哀的近乎控訴的眼神盯著行人，而用不了多久，牠就像別的狗一樣，是一條活著的死狗。旨邑感到傷心，不知道如何解救牠們，她知道，只要愛吃狗肉的野蠻國人堅持口味，這些籠子裡就永遠會有待殺的狗。她不忍再看下去，打算逃開，於是看見了籠子裡的那隻幼狗：毛色模糊，全身凌亂，如窮困潦倒的乞丐，不諳世事的黑眼睛一片茫然，只是瑟瑟地抖。她花五十塊錢買下牠，屠狗的人把牠從籠子裡拎出來，就要動手殺牠。她憤怒地阻止了他，她兇狠的樣子使那個嚼著檳榔兩手血腥的傢伙莫名其妙。她抱起幼狗，憋不住教育屠夫，說狗是通人性的，一個人殺狗，良心應有犯罪感，他應該去殺雞、宰鴨、剖魚。

旨邑不假思索就給狗取名「阿基里斯」，希望牠有力量拯救牠的同類。回到家就給阿基里斯洗澡，給阿基里斯吃雞脆骨，可憐的阿基里斯驚魂未定，一時不能適應幸福的來臨，行動遲疑，膽戰心驚地任她調遣。阿基里斯的鼻子和眼睛一樣黑，旨邑喜歡牠憨態的小模樣。她不斷地叫牠阿基里斯，對牠說話，慢慢贏得了牠的信任。三天之後，阿基里斯便徹底忘記了恐怖的經歷，露出活潑快樂的天性，在旨邑腳邊奔跑雀躍，把鞋子咬得滿地都是。於是旨邑有事做了，給牠買了皮球、足球、假骨頭，教育牠不咬鞋子，訓練牠上廁所，早晚帶牠出去遛，寵物狗們都樂意跟土狗阿基里斯交朋友，所以沒幾天阿基里斯便真正意識到自己的重要與幸福，更加神氣活現，皮毛有了緞子般的金色光澤。

無疑，阿基里斯帶給旨邑巨大的快樂，某種意義上，阿基里斯就是她的孩子。

不用狗繩，阿基里斯一上街就老老實實地跟著走，從來不會掉隊。旨邑帶阿基里斯到「德玉閣」，她在桌邊翻書，阿基里斯就趴在桌子底下，下巴頜枕在自己的前腳上，佯睡。她陪顧客選東西的時候，阿基里斯就在她身邊轉來轉去，或者翹著黑鼻子，看著他們。

水荊秋的事情把旨邑弄得丟三落四，連那枚錢幣曾有人出價五千的事都忘了說。她突然想起來，覺得這是個好消息，便打電話告訴秦半兩，秦半兩未接，沒一會兒，秦半兩就進了「德玉閣」。他沒剃鬍子，頭髮剪短了，滿頭捲翹，暗灰色大方格長袖罩在牛仔褲外頭，腳上是一雙棕色登山鞋，旨邑一眼看出來，他找她有事，並且此事與她有關，為掩飾內心的慌亂，她搶先把那枚錢幣的事情告訴了他。

「那老頭肯出五千，我想可以證明它是有價值的。你拿回去給你爺爺收藏吧，原本就是你買的，它留在你們手上會更有意義。」旨邑邊說邊打開櫥櫃，要把那枚錢幣取出來交給秦半兩。秦半兩拉住了她的手，說他不知道錢幣是否有價值，當時他買下來就是送給她的，它已經屬於她。她的手在他的手裡綿軟無力，她感到整個身體都被他這隻手攥住了，一根稻草的力量就可以將她推到他的懷裡。但是，她用一根稻草的力量，將自己的手抽出來，再用一根稻草的力量挪開半步，離開危險的區域。幸虧阿基里斯跑過來解了圍。她抱起阿基里斯，阿基里斯卻用爪子去搭秦半兩，牠很快活，還朝他稚嫩地吠了兩聲。她只得放下阿基里斯，又一次感到對現實的無能為力——她與他陰差陽錯。她雖然不快樂，卻愛著水荊秋。她每天都靠甜美的記憶來戰勝嫉妒，靠渺茫星火點燃希望。

眼下，秦半兩吞噬了她體內的水荊秋，她身體的一切都在拂動，像一陣海浪打來，她在船舷邊感到暈眩。她斂聲屏息，靜候此浪頭平息，她告訴自己，絕不能失去理智，她珍惜高原的記憶，大難臨頭水荊秋首先救的是她，他說「死也要陪你」，這些足以構成愛情的堅硬核心。

她知道秦半兩一直低頭看她。她感到自己像牆頭草一樣軟弱，內心的矛盾風向使她一會兒倒向這邊，一會倒向那邊。

他也挪開半步，也撤離到安全地帶，問旨邑那老頭長什麼模樣。旨邑簡單描述一番，秦半兩啞然失笑，一屁股坐在椅子上。

旨邑詫異地看著他，阿基里斯跑過來咬他的鞋帶。

「我爺爺從北京回來後，我告訴他，我很喜歡一個女孩子，她在步行街背後開了一間叫『德玉閣』的小舊貨店，另一枚古錢幣，我送給了她。我知道他來過你這裡，但不知道他曾和你談買賣。他並非真想買這枚錢幣，他是有意這麼做，他真正想和你談的，不是古錢幣，而是關於我。」秦半兩抱阿基里斯放在腿上，阿基里斯不客氣地啃他的手指頭。

旨邑記起自己當時正和水荊秋通電話，現在，水荊秋的溫情言詞令她很不自在，甚至有種羞恥感，彷彿她背著秦半兩偷了情。他的爺爺必定告訴了他這個細節，他必定可以肯定，她已經心有所屬了。一想到他將會疏遠她，並再次找到他喜歡的人，旨邑的心就一陣疼痛。

「關於我。知道嗎？是他想見你，並打算將我對他說的話轉述給你。他說我在感情問題上不夠勇敢，猶豫不決，一點都不像他當年。」秦半兩無聲一笑。阿基里斯對手指不感興趣了，咬秦半兩的衣袖，旨邑趕緊過去，想把牠抱走。於是四隻手交插在一起，都沒動彈。阿基里斯在四隻手中充滿困惑，不明白他們要將牠怎麼樣。然後阿基里斯覺得有手在顫抖，接著，一隻手困住了另一隻手；還有一隻手被困在另一隻手中。

旨邑彎腰前傾，胸部已經碰到他的頭髮，但雙手被他攥住了，動彈不得。她以軟弱的聲音求他放開她。他說為什麼要放開。她說她心很亂。他說他早就亂了。她的身體和心都向他傾斜，她努力抵抗，他的額頭、鼻子、耳朵，全部都在產生誘惑，像一盤不同的果子，她想吃它們，它們也在期待。她感到眼前一片凌亂。她拚盡全力抗拒，在她即將全線崩潰之時，她看見原碧正從馬路對面走過來。她說朋友來了，迅速抽出她的手，把阿基里斯帶到地上。

原碧進來，看見一個男人坐在椅子上，似乎正在打盹，她為此感到詫異。旨邑簡單介紹了一下，儘管她尚不能確定原碧是否和謝不周接過吻，如今是否已經上過床，但她已經主動與原碧保持距離了，表面裝作什麼也沒發生。她很滿意秦半兩對原碧不冷不熱的禮貌回應，同時她發現自己的身體已經融化了，像清晨的沼澤地，潮濕靜謐。

原碧很少到「德玉閣」來。她原本對這些東西不感興趣，這次卻有變化，她想挑手鏈和項鏈來戴著玩玩。旨邑沏茶，暗自感謝原碧，她差點沒把持住自己，她對水荊秋仍產生了一絲愧疚。

「我要去貴州山裡的希望小學教學，已經批准了。」秦半兩喝口茶恢復精神，彷彿對去貴州教書已經嚮往很久。

「是嗎？教多久？」旨邑很吃驚，立刻意識到這與她有關，她感到心裡被劃了一刀，痛了一把。

秦半兩說不知道教多久，也許留在那裡。他佯裝高興。

她一陣心酸，陡然覺得長沙沒有任何令她留戀的東西了。

原碧拿了幾樣東西放在桌面上，要旨邑幫忙參謀。

原碧一彎腰，玉墜子從衣釦間滑出來，在空中晃蕩。旨邑一眼就認出這是她送給謝不周的玉豬，心裡一把無名火「哧」地就給點著了。

那一刻旨邑心裡兵荒馬亂。對謝不周一腔憤恨；原碧還在眼前擺弄那幾樣首飾；而秦半兩要離開長沙了，只恨天不塌下來，把這世界埋了。她毫無意義地輕喊阿基里斯，阿基里斯正趴在一邊睡覺，趕緊爬起來跑到旨邑腳邊。於是原碧笑狗的名字取得好，說她朋友家養條大狼狗，叫做巴特，站起來有一人高。旨邑說她只喜歡小動物，大動物不夠可愛。她努力高興地喝茶閒侃，聊到了物種的問題，然後又說到社會變化大，借種的女人越來越多；婚姻朝秦暮楚的也是普遍尋常，幾乎完全說不上需要理由，只是受了見異思遷或擇肥而噬的心理所驅策。三個沒結婚的男女對婚姻的看法不盡相同。秦半兩說解放了的現代女性知道充分展示自己的魅力，他談到網上寫「現代金蓮」一部落格的女孩子，敢於裸露身體的某些部位就是一例。原碧愣了一下，暗自得意，說那無可厚非。秦半兩說他沒有貶意，恰恰相反，他是作為一個畫家來審美的。原碧又是一愣，想到留言版上那個叫Q的畫家。

旨邑從頭至尾回憶原碧，她突然發現，生活中呈現的、以及她所了解的軟弱、矜持、木訥的原碧，都非真實的原碧；真實的原碧內心強大，對一切胸有成竹，她是一個工於心計的女人，她一直低估了她。謝不周連原碧這樣的女人也動，有失品味。旨邑覺得謝不周喜歡她，就不該喜歡原碧這類女人，他無形中將她和原碧之間劃上等號，這令她反胃，她自覺一向大於原碧，現在連「大於」也不屑了，她不希望有任何符號將她與原碧連到一塊，她討厭原碧裝出哈巴狗那樣天真的眼神。於是旨邑懷著憤怒，想像謝不周與原碧糾纏一起的情景：原碧那對精緻的小腳就是謝不周手中的卦，一個晚上被他打出超過《易經》更多的卦象，乾卦坤卦巽卦旅卦歸妹卦……老嫖客謝不周打出一手好卦，不值一提，旨邑唯一生氣的是，他不該將玉豬掛在原碧的脖子上。旨邑死死抓住這個理由，但內心的嫉妒並沒有得到很好的掩飾，謝不周毫不留情地戳穿了她。他說旨邑當初送玉豬給他時，明確表示，他轉送給任何人，她都不會追究，現在怎麼偏為此事生氣。旨邑無話可說，索性蠻不講理：「謝不周，小玉豬你送誰都行，送給原碧我就是不高興。」旨邑打橫來講，謝不周秀才遇土匪，不跟她的強盜邏輯正面衝突，只談感情：「聽起來，你對老夫似乎有幾分在意？」旨邑白他一眼。他接著說：「你不高興，老夫很高興，小玉豬起了好作用，在這之前，老夫還真JB不知道你心裡頭想什麼。」旨邑略有所悟：「你故意這麼做，可惡。」謝不周搖頭：「不全是，看情況。」旨邑：「什麼意思？」謝不周：「除非你鼓勵我。」「我憑什麼鼓勵你？」「憑兄弟感情。」「還裝蒜，不早上過床了嗎？」「到目前為止，還沒有，以後會不會？那得看情況。」

謝不周說，原碧喜歡他，有以身相許的意思，只是他猶豫不決。在旨邑和迷人小腳之間，他願意放棄迷人小腳；反之，原碧的小腳將成為他的新歡與慰藉。他甚至在史今的懷裡也認真考慮過這個問題。當時史今正替他按摩頭部，他閉目佯睡，滿臉焦慮，似乎正被頭痛所折磨。他想了想原碧的小腳與旨邑的臉蛋，一估摸旨邑的腳是否和臉蛋一樣小巧精緻，一邊進行完美組合，用原碧的腳配旨邑的身材與臉蛋。史今問他感覺力度如何，他說不錯，脫口而出。史今又問呂霜的情況如何。他答腿已經完全好了，留有傷疤，已經聯繫好到北京工作，估計不久就會去報到。史今叫他到時候去送一下呂霜，幫她提提行李什麼的。謝不周說到時再看，也不是非送不可。

其實，謝不周有個重要情節沒跟史今講，他曾經兩次請求和呂霜復婚，遭到呂霜的斷然拒絕，她說她不喜歡他這麼做，男人要對自己所做的事承擔責任和後果，她就算孤寡終身，也認了，破鏡重圓，總會留有醜陋的裂縫，反照出來的事物，不會是想像的那樣美好，甚至比真實更差，她和他的夫妻情緣，已經盡了，她會當他是朋友，不再記恨。呂霜還勸他娶史今，不要一錯再錯。她健康地去另一個城市的現實令謝不周羞愧難當，贖罪的途徑被徹底堵死，他悄然神傷。另一方面他暗自敬佩呂霜，對他最好的人是她，對他最狠的人也是她。他一想到那個騎自行車頂著毒日頭送湯送藥，被他視為生命的女孩子，後來成了他的妻子，可是他背叛了她，他們沒有留下孩子，除了記憶，沒有留下任何足以證明他與她心心相印，融為一人的東西，他就被愧悔刺痛，吞下雙倍的感冒藥丸。

女人太麻煩，除了妓女，沒一個省事的。謝不周感到頭痛。不過他很快想通了：天要下雨娘要嫁人，呂霜堅持各走各的，他也無能為力，他想在關鍵時候，他都會在她的身邊，讓她依靠。另外，放棄旨邑未嘗不可，如果她心懷悔意來找他，順水推舟重新開始更有意思。他喜歡旨邑不屈服於他，這種滋味他嘗得不多，像原碧，那次在海裡游泳，她就有所暗示，他按兵不動，把小玉豬送給她，完全是做給旨邑看。現在，他已經在原碧的床上度過了快活時光，還給原碧取了暱稱：金蓮。有雙重含意。叫她金蓮時，他感覺自己就是西門慶。這一次爬嶽麓山，他帶上了原碧，因為他發現有一片山坡，地勢不錯，通常四下無人影，樹上鳥不絕，可望見湘江濁水東流，漁船點點。原碧原本不懂修飾，因為他也刻意打扮起來：白背心套在黑長袖上，肥大的黑運動褲與平跟小腳球鞋不太協調；頭髮貼緊脖子根，髮尾凌亂。謝不周對她提了幾點意見，一是做做頭髮，搞個負離子燙；二是下次帶她去選幾套衣服；三是多運動，網上休閒影響健康。原碧欣然應允。謝不周是原碧認識的男人當中最英俊的一個，雖是翩翩四十老公子，不缺善良真情，對女人溫柔，也體貼關懷。她看得出，旨邑對謝不周心有所動，之所以還在釣她的魚，十有八九是轉進了已婚家庭當中，把謝不周當後備輪胎了。

他們在愛晚亭坐了一會，面朝湘江。謝不周一邊和原碧擁抱接吻，一邊想起和旨邑在橘子洲頭，他口若懸河背誦毛主席詩詞，旨邑扶著松樹彎腰低笑的嫵媚，不免有些惆悵。於是繼續往山上走，山風清涼，穿過一條小路，到了那片山坡。草地上有些落葉，天空敞開，風將楠竹的葉子弄出爽脆的碎卵石聲音。他正式吻她。她從沒在光天化日之下的野外做這種事，不免緊張。他喜歡她緊張，這符合良家婦女的本分。打開她的過程，等於一次調教。不論在哪裡，他都是先脫她的鞋襪，將一對元寶似的腳往胸兜裡揣。有很長一陣，她像個旁觀者，欣賞他動情時的猥褻表情，感到自己確實被他愛著。

這次野合回來，原碧似乎受了風寒，第二天頭重腳輕，還發起了高燒，這個模範教師頭一回將學生的考試忘得一乾二淨，後果嚴重，遭到學校嚴厲的批評和處分，這是後話。謝不周帶她去醫院看病打針拿藥，送她回來，囑咐她按時吃藥，走時給她留下一萬塊，要她自己去買衣服，抱歉他不能陪她，他剛接到家裡的電話，他的母親死了，馬上要趕回北京。原碧不要，他把錢塞到她的抽屜裡。面對原碧一往情深的眼神，謝不周真切地感到自己應該多給一萬。原碧是無辜的，他並不愛她，他僅喜歡她的小腳，他卻在做那事的時候對她說「我愛你」。她是旨邑的朋友，他有意讓旨邑心裡不舒服。他感到自己欺騙了原碧，他以為一萬塊能使自己心安理得，不料心裡還有一絲內疚，他認為這絲內疚還值一萬塊——他再也不想對任何女人心懷歉疚了。於是他吻她額頭，說：「等我有空的時候，另外再陪你去買。」說完這話，他心裡仍不舒服，他驚慌地意識到，無論他怎麼彌補，這份歉疚總會存在一半，永遠不能完全消失了。

父親的另一種講述讓謝不周大吃一驚。他活到將近四十歲，在母親死後，父親才告訴他一個真相：他不是父親的親生兒子。謝不周覺得荒謬極了，他以為母親的死對父親打擊太大，他腦子給弄糊塗了。然而父親非常清醒，他坐在客廳的沙發角落，神情頹敗憔悴，使沙發和客廳顯得格外空蕩。一生放蕩不羈的謝不周看見父親的孤獨，因為母親的去世塗上蒼老的色彩，剎那間感覺自己的罪孽。父親告訴他，從前關於母親的說法，都不真實。謝不周的奶奶一直不喜歡他母親，他所知道的事情，都是奶奶的版本。真實的情況是，父親追求母親的時候，母親正和戲劇團的一個小生談戀愛。父親只能退而觀望。後來，那小生竟然跟一個男人好上了，不再在北京露面。當時謝不周的母親已經懷孕。母親發現自己懷孕後，請求父親的幫助，父親二話沒說答應了，和她結婚，生活。遭遺棄的母親一直沒有忘記那個小生，她暗自盼望他回頭來找她。她脾氣暴躁，酗酒，懷孕時也不例外。父親和她幾乎沒有安寧的生活。兩年後小生死於一場車禍，母親的精神陷入混亂。這個原本只屬於父親和母親兩人的祕密，如今因為母親的死，傳給了謝不周。

從前對母親的憎恨與惡毒的謾罵使他愧疚難當。他回憶和母親有限的幾次接觸與面對，他從沒正眼瞧過母親，他對她陌生，她對他陌生，如今這種陌生刺痛了他，千萬種悔恨湧出來，像蛇一樣纏緊了他。他對母親的痛恨幾乎在一瞬間變為同情，然後在一夜間轉變為愛。或許他原本就愛母親，只是被恨掩蓋了，就像河水退去，露出河灘。他唯一不願去想的，就是那個小生，他的親生父親，他才是真正的人渣。

很長一段時間，謝不周活在不真實的感覺中，從前的生活秩序完全被打亂了，尤其是他一貫的生活態度，每想起父親的孤獨老態，就無法再以那種方式揮霍自信與金錢，繼而與女人在一起時，興味索然。他感到自己就像行情大跌時從證券交易所出來的股民，一臉瘟相。雖然生活好比那堆股票市值，時漲時虧，但從沒像今天這樣，虧得元氣大傷，他感到整個生活都被端掉了，甚至出現了巨大的空洞——他又一次虧欠一個女人，而這個女人是自己母親。她到死他都沒叫過她一聲媽，他用一些骯髒的字眼代替她的名字。他想起他對旨邑說，母親是個婊子、爛貨，旨邑憤怒地反駁他，他的眼淚現在才流下來，顯然已經遲了。

如果說他現在開始頭痛，毋寧說是他才意識到頭在痛。他把車開到「德玉閣」，進了旨邑的店裡，一屁股坐下來，盯著桌上的茶具發呆。

桌子底下的阿基里斯被他嚇了一跳，跑到一邊警覺地盯著這位不速之客。旨邑正手捏「秦半兩」，看水荊秋寄來的《帶著鮭魚去旅行》。她也不作聲，在他身邊坐下，給他倒茶，也像阿基里斯那樣看著他。阿基里斯避開他繞到旨邑身邊，躲在她的另一側繼續盯著他。半晌，謝不周苦笑一聲。旨邑感到他為她憔悴的神情，心被推了一下，像搖椅那樣蕩悠。到謝不周開口說話，她才明白他是另有其事，不覺耳根　陣發燙。他說剛辦完喪事回來，他媽媽死了。他說的是「媽媽」，不是「婊子」、「爛貨」，他說「媽媽」時，像使用了一個生疏的詞彙，有點不太自然。旨邑反應遲鈍地「啊」了一聲，表示她聽到的是不幸的事情。他眼眶紅了，說對不起他媽媽。她只記得他對他母親的仇恨，看他這副神情，既有不解，又想著怎麼安慰他，便抓起他擱在桌上的手，幾秒鐘後再縮回來，他的手呈她握過的樣子散在那裡，彷彿由那隻手講述他媽媽的真實經歷，以及他父親的苦，連帶罵那個拋棄他和他母親的小生。她對他內心的痛苦無能為力，只是一句話也不說，陪著流淚。她從來沒見過他悲傷的一面，即便是她拒絕他的求愛，他也只是嬉笑而過。他說完了，她還是不知如何安慰他。他頭痛欲裂，沒有帶藥，她讓他坐著別動，她馬上去藥店買，她記得要廣州廠的。

她很快買回來了，看著他把藥吃下去，猛然間體會到史今對他的愛情——她突然感到自己這一刻對他柔情滿懷。她想對他表示除愛情之外的關懷，握他的手，替他按摩頭部緩解疼痛，甚至把他抱在懷裡，替他撫背揉肩。她這麼想著，已經站起來，走到他背後，隔著椅子兩手抱住他。她對他有種說不清的感情，有時候覺得是兄長，有時候是親密朋友，有時像惦念的戀人，而現在，多種情感因素結合到一起，她從後面抱著他，因為她想不出怎樣給他安慰。他被她抱著，兩個人都紋絲不動。只有阿基里斯在舔自己的腳。

這時，原碧突然出現了，彷彿她已在某個角落窺視多時。

謝不周不知道有人進來，旨邑鬆開他抽回雙手時，他拽住了。

原碧轉到謝不周對面，盯住兩人，一副捉姦在床的神情。

原碧一臉的粗鄙相惹惱了旨邑，後者以原有的姿勢抱著謝不周，同樣不動聲色；同時，她對謝不周將玉豬送給原碧這件事重新感到憤怒，甚至恥辱。

謝不周一直閉著眼，不知道外部發生的情況。他感到頭部的疼痛正在旨邑的懷裡緩緩消退，像水被海綿吸收那樣，然後，又有種新的、柔軟的東西慢慢流進來，棉絮一樣輕盈，溪澗水一樣清澈，他感覺到旨邑胸部的溫度，以及她身體予以的慰藉。他不動，也不敢妄動，怕不小心把舒服時刻弄濁了。

旨邑與原碧清楚這對峙局面，前者懷著看戲的心態等著後者的表現能保持多久。遺憾的是，期待很快就結束了，因為原碧忍無可忍，陰陽怪氣地說了一句「挺會享受啊」。旨邑感到謝不周身體微微一震。謝不周睜開眼睛，看見氣急敗壞但強作斯文的原碧，平靜地說道：「頭疼，你也可以讓我享受一下。」原碧說：「你可以同時享受幾個人，我可做不到同時伺候幾個人。」旨邑立刻明白她指桑罵槐，含沙射影，將她和謝不周都搭進去了。她原本想放開謝不周，這下反倒箍得更緊，低頭對謝不周說：「今天你挺累，要不先回去吧，記得少吃藥，盡量休息好，別去想難受的事情。」旨邑的話意味著她和謝不周的感情，較之原碧要深得多。原碧知道，所謂「難受的事情」，無疑是指他母親死了，但他需要的不是她原碧的安慰，而是倒在旨邑的懷裡。原碧臉色青一陣，白一陣，彷彿馬上就要昏厥過去。

謝不周極不情願地離開旨邑的懷抱，從桌上拿起車鑰匙，歪歪扭扭地走了，出門後又轉回來對原碧說：「走吧，送你回去。」

「清陳其元《庸閑齋筆記》說：『淫書以《紅樓夢》為最，蓋描摹癡男女情性，其字面絕不露一淫字，令人目想神遊，而意為之移。所謂大盜不操干矛也。余弱冠時，讀書杭州，聞有某賈人女明豔，工詩，以酷嗜《紅樓夢》致成瘵疾。父母以是書貽禍，取投之火；女在床。乃大哭曰：奈何燒殺我寶玉！遂死。杭州人傳以為笑。』我知道瘵疾就是現在的癆症，從前的閨秀死於這種癆症的很多，名為癆症，其實又不是癆症，或者不只是癆症，十有八九是因抑制而發生的性心理的變態或病態，不過是當時的人不解罷了。我知道讀《紅樓夢》產生的意淫是美好的，對我的小腳產生的意淫同樣也是美好的，總之同胞們千萬別憋出病來，但也別惹出火來。

「我最近有一連串不愉快的事情，我發現男人比婊子還賤。有個男人僅通過一次電話，沒幾天就發簡訊來，說他想我，想親我，如果我同意，他立馬就飛過來。我回答我不召男妓。還有一個也沒見過面，交流稍微多一點，但也無特別的情感。此人有晚突然發信給我，說他整整三十五歲了，活得痛苦辛苦艱苦孤苦，今晚他誰也不想，就想和我在一起。我可憐他，我告訴他這世界上誰也不會比誰好過多少，痛苦是活著的唯一理由。他堅持要與我見面，我回答沒什麼好見的，我沒有義務替他消愁解悶，我更不會和他睡覺。

其實我真想把自己扔到垃圾堆裡去。我最近心情非常糟糕，我親眼見到大白天X跟Z抱在一起，夜裡頭什麼事幹不出來？我站在他們面前，他們視若無睹。Z真是個淫賤貨，明知道X和我的關係，她是見不得X和我好，嫉妒了，不舒服了，又想插一腳，攪一槓子。X不承認和她有曖昧關係，他說他們是好朋友。腦袋都貼到她乳房上了，我不相信他和她是純潔的男女關係。我著實痛苦，我不想寫出『痛苦』這兩個字，真痛苦是沒法言說的，所以我閉嘴。捫心自問，我是真心愛X，真心對他好，我真心真意。但是，世界上的女人太多了。平心而論，X真的是個不錯的男人，我這麼說，並非因為他出手大方。和他一起感覺很好，他知道怎麼讓女人身心愉快。我最終相信X和Z沒做骯髒事，X的母親死了，在那種特殊情境下，發生那一幕，似乎可以理解。但我還是憤懣，他們抱在一起的時候，如果不是春情蕩漾，那麼，會是什麼樣的心態？如果地點換在其中一人的家裡，他們一定會有進一步的動作，總之，他們什麼也沒幹，是當時的環境條件不允許。話又說回來，事情過去N天了，我為何還要對此糾纏不休。

「某天上午X又給我一萬塊錢，告訴我買哪個品牌的衣服，在韶山路某個商場有專賣店，或者是五星級酒店的購物中心，他還是不能陪我。我認為他是不願意和我一起行走。我真的去了，義大利品牌，一套衣服四五千，穿上身不錯，我捨不得買。我不是那個消費層次的人。我在步行街挑了幾件，給X買了一件『BOSS』牌長袖紅色T恤，頂我三件衣服的價格。下午X又來找我，他把我拉到一個咖啡廳，好像有一段很長的故事要講。我把衣服給他，他看一眼放下來，告訴我給自己買就行了，他衣服很多。他看上去神色不好，破天荒穿了件黑毛衣，似乎還在服喪期。我給他點藍山咖啡，他不要；我給他檸檬水，他要礦泉水，好像有意和我擰巴。我感到問題嚴重，我問他我犯了什麼錯，他說不是我的錯，是他對不起我。我以為他打算向我坦白他和Z的關係，我一邊為我對那事的敏感掌握感到高興，一邊又為此怒不可遏。我佯裝寬厚，告訴他什麼也別說，我都知道，事情過去了，就不要再提了。X對我的態度表示驚奇，他問我都知道些什麼，在說某些事情以前，他還是強調一下，他和Z什麼問題也沒有。於是輪到我詫異了，問他有什麼對不起我的。他猶豫了很久，咖啡都喝得見底了，他仍沒找到他要說的話。其間他感到頭痛，用白水吃了兩片藥丸。我感到自從他母親死後，他情緒一直不對，似乎有一個問題始終琢磨不透，而他又拚命琢磨，將一輩子琢磨下去。

「這多少是件丟臉的事，尤其是當我再一次將它說出來。我從沒有過這樣的經歷，一個男人對你好過之後，突然告訴你，他並不愛你。這樣也就罷了，如果他還說，他愛的是你的朋友，他對你好只是想激起朋友的嫉妒心，喚醒她對他的愛情，這才是真正難過的所在——也就是Z，他相信Z是愛他的——也就是說，我只是X的一顆棋子，他拿我走了幾步，虛晃幾招，過了楚河漢界，就任憑敵人將我吃掉了。在他的全盤棋上，他從來沒重用過我，從來沒想過我的力量遠不只於犧牲。更加悲哀的是，我以為我贏了Z，搶走了Z的男人，一度開心得要命。我到Z的店裡去，並不是真的為了挑什麼玩意兒，只是想看看，Z蒙在鼓裡的無知樣。Z以守為攻，沒想到我現在反倒成了Z的嘲笑對象。我永遠不能忘記她抱著X時看我的挑釁眼神，她故意對X說那樣溫柔的體貼話。看她悶騷的樣子，有婊子的潛質，是塊當婊子的料。

「當X說完，我不敢相信那是真的。但那千真萬確。我感到自己正在垮掉。我笑了，我笑得X很不自在。我不會乞求他，更不會在他面前可憐地哭泣。我不想讓他覺得自己強大，我不會讓他作為一個征服者與主宰者驕傲地垂憐於我，我不需要他的道歉，甚至不能讓他感覺我為此傷心。侮人者必自侮，我心上插著他刺的劍，鮮血暗流。我問X，我們一起做過多少次。他說有十幾次。我說，準確地算，是十次半，有一次不成功。我又笑。我對X說，我感覺你不錯，無論技巧還是東西，中國人當中，很難找到和你相匹敵的，噢，DEEP、HARD、FAST，你喜歡女人這樣求你。你很賣力，按十次算吧，總共兩萬塊，價位還不算低，有需要再來找我，一切都好商量。

「我笑著走了。外面風一吹，眼淚就飛，我為我的表現感到欣慰，並且痛徹心腑。我當時很想找人喝酒，但是我進了美髮廳，我用最貴的藥水，燙了一個時髦的髮型，如果不是考慮到要站在講台上，我差點要染成麥子成熟的金黃色，爆炸一頭麥芒，讓自己也認不出自己來。我為什麼要和Z爭風，我當我的老師，她做她的自由人，她風騷她的，我生活我的，我為什麼非要和她比。女人不聯合起來抵抗男人，相反還要和男人勾結起來傷害同類，如此看來，女人沒有解放，也不可能獲得真正的解放。我會接著寫部落格，大家等著，會有更精采的看頭。今天接著貼圖片，這一張已經接近大腿根部了，下一張會到哪個位置，我琢磨一下。」

水荊秋兌現了他的諾言，帶旨邑到麗江住了一周，徹底彌合了旨邑在陽朔留下的傷痕。對旨邑來說，那是揚眉吐氣的一周。愛情到了一個無法無天的環境裡，陡然膨脹龐大，兩人都始料未及，他們幾乎更情願待在床上。她感到不能再忍受與他的別離，提出她的想法，她打算把「德玉閣」搬到哈爾濱去，她渴望在他身邊生活。她唯一需要他做的事情就是幫她找好鋪面。他頓了一下，過後覺得這想法不錯。她說豈只不錯，簡直是太過完美。她後悔早沒想到這一步，讓彼此度過那麼多苦苦相思的日夜。不過，話又說回來，正是那些相思的日夜，他們才知道對方於己的重要性，而她也才有搬到哈爾濱生活的決定。總之，想到即將到來的廝守生活，兩人不免歡欣鼓舞。

但水荊秋有他的隱憂，一怕不能時時在她身邊，冷落了她；二怕總不著家，惹梅卡瑪生疑。旨邑寬慰他，一切由他掌握，十天半月見一次面，她就滿足了，她不是貪婪的女人。水荊秋說十天半月太長了，他的身心都會反對。她說她會做好飯菜等他，洗乾淨身體盼他，她的一切就是他的家。

他們在僻靜的樹下重演了高原的一幕，他的手探進她的身體，她以相同的方式回應了他。她感受到高原的氣息。新月一彎，藏在薄雲裡。她懷著感恩的心情，嗅著身邊不知來自何處的芬芳，對他說：「你聞聞，空氣裡的祝福，甜的。」月色給她蒙上神祕之紗，他看見她的另一種美，像一隻在月光下的森林裡東奔西跑的動物，忽然停在他的面前，滿心喜悅地仰望著他。他嗅，但嗅的是她：「你就是我的空氣，甜的。」她立即融在他的懷裡。然後他們沿著街道漫步，現實像街道的燈火慢慢地遙遠，縮小，他們從現實的背景裡凸顯出來，暫時找到了他們的幸福。於是她希望彼此變成兩棵樹，永遠站在這裡。

「我只要你在我生病和死亡的時候，守在我身邊。」她想到哈爾濱無親無故，他就是她唯一的親人，眼巴巴地說，「你不能欺負我，任何時候都不能。」他點頭，說他永遠都在她的身邊，永遠都不可能傷害她，她永遠都是他最疼愛的人。

他們在昆明機場分手，他回哈爾濱，她回長沙。

她似乎找到人生目標與意義，忙著打點一切。是否真的心甘情願當水荊秋一輩子的情人，旨邑不問這個，但目前對此義無反顧。「德玉閣」的租用合同還差一年多到期，她考慮叫母親過來打理，又擔心母親離不開小鎮，也不放心她獨自待在長沙。想來想去，乾脆關店掛上「外出採購」的牌子，免得老主顧以為玉店倒閉了，印象不好。當旨邑意識到她的每一個細節都在為回來作打算時，不免吃了一驚，於是對自己的行為提出質疑：究竟是慾還是愛，促使自己去哈爾濱，去水荊秋的身邊。或者僅僅只是以大動作證明她對他的愛，以期換取他對她更深的愛，也就是說，只有他對她有更深的愛戀，才會使他感到要掙脫原有的家庭束縛，迫切地想要飛到她的懷裡來。他曾經說過，他是鳥，她是他的天空；她是魚，他是她的海洋，現在魚向海裡游去，鳥兒也理當向天空飛來。她還想到生個兒子，這個念頭從沒消失過，它就像她的血液，一直在她的體內循環。一粒麥子，不落在地裡死了，仍舊是一粒，若是落在地裡死了，就結出許多子粒來，無論如何，她希望麥子落在地裡死去。

別的事情好安排，讓旨邑感到棘手的是，不知道阿基里斯怎麼辦。原碧不喜歡動物，關係也已經弄僵了，不能找她；秦半兩要去貴州；另有兩個朋友忙得前腳踢後腳，餓一頓，飽一頓，阿基里斯跟著她們過不好，算來算去，還是託付給謝不周比較合適。

旨邑見謝不周的第一感覺是他變了，像關進動物園的獅子，模樣塊頭還是原樣，依舊健康強壯，只是皮毛不及先前有光澤，眼裡煙波浩渺。鴨子死了嘴還硬，粗話不改，但是說出來也不如從前爽脆，好像開了封的餅乾，因為受潮變得軟潤。她叫他別一副霜打過的樣子，她懂得子欲養而親不待的苦，她的父親在她上高中的時候病死了，她一天也沒有孝敬過父親。她說謝不周，你沒有必要認為全是你的錯，好好生活，就是對父母最大的孝敬。過去的事情，讓它過去，我還是喜歡你原來的樣子。

謝不周笑道：「生活個JB，生活比妓女的感情還虛假，但他媽的能怎麼辦，虛假就是生活的本質，老夫一直以為活得很真實，扯淡，一切都在教導老夫，包括你，旨邑，你自己恰恰是放任自流的生活，你根本不想從生活裡抓住什麼，你和我都是徹底的悲觀主義者，不過是以不同的消極方式與生活對抗。老夫知道你心有所屬，你在掙扎，你喜歡這種掙扎，在掙扎和疼痛中，你才感覺到你的存在。和老夫一樣，也是個受虐狂。說實話，如果你和老夫上了床，用不了多久，老夫就會去找別的女人，老夫喜歡不和老夫上床的你，懂嗎？」

旨邑笑著說：「我當然懂，我不費吹灰之力就看透了你，因為，某種意義上，咱們是一路人，一路人是不能糾纏在一起的。我很高興你說這些，咱們的確可以做兄弟了。我跟你說，謝不周兄弟，並非我不想和你上床，你身體很性感，連性格也是性感的，你說生活是假的，但你比任何男人都更真實地面對它。我不和你上床，因為我一定要相信愛情，相信愛情，就不能褻瀆它。今天我告訴你兩件事，一是我要去哈爾濱生活，回不回來，什麼時候回來，我都不知道；二是請幫我照顧阿基里斯，牠是我從屠刀下救回來的，牠是一隻土狗，不會有寵物狗那些嬌生慣養的壞毛病，牠知道如何真實地生活。」

「去追隨那個男人？你所謂的愛情？旨邑，他不離婚——他有家室，老夫沒猜錯吧？」旨邑點點頭——「他不離婚，就不是全心全意地愛你。老夫不相信男人，老夫比你更懂男人。你覺得他為你顫抖，為你投入，這個老夫相信不會假，有時候男人自己都分不清他是什麼東西呢，他也會誇大感覺，進入表演狀態。他給你談起離婚這樣那樣的困難吧，說妻子對他付出過很多，妻兒沒了他不能活對吧？讓你覺得他很有責任感，不由自主地同情他，憐愛他，欽佩他，然後死心塌地地跟著他——你覺得世上再也沒有比他更具愛心的男人了——老夫言中了吧？」

「兄弟，給點鼓勵，別潑冷水，我這是頭一次為了愛情背井離鄉。長沙是我讀大學、生活成長的地方，我從沒動過到另一個城市生活的念頭呢。男人怎麼樣我不管，我感覺我沒看錯人，他不娶我沒有關係，如果給我留個孩子就更知足了。你以為我是一心要結婚的女人？俗。兄弟我看透了婚姻，婚姻像什麼呢？婚姻就像一場掩耳盜鈴的遊戲，懂我的意思嗎？至於婚姻能不能解決性生活，你比我更清楚，你說過你一結婚就陽萎，一個完全屬於你的女人像張白紙似的，既讀不出內容，更沒寫點什麼的興趣。我認識的已婚男人在家守身如玉，在外統統外遇。每見到貌似幸福的家庭，尤其是在公眾場合出沒休閒的一家三口，我自然就湧起滑稽感：當男人的手機裡存儲的情人的電話號碼在這一刻悄寂無聲的時候，他在想她此刻在幹什麼。並非隱藏得多深，也並非需要多強的洞察力才能發現，人類的生存景況就是這副怪誕樣。這就是我三十年的生活經驗總結。」

「看來，無需老夫幫你認識男人了，老夫無話可說。阿基里斯沒問題，老夫請了保母，說不定哪天晚上一鍋燉了——別急，逗你玩。其實，老夫也有事跟你講，你什麼時候走，看看是否能喝到老夫私底下設置的小範圍的喜酒——老夫打算結JB婚了。」謝不周並無喜悅神色，倒像天黑前自覺走進籠子裡的雞。

「和誰結？和原碧？」旨邑故意說出一個錯誤答案。

「別你媽總點老夫死穴。史今是個好女孩，不和她結婚，她也不會嫁給別人，所以結不結都是廝守一輩子的事了，主要是緩她父母之急。可憐天下父母心啊，人家嫩嫩的黃花閨女，轉眼就被老夫糟蹋四年了——結了婚，不能到處隨心插柳，真是虧。」謝不周還是那腔調。

「少喊冤，你哪次結了婚規矩過。結婚是對的，別連對女人負責都感到難為情。我知道你是羞愧這個決定遲了，讓史今等久了，對她虧。」旨邑又點一次他的死穴，她發現他受電影中的周星馳影響太深，而她總能抓住他所表達的精神內核，他是個令人心生悲慨的男人，太生動。

旨邑心裡承認對秦半兩有一絲不捨，她願意接受「一絲」這個說法，濃縮且濃烈的一絲，像苦丁茶，若經泡散，可能是一杯巨大的帶濃酸苦澀味道的東西。她想起他第一次到她的店裡找玉飾，他宛如一發小溪，自然平淡地流向她寂寞的森林，她感到自己是一棵溪邊的草，立即彈出了兩片新葉。她和他說話，彼此竟全無生疏感。他的一切都很對她的胃口，暗合了她對未知戀人的某些想像，對水荊秋的愛並非油然，而是被他征服。想到此處，她寧願相信，對秦半兩有一縷不捨。她認為一縷比一絲多，用一縷恰到好處，既沒有抹殺內心對秦半兩的牽掛，又不至於像繩索那麼強大到對水荊秋的情感構成威脅。她想起秦半兩就煞不住車，從他們去看古墓，博物館，到逛古玩市場，吃飯，談論，以及驚心動魂的近距離接觸，仍是心驚肉跳。一種醉感，瞬即麻痺全身。她知道這意味著什麼，但不願意去想這意味著什麼。她不得不老實回答自己，其實對秦半兩的想念，有一綹那麼多。她相信一綹比一縷略微豐富，縷還是纖細的，而綹，有時可以為一大綹，但是鬆散的，不至於牢固到繩索似的對水荊秋的情感構成破壞。她很少這麼仔細地想過秦半兩。因為離別，她得以如此深入地回想。每次被他攥著手，就感覺整個身體、整個生命都被他攥緊了。他捲翹的髮梢，透出一種健康與樂觀。有時很文雅，有時像一個西部牛仔。他有著正派男人的言行舉止，著裝整潔，走路絕不拖泥帶水，表情淨爽，極嚴肅又極單純……旨邑感覺再往細想，有精神越軌的危險。她想去哈爾濱前再和他見上一面——不知他人在長沙，還是貴州。她去湖南大學找他，又不想顯得刻意，刻意是危險的舉措，是危險的暗示，她必須小心翼翼地避開這個雷區。

她一路走，一邊看周邊景致，像個外地人。她想起剛到學校報到時，看見長沙這樣的大城市，很是驚愕。現在長沙的一切都已平常。臨近湖南大學時，旨邑忽然有點緊張，她發現自己並沒有做好見秦半兩的準備，於是在毛主席揮手的雕像周圍徘徊。她感到似乎沒有必要來這一趟，電話說一句就行了，甚至可以什麼也不說，反正他和她都會離開長沙。但是，既然來了，為什麼又躲躲閃閃，她感到自己神經兮兮的很可笑，像個初戀的小女生。她抽了自己一鞭子，便馬不停蹄，往秦半兩的工作室疾馳而去。

見那兩扇車庫似的大鐵門半開半掩，她知道他在，彷彿已經看見了他，她忽覺心滿意足，要打道回府，卻被寂靜的神祕之門召喚，她還是走了過去。她看見秦半兩正坐在畫板前，他左前方的沙發上，側臥一半裸的女人，雙腳蹺擱於沙發扶手之上，手裡翻著一本有彩色插圖的書，緊接著她看見了女人臉上笨重的獅子鼻——千真萬確，那正是屬於原碧的鼻子。旨邑吃驚不小，即便如此，她仍保持平淡無奇的神色，原碧穿的是寬大及膝的男式襯衫，她再一次感到原碧是個不可估摸的怪物。

秦半兩是從原碧怪異的表情中判斷有人來了，他感到原碧有點得意，回頭見是旨邑，也是一愣，打翻了油料盒。而此時旨邑掉頭便走，秦半兩則放下東西追了出來。原碧又一次令旨邑反胃，並且這種反胃影響了她對秦半兩的感覺。她冷淡地說她只是路過，隨便看看而已。他說原碧只是他的足部模特。她說她是你的什麼，和我沒關係。她想，其實這件事未嘗不是解決她和他的問題的好辦法，她要去哈爾濱，無謂再做任何牽掛。他說旨邑，是這樣，我在網上看到一個私人部落格上的一組照片，給作者留了言，請她做我的模特，沒想到那個人就是原碧。旨邑鼻孔裡笑了一聲，說，足部模特兒，為什麼整個人只罩一件襯衫？天氣挺涼快的，不怕模特兒受涼嗎。好了，沒必要說太多，我也只是在走之前來看你一眼，很抱歉打擾你工作了。秦半兩急了，問她走到哪裡去。她說去哈爾濱，她已經在那裡租好了門面，聽說那邊買賣不錯，況且她從小喜歡冰雪，而南方的冰雪太少，因此她選擇去哈爾濱，會在那兒生活，可能回長沙的機會不多了。然後她問他去貴州的事，他說月底走。她說她也就那個時間去哈爾濱。他說保持聯繫，他到那邊換新電話立刻告訴她。她點點頭，想到再見面不知哪一天，或許那時彼此生疏得令人悲傷，就提前落下淚來，把秦半兩弄得心如亂麻。他捏起她肩頭的一綹長頭髮，沉默不語，然後找到答案似的，抓住她的雙臂說道，旨邑，我希望你能跟我一起去貴州，教學，生活，喜歡就留在那裡，不喜歡就隨時回來，我都聽你的。

屋子裡的原碧從窗戶看見他們站在湖邊，低頭不動，像兩尊石像。

旨邑心裡更亂，這種局面比她想像的更令她痛苦。水荊秋已經在等她了，懷著他熱切的愛情等她。她知道也許去哈爾濱是走向結束，走向愛情的絕路，即便如此，她必須去走到盡頭，讓殘缺的，以殘缺的方式圓滿。甚至可以說，她是為了早一點看到結果而去的。她也知道，和秦半兩去貴州，是走向開始，走向愛情的開始，希望將會是遍野的花，她和他的感情必將是一座完整的、正常的、美好的山，秦半兩沒有「梅卡瑪」，她無人可妒，她就是秦半兩的「梅卡瑪」，她大可為此揚眉吐氣一番。她怨恨水荊秋讓她過那窩囊又窩火的日子，不人不鬼的生活，只能咀嚼而不能吞嚥果腹的感情。

旨邑顯得很虛弱，氣若游絲，說她也許會去貴州看他。他的胸膛是個巨大的漩渦，她正處在危險的邊緣——她把這看作內心對他的情慾。她接著說，她很珍惜他們之間的情誼。她把脖子上的玉觀音摘下來，遞給他。秦半兩將它捏在手心，看著她。她說他送了古錢幣，她要還他一個人情。他知道她故意這麼說，她有不願講出來的心事，於是說道，你想和我扯平，扯不平的，你不想我，我也會想你。如果你想我，告訴我，我會去哈爾濱看你，如果你想回來，我會去哈爾濱接你。這番話說得旨邑心頭滾燙，差點一頭跌進他近在咫尺的懷裡。在眼淚落下來之前，在意志瀕臨崩潰之前，她受傷似的從他身邊跑了。

誠懇點說，旨邑在哈爾濱獲得了嶄新的生活。不過請注意，嶄新並不意味著幸福或者不幸，只是她從前未曾經歷過的，包括感情感受感知。她不習慣的是飲食，粗淡無味，份量嚇人，她心裡流淌湘江，懷念長沙的口味蝦臭豆腐鯛子魚農家小炒肉，偶爾想起長沙的人和事，感到時光正在遠走，自己也在老去。剛到哈爾濱，水荊秋每日來看她，冒險帶她在哈爾濱轉悠，像哈爾濱人那樣吃喝，像間諜那樣不動聲色。有兩次水荊秋在餐館遇到熟人，他不慌不忙，讓旨邑看到一個「慣犯」的從容不迫，她就此讚美他。他並不計較她的諷刺，只是感到有必要減少拋頭露面的次數，他形容四面楚歌，大白天撞槍口的可能太大，他們應做貓頭鷹在夜裡出洞。她立刻反駁他，說夜裡他這隻鳥就得回籠，撲騰出來的理由不好尋找，後果不可估料。他說無論什麼時候，他的心始終緊貼著她，他把她揣在他胸口的兜裡，放在他的心窩裡，他永遠愛她。戀愛中的女人往往昏了頭，幾句動聽的話就引開了她的注意力。旨邑後來才想起巴斯卡那句「甜言蜜語的人，品格惡劣」的話，可惜已經遲了，到她清醒時，他已不再甜言蜜語，並且朝她揮舞一面惡的旗幟——那塊玉中精英的和田玉，磨光了外表的溫潤，露出石頭的粗礪與冷硬。

先不講後來如何，單說現在。水荊秋來看旨邑的間隔時間越來越長，果真到了她說的十天半月一次。期間不斷出國訪問，義大利、巴西、俄羅斯，像個功成名就者飛在天上。旨邑埋怨他的淡漠，他描述這個過程就像婚姻，對此結果毫無意外。她說，她和他的感情會因此無疾而終，而婚姻還是婚姻。他撫慰她，表示永遠不會離開她。她無話可說，只有想念阿基里斯，感到有阿基里斯在身邊她會堅強。阿基里斯一面彰顯她的寂寞，一面消解她的孤獨，讓一條狗整天陪在身邊，終究是對水荊秋的無聲反抗。

離開長沙到哈爾濱，旨邑感到自己付出了代價，而哈爾濱的生活離想像的距離頗遠。舉目無親。與水荊秋的片刻歡娛，不能抵禦零下二十度的寒冷侵襲。心就像掉光樹葉的枯枝，脆弱而冷硬。枯枝上的美麗霧淞，不過是廢氣的凝結。「德玉閣」門可羅雀，人們對她甚至頗為警覺。她對秦半兩的懷念不可遏止地湧現，就像寒冷直逼心田。過多禦寒的衣服使她感到自己臃腫不堪，添了遲暮的心態——假若一輩子這樣與水荊秋耗下去，晚景必定淒涼。至為關鍵的是，做那事時，水荊秋已經不顧她的感受，自己完事便收工，有一次她正在興頭上，他卻心煩意亂地撤了。她把這看作愛情的黃燈警告。她見到一床悲哀，滿屋荒誕，一個情婦的下場昭然若揭。然而，冠之以「偉大」的愛情不懼怕這些，即便性事淡淡，她和他還存在精神奕奕——與她做精神的深度糾纏是他最初的理想，他們還有偉大的探討，可以談惠特曼、聶魯達、艾柯或者福科。於是不可避免地陷入另一種荒誕——他和她談精神世界的問題，為什麼非得有肉體在先？為什麼不可以使精神純粹？現在的情況是，彷彿他和她交媾了，所謂精神便成了他付給肉體的鈔票，比嫖客和妓女的買賣關係高尚許多，同樣不存在世俗的責任與義務。

以上有一部分是我們對水荊秋和旨邑兩人關係的一種揣摸，或者鑑別。不妨說旨邑是為了結束，早點結束愛情而來到哈爾濱（當然她更期望另一種結局），結果正在慢慢呈現，她不想毀在他依然甜蜜的語言裡，生活需要行動。

有一次旨邑流露了自己的哀痛，近在咫尺相思，不如遠在天涯懷念，她說乾脆回長沙算了。水荊秋急了，打算周末清早就趕過來陪她，帶她去哈爾濱郊區看霧淞，滑雪，到松江敲冰釣魚，他和她將在外面過夜，他會把她摁倒在雪地上，讓她嘗嘗雪地野合的痛快。那天，旨邑一大早就攏著袖子在屋外等著迎接他，來來回回轉了很久，等得無聊堆了一個醜陋的雪人，水荊秋還是沒來。十點鐘時，他發來簡訊，告訴她正在談事，會遲一點，暫時不要聯繫。旨邑立即想到他被梅卡瑪纏住了，她感到發生了與自己有關的事情。對旨邑來說，接下來的時間裡，與其說是等待水荊秋，毋寧說是等待某種真相——她十分想知道他們處理問題的方式與結果。水荊秋中午趕到的時候，旨邑精神抖擻。事情果然與旨邑估料的不差，水荊秋準備出門時，梅卡瑪冒出一句冷話，說他最近不太正常，她有必要和他談談。水荊秋不得不坐下來，自覺荒謬地與她「談」了三四個小時，梅卡瑪說他有問題，他反問她有什麼問題，虛打了數十個回合，最終梅卡瑪摔門出去不了了之。其實梅卡瑪很容易就能弄個水落石出，但將事情搞得太明白對自己沒有任何好處，只不過給水荊秋敲一下警鐘，讓他懂得好自為之。梅卡瑪是奸詐的。

突如其來的冷空氣凍蔫了水荊秋，危機感使他心裡忐忑不安，和旨邑的計畫因此泡湯。他戰戰兢兢，令旨邑大為不快。她知道他和梅卡瑪終將化腐朽為神奇，說不定爬完這道坎，反獲得一段性福生活。生活的總目標不變，過程中的搖擺與動蕩，對於經歷了十幾年婚齡的家庭成員來說，每個人都是胸有成竹的。正是「這一刻」的煎熬，將使水荊秋與梅卡瑪共同意識到他們婚姻的不容易，和患難見真情同理，挫折顯現婚姻的珍貴，如果沒有這種非常態的變異，他們的婚姻內容將永是無味無聊的白開水——這就是情人的貢獻。這也是旨邑的痛處，與其暗自捂著疼痛，不如索性往痛處戳了一刀，彷如挖掉一塊爛瘡，於是她戲謔地闡述了以上的觀感，感到冷風直往已剜的空洞裡灌。她得到水荊秋關於「自虐」的評價。她說他人可以虐我，自虐為何不行，自虐比他虐人道。他說她的自虐傷害了他，因為他愛她。她想問愛是什麼，是不是那種在他面對自己的利益受損時，隨時可能被擠兌出去的東西？她問他，假如梅卡瑪發現了他的愛情，他是否就和她一刀兩斷。他說只能那樣。她說那不是她的錯，為什麼要那樣對她。他答不是誰的錯，誰也沒有錯，他只能那麼處理——所以，絕不能讓梅卡瑪發現。這是一個嚴密的邏輯結果，他們首先要做的是，改變頻繁的簡訊聯繫，他們是一輩子的愛情，完全可以把愛藏得更深一點。

沒幾天，水荊秋告訴旨邑，他和梅卡瑪陷入冷戰，他意識到自己的確對梅卡瑪及梅卡瑪的家人關心不夠，他有必要表現一下——正如旨邑估料的那樣，他將給他的家庭注入新的亢奮劑，他打算帶所有家人離開哈爾濱，去海南島溫暖幾天。

春天本是溫暖的季節，是個詩意的詞藻，蘊藏姹紫嫣紅的希望，但在哈爾濱，只是寒冷削骨，空洞乏味以及灰暗多塵。想到水荊秋為補償而表現的賢德樣，旨邑內心充滿蔑視與嫉恨。她猛烈地摔頭，以期將這些無聊的東西扔出腦海，卻搖晃出水荊秋和梅卡瑪在陽朔的情景，他們又將遭遇兩米乘兩米或者兩米乘一米八的大床，拉開了朝海的窗簾，他的身體由勉強開始到漸入佳境，一舉結束了冷戰，化解了冰凍時光。但很快旨邑為自己滿腦子的男歡女愛感到羞愧，她試著將肉體排除在外，將水荊秋的肉體還給梅卡瑪，一時間竟也擺脫了苦惱，於是她發現，她的痛苦，原來完全源自肉體——如果水荊秋沒有肉體，她真的可以和他有「一輩子的愛情」。

旨邑並不能完成當初的自我期望，她感到筋疲力盡，虛無感在夜裡咬了她，她渾身痛癢，整夜捕捉這隻虛無的跳蚤。遠在貴州的秦半兩是驅蚊叮蟲咬的風油精，塗上一點，跳蚤就不跳了，不咬了，身體還挺涼爽。但是，跳蚤是有思想的，有陰謀的，牠相當頑固，慢慢地琢磨透了風油精的能耐，竟習慣了牠的氣味，以至於她在這邊塗，跳蚤在那邊咬，甚至和她捉迷藏，戲弄她，讓她手忙腳亂，繼而無能為力。

哈爾濱像個包圍圈漸漸縮小，空間狹窄得令旨邑呼吸困難，她給謝不周打電話時，說她的生活既「操蛋」，也「扯JB淡」，謝不周叫她不要學他講粗口，生活是他媽逼美好的。她問他婚禮舉行了沒有。他沉吟片刻，說道：「現在『大老二』已經正式下崗，成了無業遊民，史今不許『搞活經濟』，管理嚴格，下場果然很慘。」話雖如此，旨邑還是聽出謝不周心情不錯，她知道他說話的方式，十有八九找到了過日子的小感覺。每一個人的幸福生活都可能引起旨邑的挫敗感，三十年來沒有完整地愛過一次，沒有完整地擁有一個男人的感情和肉體，這很荒唐。她低聲說自己可能會回長沙，這邊生意清淡，房租以及日常開銷壓迫，有坐吃山空的危機感。謝不周笑著說這並不是她要回長沙的原因，她的錯誤在於喜歡挖出美好事物的殘骸敗絮，像該死的科學，總是要把事情弄得水落石出，讓男人無處遁形，可怕。

旨邑真動了回長沙的心。在水荊秋與家人去海南島的時間裡，她背上釣魚工具，一個人去松江敲冰釣魚。站在冰河上，眼望白茫茫的四周，才發現不知如何下手。不遠處一群少年在冰雪上奔跑追逐，扔雪球，打架摔角。她想這是他們的家園，不可能是她的歸宿，她已經懷念湘江流淌的混濁與嶽麓山凝結的青翠。

當一個戴棒球帽的男孩滑過來的時候，她叫住了他，向他請教。男孩開口說話時，旨邑才發現她是個女孩。女孩長得眉目清秀，俐落短髮漆黑亮澤。她對旨邑的口音和她攜帶的釣魚工具表現好奇。旨邑沒想到，這個女孩竟是個冰上垂釣的能手，她打賭旨邑不可能釣上一條魚。旨邑說她釣的是時間和心情。女孩儼然是行家裡手，嘲笑旨邑，枉了這套裝備。她一面小心敲擊出冰窟窿，一邊說她這樣獨自垂釣很危險，北方有句俗諺叫「七九河開河不開」，春季轉暖，冰面拉力減小，即使厚也不會結實。她像多年的老搭檔似的傳授經驗，旨邑看著她灑脫的動作，心想她肯定不會和已婚男人糾纏不清，便羨慕她的自由青春。女孩又說，鑿完眼後，不要急於打窩，應該看看冰眼下是不是淨底兒。旨邑問什麼是淨底兒。女孩說淨底兒是指釣點下是較平且淨，沒有淤泥的地方，魚鉤放進冰眼，浮漂會隨墜下落。鉤墜一著底後，漂尖立刻一頓，這一停頓，正說明下面是個淨底，在此打窩是沒問題的。旨邑佩服她懂得真多。她看見一窩清水。女孩檢查旨邑用的誘餌，這回笑得很寬容，她已經徹底知道旨邑是個南方人，便說得更為詳細，告訴她冰釣打窩兒，一般都選用紅蟲。水淺可以放十幾個紅蟲，隔一段時間再續。深水施釣，就不能只用紅蟲打窩了。由於水深的緣故，紅蟲下落至水底的時間相對較長，加上紅蟲的蠕動，即使沒有水溜，下落後就偏離了冰眼，失去了打窩兒的意義。有的人會用麵團或魚飼料，將紅蟲黏上或團在其上，放入冰眼，這樣打窩就較穩妥。換言之，旨邑此次垂釣，真的只能釣時間和心情了。女孩表示願意留下來做進一步指導，旨邑自然接受。

兩個人守著冰窟窿，保持垂釣的樣子，又彷如對著火爐烤火。她們都不期望會有魚咬鉤，所以散漫地聊天。她們嘴裡哈出白氣，鼻尖凍紅了，兩頭熊那樣突起在茫茫白雪之中。

女孩說她叫稻第，大學四年級，學考古，地地道道的哈爾濱人，從沒去過南方。聽旨邑說她是毛澤東的家鄉人，教稻第的女孩眼露驚喜，笑容俊美，問了很多關於毛主席的家鄉，關於南方的問題。她的聲音短促有力，如短髮一般乾淨利索，旨邑感到她有股書生劍氣，不覺心生惋惜，假若稻第是個男孩，在她排遣寂寞，垂釣消愁之時，或許能牽引出新的感情，壓倒水荊秋。然而，旨邑又深幸稻第是個女孩，愛情的苗頭像男人一樣無處不在，倘若三心二意，愛情就像滿大街的男人一樣泛濫廉價，旨邑不想讓自己的感情貶值，更不想讓水荊秋流落街頭。即便現在的野外如此空曠寒冷，白雪這般明亮扎眼，內心那麼憂傷落寞，水荊秋與梅卡瑪在海南島形影不離地雙飛雙宿，即便稻第是個英俊少年，旨邑也不想寂寞尋歡，更何況她已經犧牲了秦半兩。

稻第的直率獲得旨邑的信賴，她坦然相告，她因為一個男人才來到哈爾濱，才在此無聊垂釣。稻第說那肯定是個已婚男人。旨邑苦笑一下，說愛情不分已婚未婚，不受世俗道德觀念的引導與約束，反之則不是愛情，是苟且與苟活。稻第則往窩裡撒了一把誘餌，不作評說，後又談到愛情自由論，說一個人的個性，精確地決定了他的全部行為和思想，人是透過自己的所作所為，才知道自己是什麼，通過自己所遭遇的痛苦，才知道自己的價值。

稻第這番話引起旨邑對自己遭遇的迅速回憶。春節她留在哈爾濱，原因複雜：買不到火車票、機票太貴、不知如何跟母親解釋秦半兩，想與水荊秋過一個團圓年——這個是決定性因素。不過，從大年三十到正月初五，旨邑得到的只是鞭炮與煙花的粗暴虐待，她有多孤單，它們便有多絢爛。大年夜，她真想去某個酒吧坐檯，跟陌生男人回家，做一條無名無姓的母狗，強勝遭受冷落的有名有姓的女人。她在夜裡湧起對水荊秋的滿腔仇恨，天一亮便理解並寬容了他，他若有個電話或簡訊告知他的歉意與想念，她就重新義無反顧無怨無悔地愛他了。水荊秋直到初六才來與她在床上待了個把鐘頭，那時她已熄滅了所有對於春節的熱忱，正在想方設法越春節之獄。然而，水荊秋身上的家庭氣味以及節日溫馨惹惱了她，她一肚子怨氣，找岔兒與他大吵了一場。無論她怎麼鬧，他百般依順，一概溫柔認罪，待她平息怒氣，才表白他是如何因她坐立不安，心神不寧，如何日思夜想，強顏歡笑，彷彿他是家庭妓院裡一個賣春的女人，比旨邑獨守空房的情形還慘。她轉而同情他，再仔細打量他時，的確看出他毛髮狼藉，小眼癡迷的無助相貌。

旨邑望著稻笫，很想問自己的這番痛苦遭遇，價值何在？

而此時一個出乎意料的情形出現了，水窩上的浮標劇烈一抖，猛地沉下去，旨邑尚未反應過來，稻笫已「唰」地扯起了釣竿，一尾鯽魚被拉出水面，落在雪地上彈跳。旨邑驚喜失聲。稻笫取出魚鉤，掂量了一下魚的重量，說：「有的男人愛好少女，有的男人對少婦情有獨鍾，江青只吃七兩左右的鯽魚，這條正合適，可見女人也有自己的選擇愛好，對嗎？看在今天教你釣魚的分上，假如有一天我去南方，你必須請我吃頓南方菜。」稻笫談男女之事，竟像個風月老手，令旨邑刮目，便問她喜歡哪類男人，稻笫笑說她不喜歡男人。

「原來僅僅是因為我攻擊了你的生活，才令你苦惱，原來這是你唯一的苦惱，平時你是心安理得心情舒暢，從來沒有為我苦惱過，也就是從不把我當回事。你早就習慣了在情人和妻子之間遊刃有餘。我是心態不好，如果我為這種身分的生活感到快樂，對我來說是罪過，我會為我的快樂感到羞恥。我愛的男人帶著另一個女人拋頭露面，同床共枕，而我和他只能在門裡頭在黑夜裡蠕動，我是隻骯髒的寄生蟲，必須在你們完好的家庭與婚姻之軀體裡才能苟活。你不要總強調你的生活在我之前，不要暗示現在的局面是我自願找來的，既然你絲毫都沒有想過它可能改變，在你們的婚姻紅潤健康之時，我先爛死掉，我走，可以了吧。」

引起旨邑說這段話的原因很簡單，當水荊秋從海南島回來，她問他在海南島是否和梅卡瑪交配了，她不想把「做愛」這個詞用在他們身上，那令她不舒服，說「交配」時，她會將他們想成兩頭豬，或者兩條狗，總之是和她無關的畜類。水荊秋生怒，指責她不該總是攻擊他的生活，他和梅卡瑪在她出現前就是夫妻關係，他為她的心態感到苦惱。聽旨邑說要走，他更是痛苦難堪，細數高原上的第一次見面到後來的每次恩愛相聚，情到深處眼發潮，音發哽，仰首長嘆奈何天。其間有些細節連她都忘了，聽後既震驚又感動，確信他比她苦，比她難，比她對愛更執著。她唯一能做的就是拋開回去的想法，與他含淚擁抱，感覺既是失而復得，又似破鏡重圓，比以往任何時候都更覺這份感情的珍貴不凡。

然而，旨邑的身體對洗乾淨了的水荊秋感到不適，她鄙視他不潔的部分，最無廉恥的部分。在某一時刻，旨邑忽然變成了梅卡瑪，親眼看見水荊秋虛假做秀，便想到古來俗話，什麼百年伉儷是前緣，禽魚草木，各有蟬聯，所謂伉儷，斷不是水荊秋與梅卡瑪這樣的夫妻，但這不影響他們活在傳頌中。孔雀藏起尾巴不讓人看，這是孔雀的矜持；男人把外遇的漏洞修蓋成藤蔓纏繞的綠蔭，這是男人的技術。梅卡瑪在這綠蔭中感受習習涼風，神清氣爽，無論如何想不到，之所以如此舒服，全因一個叫旨邑的女人。

旨邑窩在「德玉閣」，極少出去走動，知道水荊秋不會突然出現，也無此渴望。隨著與水荊秋的甜蜜減淡，她對周邊的一切都了無興趣，甚至生出一絲鄙夷來，關於孩子的想法，也已隨風。每一棵樹都伸向蒼白，每一條路都指向虛無，每一個店鋪都張著虛偽的生活之門，每一個人都背著「幸福」的黑鍋。旨邑一旦發現自己情緒極端化，便立刻打住，挽救自己，或者唱歌，或者做點手工活。

旨邑順手拿起《收藏與鑑賞》，想起稻笫談青花瓷的燒製技術，她用她的手做道具比劃，說首先在瓷胎上用鈷料著色（她的手指繞她的手掌一圈），再施透明釉（她的手指在她的手背輕摩），放入一千三百度C左右高溫（她整個抓住旨邑的手，後者大叫一聲，一千三百度C的高溫想像，讓她迅速抽回自己的手）。一次燒成的釉下彩瓷器，釉下鈷料在高溫燒成後，呈現出藍色，那便是「青花」。旨邑喜歡「青花」這個詞，想到製作如此不易，更有好感。只是不免好奇，稻笫這樣的年齡，不戴MP3瘋狂說唱跳銳舞，偏愛掘地考古，也算一怪。

書是稻笫送的。旨邑翻書，從書裡看見的依舊是冰上垂釣的情景。稻笫每次在旨邑腦海裡出現，都是男性。旨邑想像男性的稻笫，回憶他的樣貌，努力假想與他曖昧，藉以與水荊秋和梅卡瑪的廝守相抗衡，腦海裡卻映出秦半兩的臉，她身體一震，闔上書，慌亂地盯住「德玉閣」的窄門——如果秦半兩走進來，正合了她內心的企盼。只惜此時，她早已辨不清秦半兩的位置與方向。

北方的花比南方的遲鈍，南方的花敏感，春風一碰就開。北方的花，像周末熬夜看世界盃睡懶覺的中年男人，任做妻子的推搖呼喚數次，只是睜不開眼，起不來身，非得他睡足了，消乏了，才會自己爬起來，可惜了一上午好光景。

時間使愛情蒙灰，城市星羅棋布的街道瓜分使愛情面目全非。長沙早過了鶯飛草長的時季。嶽麓山的花也結了果。湘江正豐滿。鯛子魚在黃昏跳躍。鯽魚早產完了卵。臭豆腐的香味從胡同裡飄出來。眼前乾燥的街道，驗證一片混沌的日光。水荊秋就是這北方街邊的一棵老樹，為一個屋簷遮風擋雨，給一扇窗戶拂紅送綠。在充滿暗示的季節裡，他並未孕育新的飽滿的愛情，相反，像產完卵的魚那樣，感情瘦癟，習以為常。

旨邑兩手抱胸，一個聲音清晰地告訴她，她沒辦法繼續在這鬼地方住下去了。

水荊秋去英國了，哈爾濱又空了。其實，在某種意義上，它早就空了，水荊秋將越來越多的時間留在家裡，有時候一整天都沒有消息，彷彿有什麼東西讓他警醒，致使他在原本疏忽的婚姻關係上大做文章。旨邑的去意也一日強勝一日，心裡知道妾的命運，大抵是這般落花流水。所以說女人活在古代，強似當代，至少可以光明正大為妾，永遠廝守，當今法律出於保護女人，不許男人三妻四妾，反害得兩相愁苦，更使女人痛心。法律也不夠嚴謹，應該更為準確地描述，假若男人或明或暗擁有三妻四妾，即為罪，那以身試法的人將減少，悲歡離合的法外情也將變得稀有，旨邑也絕無可能因此身心疲憊，說不定與秦半兩兩相愉悅，生兒育女了。

去英國之前，水荊秋臨幸了一下旨邑，質量水準一落千丈，旨邑描述進入老夫老妻狀態了。水荊秋承諾回來補償，定教她討饒。旨邑暗嘆，無人能令時光倒流。她要的恰恰不是身體的硬度，而是心的柔軟度，換言之，是愛，是溫存。春藥不能證明愛，更不能代替愛。她對他的補償一說不以為然，淡定思痛，腹中起草回府計畫，少不了找謝不周幫忙，打謝不周手機，無人接聽。

荒謬。悲傷。一個人來，一個人住，一個人走，一個人承受，這也是一種遊戲，在遊戲的最後，肉體終將一錢不值，所謂的精神也毫無意義，不過是凸顯人類的假魂靈與偽崇高。旨邑與我們一樣懂得，一味地追求延長幸福生活是平庸的，平庸如一個乏味的手勢。她懂得順勢而行，更何況此種結局早在她的估算與洞察之中。她的悲傷，不是因小我的個人處境，而是蒼茫人世間荒謬與虛無的真實呈現，明知不可抗拒，仍是全力以赴，動用全部的精神與情感，故而發覺，連自己的行為舉措也是荒謬的了。逃不脫荒謬的枷鎖，因荒謬即真實。檳榔嚼爛了，必須吐出嚼剩的渣。如果連檳榔渣都要吞嚥，必是自討苦吃。

旨邑正哀傷對黃昏，便見稻笫騎摩托車衝進她的視野。她走進來，有幾分像秦半兩，只不過他是一匹活躍的種馬，稻笫是一匹結實的母馬。在沒有水荊秋的哈爾濱，稻笫適時出現，她帶來草原的清新空氣，令旨邑心底一陣清爽，心底充滿感激。顯然，稻笫有著殷實的家庭背景，旨邑從她的眼神就能作此判斷，而稻笫的坐騎及裝備，都在證實她的判斷。

稻笫帶來一個青花筆筒，制形周正端莊，胎質尚算細膩，釉面光滑，瓷器上用楷書錄有韓愈的〈師說〉，不過她聲明這並非清康熙時期的貨，那價值幾十萬的東西，別說她捨不得送，就是捨得，也不知去哪裡尋寶。旨邑喜愛這個青花筆筒，色澤典雅，精緻有加，只是自己受之有愧。稻笫二話不說，將旨邑散亂的筆連同髮夾一併放進筆筒裡，證明非她莫屬。稻笫在旨邑面前只那麼一晃，她便看清她的頭髮：剪得極短，髮質柔韌，烏黑閃亮，彷彿青花器釉，黑色沉澱於釉光深處，乾淨明亮。

旨邑喜歡它們，只說：「原來送禮物也可以這麼霸道。」稻笫道：「你以為只有愛情才霸道嗎？其實，一個人可以遮蔽你的世界，你也完全可以站在世界之巔來看一個人。」旨邑愣了，匆匆回答：「你這小孩，倒會紙上談兵。」稻笫道：「後半句話，是我媽媽說的。我七歲時父母離了婚，我只看見媽媽的痛苦。我當時就想長大了要保護所有女人。」旨邑說：「感情上你一定有戀父情結，喜歡成熟男人。就像我，偏愛找已婚男人。」稻笫道：「愛受制於心，而不是受制於理性。但你不健康，你有病。」

旨邑答自己是有病，問稻笫喝點什麼，稻笫說最好是啤酒，旨邑取出兩罐青島，說道：「他去了英國。不用多久，我也回南方去了。」稻笫玩著啤酒罐，沒吭聲，直到啤酒罐從手中掉下來，問：「搬走德玉閣，不再來了？」旨邑點頭：「橘生南為橘，生北為枳。為人妻顯貴，為人妾無尊，回去做我的自由人去。」稻笫替旨邑拉開啤酒罐：「乾一杯，讓愛情成為一場宿醉。」旨邑狠狠喝了幾口，罵道：「小屁孩，老裝成熟，你談過戀愛沒有？知道妾是什麼東西嗎？妾是一條喪家犬，要忠誠，還要容忍他喜歡別的犬。在少得可憐的遛犬時間裡，穿得漂漂亮亮，戴著頸圈，被他牽著，賤到幸福。我離開自己太久……真的……受夠了。」

稻笫低下頭，彷彿有愧於旨邑，從表情到形體語言，無不呈現出認罪的狀態。良久，稻笫緩緩說道：「我愛過一個有夫之婦。」

此時旨邑的電話響了，是謝不周：「老夫適才在洗澡，想念老夫了？」旨邑問為什麼洗澡，謝不周稱旨邑為多疑的女人，他只是爬了山，是嶽麓山，與女人那座山無關。旨邑問長沙天氣怎麼樣，她過些天想搬回長沙。謝不周說自打旨邑離開，長沙不是下雨就是大霧，天若有情天亦老，眼看整個城市就要發黴了，還有，湘江發了一次大水，差點淹了橘子洲頭那棵松樹。旨邑問哪棵松樹。謝不周說，就是他背〈沁園春〉，她彎腰笑時，以手相撐的那棵松樹，前幾日，他發現松樹被她撐歪了，樹幹上還留著她的掌印。

謝不周的玩笑照亮了旨邑的內心，她立覺溫暖，甚至甜蜜。謝不周要來哈爾濱接旨邑，旨邑道無必要，倒是長沙有幾樁事需他幫忙安排，便逐一囑託，謝不周皆滿口應允。

「剛才聊到哪兒了？你說什麼……愛過有夫之婦？」旨邑掛了電話，以為稻笫將「有婦之夫」說成了「有夫之婦」。稻笫打斷她：「敢不敢跟我去飆車，追風逐日。」旨邑看一眼摩托車，雙排管，翹臀，後座比前座略高，無疑，她必須身體前傾緊伏在稻第的背上。她看稻第，這匹結實的母馬的背，光澤耀眼，青春勃發，她猶疑不定，才發現貼緊同性的背，並不比異性容易。然而，在空城的最後幾天，旨邑不想以淚洗面，她要朝氣蓬勃地開始全新生活，水荊秋與他的苟且婚姻，將如她體內排出的廢氣，消逝於北方的天空。

稻笫給旨邑扣上頭盔，手碰到她的下巴，旨邑身體一緊，突然問道：「你沒有男朋友？」稻笫低頭看旨邑：「我不喜歡男人。」兩人相距太近，稻笫的呼吸在旨邑的臉上爬。旨邑在感到這種對峙的危險時，臉立刻紅了。稻笫摘下旨邑的頭盔（旨邑心驚肉跳），再給她戴好（旨邑鬆口氣），翹起一邊嘴角（笑形很酷），道：「你頂多二十四歲。」旨邑說：「我有自知之明，無須你來告知。」稻笫故作驚詫：「你一點都不謙虛。」旨邑笑道：「你沒聽說，過謙者藏奸，過默者懷詐嗎？湖南人不跟人假客氣。」稻笫說道：「不錯，我喜歡。」

她們很快上了北環高速。風馳電掣。旨邑環住稻笫的腰，貼在她的背上，由於情境的特殊，除卻緊張，竟無閒亂想，穿梭中感覺在飛，像玩電子遊戲，身臨其境，果然刺激。夕陽掛在樹梢，雲團遮住了彩光，不一會便下起了小雨。天公作美，旨邑催稻笫極速飛馳，體驗雨中快感，只見兩人彷彿凌空於水面，人車一體，一切都在騰雲駕霧。

旨邑正沉浸於美妙，只覺車身幾次抽搐後，猛然一歪，斜刺裡衝向中間綠化帶（與此同時，她右小腿一陣灼熱），被樹擋了一把，最後橫在草地上，只剩兩個輪子飛速旋轉。

稻笫左手骨折。旨邑右腿皮肉之傷。在醫院，稻笫對旨邑道歉，旨邑愧疚，說：「是我的錯，應該叫你慢開。」稻笫翹起一邊嘴角：「那不是你的性格，你性格中有太多被壓抑的東西。」旨邑說道：「小屁孩。」稻笫求她：「我媽會送飯來，陪我吃。」旨邑嚴肅：「不許說我和你飆車。」稻笫說：「騙我媽太難了。」旨邑問：「騙誰容易？」稻笫虛晃一槍：「誰都不容易被騙。」旨邑又罵：「油嘴，小心長出歪胳膊來。」稻笫說：「我有個表姊在長沙，看來得加強聯繫。」旨邑不信：「表姊是一種菌吧，下雨就往外生長。」稻笫十分認真：「你知道我最喜歡哪種青花瓷嗎？顏色白而閃青，質瑩而薄，釉面光滑，吹釉燒成後能看出製胎時的旋紋，青花色沉澱於白釉的深處，潤澤典雅的那種。」旨邑補充道：「還要配以這樣的形體：撇口，束頸，豐肩，肩以下漸收。」稻笫說：「就像你。」

轉眼到了秋天，旨邑又做了回長沙的決定，她怕在大海上渴死。水荊秋離開十天，她只是平靜地想起他，就像一邊看書，一邊摸阿基里斯光滑的毛；或者是喝茶時，吐掉嘴裡的茶葉渣，他幾乎在她的意識之外了。愛情彷彿一個生命正在自然死亡。或許不是愛情，是一次頭腦發熱產生的幻覺。她與他互不相欠，她感到舒服。即使水荊秋有愧於她，他也不會這麼認為——他常說他盡了最大努力陪她——旨邑想，這就是已婚男人，對付出的理解截然不同。真正竭盡全力的是她，不顧一切愛他，不過是成全他跨進模範丈夫行列。

旨邑正思忖「俱往矣」，接到水荊秋的電話，他顫顫巍巍地說在機場遇到了怪人，可能要出大事，正在登機，回來再細說。旨邑滿頭霧水，頭一次見水荊秋這樣慌張，便想那怪人是否三頭六臂，面目猙獰。水荊秋下飛機直接到旨邑的住處，放下行李箱，不安地點上一根菸，眼望旨邑，臉色既詭異又無辜。旨邑嚇住了：「到底發生了什麼事？」水荊秋夾菸的手指抖動，眼神像被大雨淋過的雞：「我正要打算過安檢，一個陌生男人攔住我，說我印堂發黑，半年內必有大劫，照他說的做，能化凶為吉。」旨邑啞然失笑，諷刺道：「教授，你相信了？被騙了多少錢？」水荊秋：「三百多塊，身上沒更多的錢。」旨邑心想真是迂腐，又問是什麼大劫。水荊秋說：「桃花劫。不能近女色，反之，則有大難。」旨邑笑道：「荒誕！荊秋，你不想近我這女色，何必拿這種玄祕的東西做藉口。」水荊秋見旨邑不信，從包裡摸出幾張黃色符紙：「晚上十二點正，要把它們燒了。他很負責，還留了名片。」旨邑看到符紙只覺後背一涼，心裡七上八下，便問那人長相穿著，水荊秋說穿的西裝革履，長什麼樣完全不記得了。旨邑道：「毫無疑問，是個騙子，你根本就不該搭理他。你既然已經信了，那就該聽他的，別近女色。」旨邑說的真心話，水荊秋反倒掐了菸，手一揮，說：「不去想了，該幹嘛幹嘛，愛怎麼著怎麼著吧。」說完一把將旨邑抱在懷裡。此舉令旨邑心生痛快，感動莫名，脫口說了下面這番話：「親愛的，如果像你這種常年燒香拜佛的人都會有大難，那麼像我這種從不燒香的人，怎麼得了？有什麼大難，讓它全部落在我的身上。」不曾想一語成讖，這是後話。

水荊秋百忙之中問：「安全不？」旨邑答：「安全，身上才乾淨。」一晌貪歡無須贅述。事後水荊秋心中戚戚，夜晚近十二點，揣了紙符到街上燒了回來，長吁一口氣，道：「阿彌陀佛，聽天由命吧。」旨邑說：「你後悔了？」水荊秋：「不後悔，死也認了。」旨邑：「那該死的騙子，壞我們的氣氛。今晚回去嗎？」水荊秋道：「我說是明天的飛機回來。」旨邑貪戀這一刻溫馨，本打算告訴水荊秋將回長沙，卻難得與他同床入夢，不想進一步壞了良宵，便只管盡溫柔之術，不談掃興之事，甚至一度打消了回去的念頭。

再度纏綿時，水荊秋才發現旨邑的腿傷，驚呼了一聲，抱腿在懷看了許久，很是心疼。旨邑說碰到一起車禍，兩輛汽車相撞，摩托車為避免追尾往人行道衝，她正在走路，就這樣被擦傷了腿。旨邑撒謊。她只想表現自己的孤獨與不幸，讓水荊秋產生內疚，讓他因自私而懺悔。水荊秋聽得捏了一把汗，緊摟住旨邑，果然說道：「我最不放心的就是你，你可千萬別出什麼事，否則我會難過一輩子。」

旨邑感動流涕，抱著屬於別人的丈夫，頓覺甘願如此與他終老。

只是天一亮，當光從簾縫裡鑽進來，時間和生活立刻變得十分具體，夜裡的一切隨夜淡去了，要面對的現實隨光湧來了，到水荊秋提起箱子回家，旨邑的心裡便空了。接下來，旨邑的情緒進入某種循環，當她訓練自己的愛，讓它向現實妥協時，愛既吻她，也咬她。

第三部

「任何卦象，都體現一種陰陽的變化，絕不能執著於一方，上上乾卦，也可能有下下結局。」謝不周到黃花機場接旨邑時，天下著小雨，天涼是秋，旨邑拖著兩個大箱子，沉重而臃腫，彷彿將過去打包統統塞在裡面。謝不周說過，每次看到旨邑，總像見到前妻般溫暖，如今見旨邑提著兩大箱子的狼狽，心裡疼她，想寬慰幾句，便說了那段關於卦象的話。旨邑明白他的用意，偏不領情：「你結婚算什麼卦？上上生活，還是下下結局？」見謝不周似乎比以先更顯乾淨，軟棉V領白T恤及灰麻色褲子無一處瑕疵，淺棕色軟皮鞋一塵不染，彷彿他住在雲端，而不是滿是塵埃的人間，旨邑更是來氣：「本想來個擁抱，你穿這麼白，只怕會在你衣服上留下人印，真奇怪，長沙的灰塵怎麼就落不到你身上。」謝不周抱了一下旨邑，說：「你瘦了。如今老夫也算有婦之夫，咱們更加沒戲，也只能這樣抱抱了。老夫現在被迫潔身自好，也就只能每天擼幾次衣服而已。」旨邑被謝不周一抱，突然有種異樣的舒適，彷彿初戀的牽手，她被這感覺嚇了一跳，突然說道：「知道我最討厭什麼男人嗎？」謝不周答：「已婚男人。」旨邑讚他很有自知之明，兩人相視一笑，謝不周說男人都JB不是東西。

車進市區，旨邑望著熟悉的街景，彷彿看見水荊秋在街上行走，目光追過去，一無所獲，突覺惆悵，沒有水荊秋，長沙也是一座空城。也許，他不會來長沙了，正如她再也不會去哈爾濱，他們將互相淡忘。當愛情像泡了無數次的鐵觀音，全無初時的清香與甘醇，若干時間後，必將成一杯白開水，再也品不出任何味道，這是理想的結局：沒有怨恨，沒有相思。最重要的是，她自由了，自由愛，自由選擇愛人。此時，秦半兩像一朵睡蓮，在她的心湖緩緩綻放，瞬間開滿整個湖面。秦半兩幹掉了水荊秋，激動覆蓋了惆悵，她迫不及待要告訴秦半兩，她回來了。

他們直接去橘子洲頭吃飯。旨邑食慾驚人，一口氣叫了臭豆腐、香乾炒肉、口味蝦、剁椒魚頭、小筍臘肉。謝不周笑她如狼似虎，她要是繼續在哈爾濱那種JB地方待下去，遲早廢掉。事實上，旨邑的心情確實不錯，除卻那縷惆悵，更多的是輕鬆與歡喜。她並沒有跟水荊秋談分手，對於她選擇回長沙，他給予了十分的理解，他認為，把她留在身邊，只會加深他的罪孽感。他們像暫別一樣，離開了彼此，旨邑不知道水荊秋是否明白，她已經選擇了放棄。她惆悵，只為一個故事，一個結局，儘管故事如此平庸，結局如此平常，她的內心獲得了一種平靜。這種平靜是巨大的幸福，就像面對一大桌可口的菜餚，她將從容不迫，逐一盡享。

「不周兄弟，以後，在我的眼裡，只有兩種男人，一種是未婚，一種是已婚。」旨邑品評菜餚似的說。她已經辣得鼻尖冒汗，臉上光彩照人。在飛機上，她想得十分清楚，必須全速收攏過去撒開的網（那是空網，沒有一尾魚），她不是絕望的漁夫，相反，蘊藏了更多的希望。

「能做這樣的區分，進化了啊！但據老夫對你的了解，你這種野馬一樣的女人，要在樊籬面前收蹄，太JB難了。說實話，老夫不想再看到你跟已婚男人瞎蹉跎，更不想看到你受傷。」謝不周說道。

「先生，祝你們恩恩愛愛，白頭到老。買束花吧，先生。」滿臉髒黑的小女孩走過來，舉著一把打蔫的玫瑰花。謝不周笑道：「多謝美言啊，小姑娘。」謝不周正要掏錢包，旨邑予以制止，對賣花小女孩說道：「不買，我們已經離婚了。」賣花小女孩不理旨邑，纏住謝不周不放：「祝你們恩恩愛愛，白頭到老，買束花吧，先生。」旨邑見狀，哭笑不得。

謝不周花五十元買下小女孩手中所有的玫瑰花，說道：「來，老夫與你就這樣恩恩愛愛，白頭到老吧。」旨邑接過來擺放一邊，說道：「知道我最喜歡什麼花嗎？」謝不周說：「老夫願意和你探討這個問題。」旨邑道：「我喜歡白色野菊花，像硬幣那麼小朵的。」謝不周說：「老夫改天去摘一車尾箱給你。」旨邑佯怒：「我喜歡它們開在野地裡。你真沒情趣，我才不想和你白頭到老，遲早被你氣死。」謝不周說道：「老夫想到一處地方，你肯定喜歡，不知道野菊花是否凋謝了。」

「野菊花呀野菊花，哪兒才是你的家，隨波逐流輕搖曳，我的家在天之涯。」旨邑唱了一段，說道：「在沒見到白色野菊花前，沒有我最喜歡的花。有一年，我坐火車去鳳凰古鎮，火車經過一片山頭，列車廣播正在播放這首『野菊花』，滿山遍野的白色野菊花突然充滿整個視野，我很震驚。那真的是驚鴻一瞥！沒有人間煙火，沒有世俗嘈雜，被遺忘，被忽略，寂寞、快樂、自由地開放，密如繁星。如果它們有靈魂，有精神，那一定是『自由』。太美了。你說的那一處地方，是嶽麓山上吧。其實，無所謂哪裡，也無所謂看不看，因為它們已經在我的心裡，四季盛開。」

「老夫相信花有靈魂。你這麼一說，老夫也有點喜歡野菊花了。下次開車去湘西，把你種在山裡，與野菊花種在一起。」

「我又成孤魂野鬼了，像妾一樣。我怕荒涼，這恐怕是做妾的後遺症。除非死了。死了也不行，鬼魂也怕受冷落。如果我死了，你會惦記我不？」

「你是祖國的花朵，早上八九點鐘的太陽，老夫都半截入黃土了，別跟老夫談JB生死。」謝不周又犯頭痛，手揉太陽穴。

「好好，不刺激你。帶藥沒有？」

「吃過了，不要緊，準備撤吧。」

「對了，我的阿基里斯呢？還健在？」旨邑突然問道。

謝不周遞給旨邑一張紙巾：「老夫對不起你，怕你難過，一直沒敢說。你走後沒幾天，老夫帶阿基里斯出門，弄丟了，找了幾天都沒找到。」

旨邑很傷心，說道：「阿基里斯很聽話。是不是史今故意放跑的？她肯定不喜歡牠。」

謝不周說：「你總是多疑。」

「我想回『德玉閣』。」旨邑情緒大變。

謝不周把「德玉閣」的鑰匙還給旨邑，後者看見上面吊著玉豬，它曾經掛在原碧的脖子上，忽又收回手，將玉豬取下來，說道：「原碧要結婚了。」旨邑吃了一驚：「和誰？」謝不周說：「不太清楚，原碧辭職了，也有人說是因為在部落格上貼裸照，被學校開除了，後來給報紙寫部落格專欄，當自由撰稿人。你去北方沒多久，她也離開了長沙，聽她說最近要回來結婚。」

旨邑想起兩個月前，原碧曾給她打過一次電話，與她聊了過往的快樂事情，關係似乎又變得親近起來，原碧說如果她結婚，一定要她當伴娘，她答應了，沒料想原碧動作如此迅速。

「所以你把玉豬要回來了？」旨邑問。

「她是個聰明人，知道什麼該要，什麼不該要。」謝不周說道。

「你呢？新郎不是你，挺不是滋味吧？」旨邑諷刺他。

謝不周故意將車輪開進坑裡，狠狠地顛了旨邑一下。旨邑拿眼睛罵他「已婚男人」。謝不周心領神會，自嘲地擺擺頭，說：「依老夫之見，你趕緊找人隨便嫁了得了，然後去恨那些勾引你丈夫的未婚女性，說不定老夫還會同情你。」旨邑道：「我情願當一輩子未婚女性。等你家裡的紅杏出牆，我會很高興。」謝不周笑：「你這婦人什麼心態，惹老夫氣壞身體，你連備用輪胎都沒有了。」

笑顏間，旨邑打開了「德玉閣」的門，剛往前走一步，突然兩聲犬吠，嚇得旨邑往後縮，後背抵進謝不周的懷裡。謝不周攬住旨邑，伸手開燈，打了一個呼哨，角落裡竄出金色狗少年，矯健瀟灑，毛髮流光溢彩。牠待要興奮地撲將上來，卻又警惕地盯住旨邑，既快樂又猶疑，四條腿跳舞似的踩出各種花樣。

旨邑驚喜，連喊數聲「阿基里斯」。突然，金色狗少年也認出了旨邑，歡喜地撲過來，打滾、跳躍，尾巴搖成一朵花。

謝不周說道：「家犬相見不相識，吠問客從何處來。」

旨邑高興地擁抱謝不周，感謝他把阿基里斯養大，說他是她最信賴的男人。

謝不周道：「你就是留下一個雜種，老夫也能幫你養好。」接著拍拍旨邑的背：「說來挺奇怪，無緣無故的，老夫總覺得對你負有責任。也許你是老夫前世的妻，老夫今世當你是前妻。」

旨邑笑道：「你現在有三個前妻了。」

旨邑動手清理「德玉閣」，打算盡早重新開業，卻發現地面門窗，桌椅櫥櫃，早已掃得乾淨，擦得明亮，連菸灰缸都洗淨了，擺在原來的位置。旨邑想不到謝不周還有這份周到，感慨萬千，斂了笑容，說：「做你的前妻也滿不錯。」謝不周道：「你千萬別錯愛老夫，不是老夫幹的，是鐘點工的功勞。」旨邑啐他：「放心，我討厭已婚男人。」阿基里斯跑過來，望著旨邑，一副候命待令的神情。

「『一節母，年少矢志守節，每夜就寢，闔戶後，即聞撒錢於地，明晨啟戶，地上並無一錢，後享上壽；疾大漸，枕畔出百錢，光明如鏡，以示子婦曰：此助我守節物也！我自失所天，子身獨宿，輾轉不寐，因思魯敬姜「勞則善，逸則淫」一語，每於人靜後，即熄燈火，以百錢散拋地上，一一俯身撿拾，一錢不得，終不就枕，及撿齊後，神倦力乏，始就寢，則晏然矣。歷今六十餘年，無愧於心，故為爾等言之。』可敬的節母啊，可悲的女人。自然，我們的時代不需要這樣的行為，也沒有這樣的女人了。男人從古以今，從不受時代約束。一個嫖客朋友偏要娶處女做妻子。嫁給一個嫖客，不是件什麼賞心事。當嫖客作為一個父親與女兒玩耍的時候，他肯定會忘記自己是個放蕩成性的傢伙，倘若他突然想起自己是個嫖客，他應該感到吃驚，這與他陪伴女兒的溫情法則相悖。除非以欺騙的方法，我們永遠也領會不了人類，他總是自相矛盾，一個人可以同時擁有慈善與殘酷，純潔與卑污。」

旨邑第一次讀到原碧為報紙寫的專欄，十分震驚，這些文字距她了解的原碧甚遠，提供了另一個千真萬確的原碧。從專欄的照片上看，原碧化了淡妝，蓄了長髮，燙成玉米卷，圓臉線條變得十分柔和，眼神比以前靈動自信，暗自懷春。旨邑不知道，是什麼讓一個小心掩藏美麗的女人，變得如此個性張揚，不但學會用那雙古典的小腳獲取愛情，還敢於辭掉鐵飯碗，一向安分守己的女人做出這等驚人之事，的確匪夷所思。

不過，旨邑很快放下原碧，只想盡快見到秦半兩。給秦半兩打電話前，她一直為開場白苦惱，思前想後，難拿捏。假使語氣太過平靜，難傳心聲，太煽情則心虛羞愧，尤其是措詞，無論直接還是委婉，如何才能恰到好處？倘若他心裡有人，枕側有伴，早將她淡忘乾淨了，豈不是自討沒趣？她將與秦半兩的時光作了短暫回憶，深信他未有良人成雙，只把她期待。所幸讓他期待的日子並不算太長，而他又處在貴州的窮鄉僻壤，縱使有愛情，也僅等於寂寞的遐想，只屬於那個地方。對於他在那裡留下的感情，完全可以忽略不計。

旨邑準備就緒，卻始終聯繫不上秦半兩，她預感一切結束了。

夜晚，她關了店門，慢慢走向秦半兩的畫室。落葉飄零，秋風一路尾隨，她彷彿自出生以來，便一直走在這條路上，不曾愛過，不曾痛過，不曾遠離。無須借助微弱的路燈，秦半兩畫室的方向在她的心裡光明如畫，與秦半兩最後的一幕清晰如昨。她又想起在「德玉閣」第一次見他，他像匹種馬活力四射，他們去看古墓，揣摸古人的生活，談理想的朝代……那些溫馨的情景使她的眼淚流下來，他牽她手時的那片溫暖還在，她內心卻有一種不祥的預感。也許他仍在貴州，她只想看一看他工作的地方；也許他正在戀愛，她只想告訴他，她回來了。

她怕黑，這時卻敢穿越樹林，不疾不緩。倒是阿基里斯把她嚇了一跳，她完全沒留意牠跟了過來。夜鳥在枝頭鳴叫。重鉛色的天空，有灰白的雲彩。樹影黯淡。風在所有的空隙裡出入。她嗅著南方的潮濕氣息，忍不住憂傷，和已婚男人的愛情令她產生的敏感、多疑、嫉妒與不平衡感像某種病菌，長期蟄伏在她的體內，只是一愛，就將它們全部催生出來。她厭惡那樣的自我。她在這夜晚再度發誓，遠離已婚男人，正常戀愛生活。

阿基里斯大約發現了一隻松鼠，追逐著吠了幾聲。旨邑一扭頭，看見那片湖面，閃爍粼粼幽光，不時幻現出秦半兩的面容，以及他和她在一起的情景。她越來越難受，彷彿空氣稀薄呼吸困難。她隱約感到自己犯了大錯。一盞孤燈，照著去畫室的小徑。那棟樓佇在暗夜裡，麻木冷淡，窗口漆黑，寬闊的大門緊閉。她早料想會是這樣，但仍深感失落。耳畔響起秦半兩的聲音：「你想和我扯平，扯不平的，你不想我，我也會想你。如果你想我，告訴我，我會去哈爾濱看你，如果你想回來，我會去哈爾濱接你。」她緩緩地坐下去，彷彿為貼近他的聲音。他從黑暗中走來，驚喜的笑容照亮了夜空。他抱緊她，一言不發。他身體有一種恰到好處的溫暖。她緊盯著那條路，只有動的風和靜的黑。阿基里斯坐在她的身旁，不無惆悵。牠坐累了，趴下去，下巴擱在她的腳面。她感到牠的下巴越來越沈。牠在做夢。她把牠喊起來。她隨手摸到一塊小瓦片，在大門上很重地劃了幾行字：

秦半雨，我回來了！你在哪裡？

Z・Y

九月二十二日

彷彿種下了等待之樹，不知它何時開花結果。漆黑與沉寂是對她的回答。她又待了片刻，想像他看到留言後的神情，一定有花開的聲音。她鬆口氣，疾步回走，阿基里斯更是一路歡快小跑。回到家，旨邑才想起沒吃晚飯，讓阿基里斯跟著挨餓了，於是滿懷內疚地給牠拌了狗糧，自己則百無聊賴地啃蘋果。蘋果啃了一半，原碧的電話打進來了，興高采烈，笑得脆響，聽謝不周說旨邑回來了，很湊巧，要見面聊。旨邑說她剛回幾天，正好餓著，於是提議去江邊吃魚，喝點啤酒，談那過往的事情。

江中漁火，江岸炊煙。坐在搭建簡易的敞篷裡，四面江風。對面橘子洲頭，燈光星星點點。旨邑想起她和謝不周在那裡吃飯，賣花女孩亂配鴛鴦，胡亂祝福，令她發笑，笑那背後的教唆者太荒唐，這外頭成對的男女，有幾對想要白頭到老？若是遇著原配，祝福便是祝福，若是其他，祝福與詛咒有何差別。

鄰座幾個喝啤酒的大學生，其中一個男孩頗像稻第。他們談球，談政治，氣氛活躍。旨邑羨慕他們年輕氣盛，未經滄桑，對未來摩拳擦掌，自己則像「五易其主，四失妻子」的劉備，一生斑駁。

旨邑感慨中，見原碧正在尋她，便站起來朝她揮手。原碧步履歡快地走來，滿面春光，一身黑色短夾克，配牛仔褲，膝上破洞，隱現一片白肉。看樣子她減了肥，腰是腰，臀是臀，由於瘦，腦袋偏大，仍比原來漂亮許多。

旨邑打量原碧時，原碧也迅速將旨邑看個滴水不漏：只見她仍是膚白臉窄眼睛細，頭髮又黑又直又長，色彩鮮豔的苗族風格裝束，翠綠的瑪瑙項鏈和耳環款式誇張，手上戴了三個圖形怪異的戒指。原碧討厭她仍是這麼不俗。

兩個女人誇張地擁抱，熱情寒暄，江邊野地，不像咖啡廳或音樂酒吧，說話無所顧忌，惹得鄰座的男生心緒不寧，頻送秋波。

原碧對旨邑從來沒有像今天這樣熱情。旨邑越來越重視同性情誼，對原碧也是親近有加。過去兩人原本就無真正的芥蒂，態度尚算自然。

「原碧，記得在讀大學時，我曾說過，你是當作家的料。讀到你的專欄，感到你正朝那條路上靠近。」旨邑說。

「你綽號叫先知、百曉生嘛。我沒打算當作家，只覺得好玩。你寫部落格嗎？」原碧語氣裡沒有任何負擔。

「不。我不喜歡上網，網上太喧囂。」旨邑將戒指從食指換到大拇指上。

「七十年代人不上網？新聞啊。怎麼突然回來了，不去了？」

「不去了。捨不得嶽麓山、湘江水、湖南大學、臭豆腐。」旨邑被「湖南大學」擊中了。

「你常說要改變生活，改變現狀，我很受啟發。辭了工作後，自由自在，很快樂。」

「改變意味著捨棄與失去。我倒是想固守與珍惜。有時候太自以為是。」

「你好像失戀了？即便那樣，也不用為此改變自己。」原碧安慰旨邑，藏不住得意。

旨邑感到與原碧之間那無法溝通的隔膜一直存在，或許那就是她們難以成為莫逆之交的原因。她將戒指從大拇指換到食指。她們已經各自喝完了一瓶啤酒。鄰座的男生走了，他們杯盤狼藉的餐桌上，留下一堆青春的殘骸。旨邑在感到醉意的瞬間，不可遏制地想到水荊秋，她的青春，也正是如此，在他盛年的餐桌上，殘骸橫陳，屍骨未寒。

她們繼續喝酒，用魚骨頭玩許願的遊戲。因為酒精的緣故，旨邑越喝越興奮，她覺得自己能喝下整條江的啤酒，在她醉不能行時，秦半兩將會出現在她的面前，把她背回他的房間，守著她。她很清醒，樂意藉著酒勁裝傻，不斷地說「我一定要找到你」。原碧說別喝了，叫服務員收了酒和酒杯。旨邑笑道：「我能喝下整條江。」原碧說：「就算你能喝下長江和黃河，今天也先告一段落，我可抱不動你。」旨邑道：「你可以打一一〇，請民工來抬也行。」原碧聽她開玩笑，知道她沒醉，便說：「旨邑，今天主要是要告訴你一件事，我國慶節結婚。」旨邑點點頭：「值得恭喜。聽謝不周說了，新郎是哪路仙人？」原碧笑道：「普通人一個，見了就知道了，你答應過當伴娘的。」旨邑說：「伴娘好像都是小女孩，你不嫌我老，我只有豁出去了。」

旨邑腦子轉不動，想了想接著說：「謝不周是個很好的男人，你當時怎麼不把握住他？」原碧驕傲地回答：「你知道，他是個善良嫖客。男人通常不願意娶妓女為妻，女人又有幾個樂意嫁給嫖客？」旨邑心生不快：「不許誹謗他。小心我和你絕交。」原碧道：「開玩笑而已，沒想到你這麼袒護他。實話說，他對我並不重要。」

在旨邑眼裡，校園裡五彩斑斕的樹葉，都是秦半兩塗畫的結果。一切都不同尋常，和她有某種不可言傳的親密。它們知悉她內心的不安。一連幾天，她在不同的時間去秦半兩的畫室，結果都是一樣：冰冷的建築，緊閉的門窗，滿儲寂寞的湖泊。她知道他沒回來，不揣希望而去，也無失落而返，心在往返的過程中漸趨平靜，一併淡漠了水荊秋，以及與他的愛情。

原碧約旨邑去挑伴娘禮服，旨邑興趣極淡，及至見到絢麗奪目的各式婚紗與晚禮服，內心慾望排山倒海。試婚紗，著晚裝，對鏡自照，她看見那將逝的青春，在婚紗的包裹下蓬勃，忽然惆悵頹唐。

原碧的婚禮需要彩排，這有點像做戲。據說婚禮戲台一般設在酒店。光搭戲台，就需要四五人忙乎一天，張燈結綵，花籃懸掛，彩聯飄動，四處裝扮得喜氣洋洋。按慣例，婚禮之戲六點開演，到黃昏五點多時，看戲的人將會三三兩兩地到來，衣著光鮮，攜妻帶眷，以紅包作為入場券，輕聲細語步入戲場，擇位而座，吃喝笑談間，腹飽戲終散場。

旨邑問原碧，伴娘要做些什麼。原碧說新娘走到哪，伴娘跟到哪。旨邑戲說那得跟著入洞房了，新郎是何許人？原碧笑而不答，旁人給她補妝，修整著裝細節，等待新郎。

誠實點說，新娘原碧還算有幾分看頭：雲髻高聳，博鬢蓬鬆，髮間碎紅點綴，粉臉胭脂桃紅，濃妝淡抹有致，雖說頸部偏短，然雙肩圓潤，胸脯白皙豐腴，凹凸之處，也是隱約風光，一身素白　褶，「裙拖六幅湘江水」，在滿車脂粉氣中，儼然名花一朵。

旨邑對鏡重新欣賞自己：淡雅細碎花紋唐裝，半袖及肘，身長及腰，上儉下豐，玉頸頎長，粉色披帛，裙長至腳踝，櫻桃紅香樟木底繡花鞋。薄施脂粉，眉細入雲鬢，一頭直長黑髮，密密匝匝往後，簡單綰了一個髻，髮髻髮間珠玉點翠，垂珠翠耳環，一古典美女呼之欲出。一想到自己下車後，彷彿明星臨場，豔光四射，人們將蜂擁而至，鎂光燈閃爍，幾支攝影機像槍將她們瞄準，聚焦，作為伴娘，旨邑仍然激動。

一個男人進來了，臉部清瘦，捲髮及肩，黑西裝白襯衫，領口繫黑色蝴蝶結，既儒雅又不羈。旨邑突然一震，感到自己像雪人遇到烈日，瞬間化水四溢，漫延成海，整個人囚困於無邊的汪洋。她覺得被原碧耍弄了，厭惡感湧上來，恨不得立刻拂袖而去。但是，那個男人看見了她，她被他的目光釘住了，她同樣看到驚喜、錯愕，陌生以及模糊。她聽見鳥叫，蟲鳴，白雲翻滾。風迅疾飛起，樹葉漫天五彩斑斕。

旨邑穩下神，朝男人伸出手，一語雙關：「秦半兩，好久不見。」秦半兩張嘴無言。「你穿這身衣服太緊促，看著很彆扭。」旨邑笑道。秦半兩勉強展顏，仍是發不出聲音，他慢慢伸出一隻手，兩手空中相握，溫暖觸覺令旨邑心裡一疼，再也說不出一字半句。

他們留在原地，沉默以對。彼此感受對方的滿身喜氣，也聽見內心傳出腐爛的聲音。

旨邑設想過多種重逢的喜悅，唯獨沒料到會是此情此景，這般咫尺天涯。

秦半兩不知如何作答，眼前是旨邑半邊側臉，眉眼細長，睫毛上捲，米白眼影晶瑩閃亮，他所熟悉的旨邑，躲進了粉妝。

「我找不到你，後來發生了一些事情。」秦半兩說得艱澀。

「每個人、每天都在發生一些事情。只是有的事情，在改變生活，有的事情，改變人，而有的事情，無足輕重，不緊要，無所謂。」旨邑知道，他所謂後來發生的事情，無疑與原碧有關。

她再度發現原碧的假情假意，一朝「女人」得志，就以勝利者自居，只道征服了懷中人。旨邑完全能猜想原碧做的「事情」，就像取悅謝不周。

旨邑想到愛自己的秦半兩也將成已婚男人，忍不住妒火中燒，彷彿是某種細胞發生裂變，立刻分裂出兩個自我來：一個寬厚理智，知道祝福，懂得愧疚；一個嫉恨尖刻，出語有怨帶刺，彷彿是他辜負了她。如果他沒有極痛苦的表現，她將會變本加厲，決裂，或一世為仇。

秦半兩解下領結，任憑衣領狼狽。他躁動不安。

「旨邑。」他只說得出這兩個字。

「我去過你的畫室，在大門上留了一句話。」她基本滿意他的痛苦度，心的指標轉向柔軟，她變得比他更憂傷。

「在我的冬天你不要一言不發，不要折斷那棵樹枝，它還在風中發芽……」哼歌的女孩邊唱邊走，突然看見旨邑，驚喜地喊她一聲。

秦半兩已經攔了一輛的士，旨邑正緊跟秦半兩上車，回頭望透見橙色長袖T恤寬鬆，兩腳八字撇開，手揣在牛仔褲的屁股兜裡的稻笫，著實吃了一驚。

秦半兩瞻仰死者墓碑似的，站在畫室的大門前，看旨邑留下的那幾行字，默哀許久。旨邑靠近他。一起沉默。彷彿難以承受死亡之痛，他抱住了她，雙臂用力，幾近將她擠碎，他別「新郎」的胸針硌痛了她，她不動，即便那是一枚長針直刺心窩，她也不想躲開，反將更有力地貼近。擁抱彷彿專為弔唁而設。當他們分開，才相互真正看清對方。她的伴娘晚裝。他的「新郎」禮花。他們回到距離，知道仍需回到各自的角色，仍需繼續演戲。

「我真想不顧一切。」秦半兩低聲對自己說。

「可是你不想。你要對人負責任。」旨邑利用語言的模稜兩可，委婉地發洩內心的嘲弄，她諷刺他無師自通，提前表露出已婚男人的「責任感」。

「我可以不顧一切。」秦半兩說。

「半兩，死其實很容易。」旨邑巴望他有砸爛舞台的決心，然後由她深明大義，將他送回舞台。

「她明知道我愛的是你！」秦半兩幾乎惱怒了。

「她從沒透露過半點關於你的消息。」旨邑說。

「旨邑，你願不願意和我在一起？」秦半兩突放追兵。

「你不能讓穿婚紗的女孩沒有新郎。」旨邑想要寬厚理智，冷色語調不無幽怨。

「可是你，我會後悔，我現在就後悔了。」他頭痛欲裂的樣子，讓旨邑想起謝不周，她意識到很久沒關心過他的頭痛病了。這個細小的關於謝不周的心理活動引起了旨邑的警惕。

旨邑從不信任男人表露出來的矛盾心理，她認為真正的愛是義無反顧的。秦半兩痛苦的神情無非是想表示，她的價值就是使他頭痛。是原碧有意請她當伴娘，並非旨邑來拆他們的舞台。於是她不說話了，他的決定是他自己的，與她沒有關係。

稻笫剛到長沙，給原碧做形象設計，見旨邑竟是原碧的伴娘，也是驚詫不已。她在婚紗店門口等旨邑，腦海裡留著她驚鴻一瞥的側影，在樹底下接著哼唱：「我的枝頭開滿火花，請不要吹滅它。」

等見到旨邑，她已變魔術般，換了另一身裝扮：烏髮用翠綠瑪瑙長簪在腦後綰成髻，俐落美觀，兩邊耳垂各黏一顆細小珍珠，身穿柳綠杭絹結對衿襖，中長闊袖，小花瑞錦圖紋，白底緞綢長裙，上印翠綠落花流水花綾，翠底繡金鳳高跟鞋，手提精緻絲綢小包，儀態古典優雅。

旨邑與稻笫彼此相見，少不了一番敘舊。稻笫潔淨清爽，北方女孩的氣質格外明顯。旨邑還記得車禍的事，笑問稻笫胳膊肘恢復後是否往外扭。稻笫說她生就一副做小（妾）的樣子，這般打扮更是招人心疼，惹人心花。稻笫無心之言，戳中旨邑痛處，不免有氣，但也不與她計較。

原碧問秦半兩的去向，稻笫搶答說：「我剛陪旨邑更換行頭去了，表姊夫說要處理點急事，具體沒說。」原碧不見秦半兩，已有疑團，見旨邑與稻笫如此相熟，更是納悶。旨邑與原碧花開兩朵，各懷心事。她幫她整整衣領，她替她扶扶鈿釵，看上去兩相友好，姊妹情深。

「當伴娘的感覺怎麼樣？」原碧仔細地整理白紗手套上的蕾絲花邊，看上去旨邑的回答並不比蕾絲花邊重要。

「比起新娘輕鬆多了，你似乎很疲憊。」旨邑針鋒相對。

「穿婚紗不怕累，也不覺得累。」原碧扯扯裙襬。

旨邑撇嘴一笑，不想多言。這時候，她忽覺腰瘆背痛，兩腿發軟，被巨大的虛弱感襲擊，她感到隨時可能癱倒在地。

稻笫端給旨邑一杯熱茶。旨邑有氣無力，側身趴在椅背上。稻笫問生病了嗎？旨邑搖頭，只說太累，又問稻笫為何要對原碧撒謊。稻笫說胳膊肘沒恢復好，往外扭了。旨邑說道：「看不出來，原碧有你這樣可愛的表妹。」稻笫道：「表姊追秦半兩，是費了周折與心機的。」旨邑得到休息，漸覺好轉，問：「此話怎講？」稻笫便簡略概括原碧幾進貴州山區的經過，又說原碧因此辭職，為愛情背水一戰，歷經千辛萬苦，最終如願以償，對他很是激勵。旨邑說：「小孩子都相信傳說。」稻笫說：「道聽途說，信以為真也不壞。你自由了？」旨邑知她所指，笑而不答，低頭摳袖口的繡花，如果秦半兩不和原碧結婚，她想她可以回答稻第這個問題。

稻第並不追問，說道：「你無精打采的樣子，氣質更加古典，很適合穿清明朝的女性時裝，比如戴遮眉勒，戴臥兔，披雲肩，穿比甲，大袖圓領，梳什麼挑尖頂髻，鵝膽心髻，著大紅繡綠，也是大俗大雅。你當新娘時，可以考慮請我當你的形象設計師。」旨邑不無新奇地看一眼稻第：「原來你還考女人之古，考服裝之古。我吧，更願意做唐代美女，豐腴富態，是做大（正房）的樣子。」稻第見旨邑自嘲，更有興趣談下去：「唐代仕女高髻、花冠、金步搖、披帛、薄紗衣，衣服花紋隨身段轉折變化，韻味婉轉，只是有一段她們流行蛾翅眉，太詭異，我不喜歡。」旨邑說道：「是，感覺像飛蛾死了屍體掉了，還剩翅膀黏在額頭上。」

稻第大笑兩聲後，嚴肅地說：「我越來越喜歡你了。」

旨邑正要說話，突覺難受，巨大的饑餓感在胃部爆炸，幾秒鐘內迅速擴大，霎時間五臟六腑全不存在，腹腔彷彿一間空房子，產生空蕩蕩的回音。她餓得發慌，立刻喊了出來，緊接著從椅子上跌下來，暈倒在地。

「我怎麼了？」稻第剛扶起旨邑，旨邑便醒了。

「你病了吧。稻第，你帶旨邑去醫院看病，然後送她回家休息。」原碧吩咐。

稻第剛扶旨邑上車，旨邑便接到水荊秋的電話，他的聲音幾近驚慌：「寶貝，你沒事吧？」旨邑礙於身邊坐著稻第，詫異於水荊秋的心靈感應，試探道：「怎麼了？」水荊秋說：「還記得那個騙子嗎？他剛給我打電話，說我有難了！我不怕什麼難，最擔心的是你，你沒事我就放心了。」旨邑一聽如此玄妙，心裡湧起不祥：「我剛剛突然死了，現在又活了，正去醫院看病。」水荊秋萬分焦灼：「寶貝，你怎麼了？哪裡疼？」旨邑說：「暈倒了，看完醫生再給你電話。」

稻苐半擁著旨邑，感受到她的柔弱乏力以及本質上健康彈性的身體，她嗅著旨邑散發的氣息，眼望前方問道：「以前常暈倒嗎？」旨邑答：「從來不。」稻苐說：「定是試衣服太累了。」旨邑有氣無力：「死可能就是這樣吧，兩眼一黑，就完了。」

稻苐說已婚男人無法在身邊照顧人：「我很會燒菜，燉湯，我媽教的，我會把你養得白白胖胖。」

旨邑一陣傷心，歪在稻苐的懷裡。

稻苐攬著她，看著她的髮髻與綠瑪瑙簪子。

的士司機瞟了一眼後視鏡，減了一檔車速，不時偷看一眼。

「如果我死了，我想埋在某座山頭，當火車經過時，火車裡的人能看見我的墳頭開滿白色的野菊花。那是我的愛人為我種的。」

「好主意，我可以做到。」稻苐說道。

旨邑感到稻苐攬她的手在用力，帶來奇怪的柔軟與舒適，旨邑反而坐直了身體。

車很快到了人民醫院。稻苐掛號繳費，將旨邑送進診室，在走廊等候。

老中醫面色和藹，問旨邑哪裡不舒服，旨邑說無故暈倒，渾身無力。老中醫把脈一搭，閉眼靜坐，忽睜眼問道：「小姐結婚沒有？」旨邑一愣：「沒有。」老中醫又問：「有男朋友沒有？」旨邑想了想，答：「有。」老中醫說：「你有喜了。」旨邑脫口而出：「不可能！」老中醫道：「千真萬確，去做婦科檢查吧。」

稻苐見旨邑面色蒼白，問診斷結果，旨邑答道：「沒什麼事，貧血，體弱，要我加強鍛鍊。你去原碧那邊幫忙，我自己回家。」

見稻第走遠，旨邑回頭去做婦檢。等候結果時，內心打擺子似的忽冷忽熱。她並非不信老中醫的話，無非是想尋找推翻事實的機會。當她看到準確無誤的科學檢測結果時，並沒增加她對於懷孕事實的震驚度。她反而顯得平靜，撫摸腹部，理性地下了一個結論：「這是我的孩子。」她不免熱淚盈眶，感到曾經幻想和水荊秋有個孩子的熱忱並未消退，如今一經啟動，竟夾裹巨大的幸福之流沖將過來，她幾乎跌倒。

昨晚，她曾夢見樹上結了兩顆鮮紅的櫻桃，一顆熟了，落下來，一顆仍留在樹上，現在想來，原是神奇的胎夢。讓她感到荒誕的是，當她掙脫水荊秋，尋找秦半兩與自由的愛情時，孩子像大海將她和他劃隔，將她拋向水荊秋的沙灘，在秦半兩的世界裡，她已是一條無能為力的魚，她必須改變航向，重新回到水荊秋的水域中來。事實上，在她確診已經懷孕時，秦半兩在她的心底已悄然褪色。她重視這彌足珍貴的一次受孕。在過去的五年裡，她毫不懷疑自己已經失去懷孕的能力，所以當醫生說她懷孕了，她脫口而出說「不可能」，這是其中一個原因。過去對於子宮的破壞，造成無可挽回的錯誤與傷害，而今卻能在安全期懷孕，她稱為奇蹟。她一併想起許多，比如曾在南海觀音前燒香許願；曾多次向自己佩戴的玉觀音祈禱；曾對茫茫蒼穹哀求，虔誠地懇請賜她與水荊秋共同的孩子，只是在對水荊秋怨恨以及愛漸平淡的過程中，她全部遺忘。

那是她第一次燒香拜佛，緊張又羞澀。她許下關於孩子的願。香灰掉在手背上，燙起了泡。她磕頭時還在猜想菩薩的意思。金身蓮花座，光芒四射，慈善大愛的面容讓眾生下跪誠拜信服。她在廟裡買了一串佛珠。去陽朔與水荊秋會面後，佛珠不知何去何從。她不知道這暗示什麼。無論如何，她願意把孩子看成菩薩所賜，上帝所予，誰也沒有權力決定孩子的命運。

水荊秋很晚才打來電話。他攜妻帶子在郊區度周末，極為不便，對她無時不惦念，無刻不擔憂。旨邑相信他身在曹營心在漢，身在漢營心念曹，分身乏術，兩難捨，一個旨邑心懷感恩，另一個旨邑暗自譏諷。這個長了翅膀的男人，在全世界飛行，最終仍被日常俗世黏連，他必定沒有料到，會有東西將他拉到日常之下，就像瘋狂的年代，人們不相信自己崇拜的偉人也會拉屎。

旨邑橫臥沙發，手撫腹部，知道它是水荊秋的難題，他如何來解，她沒有把握。他絕不可能馬上做出回應，也許他們需要漫長的鬥爭。她甚至預料他會毀她求全。她的思想左衝右突，全無對策，反而從容篤定，持孕婦的儀態與語調跟水荊秋說話，顯得慢悠、負重，生死兩茫茫。

「沒事吧？」水荊秋問。

旨邑平靜地回答：「有事。」

「怎麼了？」

「有喜了。」

旨邑說完，緊張等待水荊秋的反應。水荊秋「啊」了一聲，彷彿掉進了深淵，沉寂片刻，說，不可能吧。旨邑問他什麼意思。水荊秋說不是安全期嗎？旨邑現在不想討論安全期是否安全，這猶如果實面前談論花朵，無關痛癢。她始終把握住問題的關鍵：她的確「有喜」了。這非她的意願。既是喜，理當高興才對，怎麼如此不堪負重。水荊秋重嘆一聲，說道：「是我作孽，報應來了。」

水荊秋的態度不是旨邑期望的，卻是她預料的，但沒想到他語氣這麼直接，聽不出一絲溫婉，她心裡雜味紛呈，枝枯葉落：「什麼報應？我們有誰做了傷天害理的事情？」水荊秋只是沉默，彷彿連在電話線裡的他只是萬籟俱寂的漆黑，沒有星星，有風聲，沒有時間。漆黑很快蔓延到旨邑這頭，她沉浸在這壓抑的黑色裡，等待一顆星，或者一線光明。孩子在她的肚子裡，受難的是她。她慢慢意識到，無論如何，這是她「自己」的事情。

不知道過了多久，彷如拉開厚密的窗簾，水荊秋開口了。他問她對此事的想法。旨邑回答她想生下來，她喜歡孩子，更何況是和他的孩子，她夢想的孩子。她說得近乎抽泣，水荊秋回答他知道，他都懂，如果不是現實處境，他聽到這個消息一定高興非常，但眼下真是毫無退路：「寶貝，你要生下孩子，教我如何做人？我無法對你和孩子負責，在現在的情況下，我更不能拋妻棄子，你這等於取我的命。」旨邑刻薄道：「什麼情況下可以拋妻棄子？我不會去要求你怎麼做。」水荊秋急得團團轉，聲音也似在來回踱步：「呃……呃，你這孩子，盡逼迫我，你該為你自己著想，這也是毀你自己呀！聽我說寶貝，你才三十歲，還有很多機會。我的生活已經很糟糕了……呃……教我怎麼說呀！」

水荊秋似有難言之隱，然而旨邑太自我專注，完全失去了先前那種對訊息的敏感捕捉與判斷，她甚至認為水荊秋說任何話都只是為了叫她拿掉孩子。她言之鑿鑿，說如果做掉孩子，將無法懷孕，這也是醫生的警告。水荊秋「呃」聲不斷，彷彿出了生理毛病，他似乎整個身體淹沒水中，只剩腦袋浮在水面。他嗡聲嗡氣，說現今科學發達，生活水平不錯，一定能調理好，對身體及將來生育不會有什麼影響。許是窮極無措，他愚蠢例舉梅卡瑪做過兩次人流以後，再懷孕生子的事實，惹得旨邑更為不快，說道：「現在拿我和梅卡瑪比，你的梅卡瑪是女人的標準嗎？我不需要榜樣，我不需要和她取得一致。」

與水荊秋通話前，旨邑並沒有完全想清楚，是否把孩子生下來，倒是談話的過程幫她理出了思路，好似一條水流，順著水渠流到某個地方，在那裡拾到了現成的答案。溝通達不成共識，不歡而散。水荊秋回曹營享樂天倫，不消說心猿意馬，焦頭爛額。旨邑探得水荊秋的態度，知道自己凶多吉少，若墮胎，則面臨肉體之傷痛與不育之災；若生育，水荊秋離婚的可能性微乎其微，則面臨漫長孤苦的孕期與將來對孩子的撫養與教育之重，她還不知道能否承受孩子引發的生活劇變。無論如何，她已經告訴水荊秋，她要把孩子生下來。若水荊秋堅持反對，她還是要重新考慮，何去何從。

她煮了雞蛋麵條，吃後躺下了，不敢亂動，害怕流產。一隻飛蟲停在白色天花板中間。銀色吊燈上落了灰塵。屋子裡空空蕩蕩。處境的狼狽使她脆弱無比。在這一瞬間，她原諒了許多的人和事，也改變了過去對原碧的看法，原碧的生活與愛情，原是比她真實幸福的，她從內心深處希望秦半兩守在原碧身邊，並以自己試圖找回秦半兩為恥。她不配擁有秦半兩的愛，與他過去的種種，動情的、喜悅的、美好的、愛戀的，皆因腹中的小生命變得遙遠渺小，隱約含痛。她在內心已經脫去大紅繡綠，大俗大雅的時裝，給自己披上了喪衣。脫去鮮豔的外殼，慢慢蛻變為一個慈祥的母親，近在上午時為愛情而躁動的女人心，如今氣息奄奄，屬於母親的強大脈搏正在起伏。彷彿一場巫術的道具，這個蛻變過程，需要一場眼淚，一片回憶，一次反省，一些設想，還有只有自己熟悉的陣痛——她感到秦半兩早已深入肌體，剝離他，她將體無完膚。秦半兩牽了她的手，是她放開了他。她討厭後悔，竟也渴望從頭再來，勇敢而無情地拋棄水荊秋，永不對已婚男人心存愧疚。她軟弱無力，獨自躺在結局裡，再次認清自己與水荊秋之間的愛，她的忠貞，他的體貼，全是偽造。如果她現在知道一切將變成災難，她現在便有充足的理由認定：精子有罪孽，胎兒有善惡。感情是胎兒手中的玩偶，胎兒並不是愛情的試金石。

每個人都希望不妙的現實是場噩夢。阿基里斯深諳主人心情，鬱鬱地坐在她的對面，看她抱著沙發墊哭出聲來，便伸過頭舔她的臉。她臉色疲備，髮髻散亂，珍珠耳環掉到地上，哭得十分投入，完全不理會阿基里斯的友誼，阿基里斯百無聊賴，趴在她的鞋子上東張西望，彷彿在尋辦法逗她開心。

夜裡九點多，稻笫來電，問旨邑身體如何，飯否，如若方便，她想前來拜訪探望。旨邑欲知原碧後來的事情，便答沒有問題，要稻笫順便帶點口味蝦來，她想宵夜。阿基里斯見主人起來，擺尾歡喜。旨邑略做梳洗，只見鏡中女人，與上午之時判若兩人，眼神裡青春明亮跳躍激情的光消失了，代之以平和慈祥寬厚，並且不在乎見稻笫時是否漂亮，只隨便換了寬鬆棉質長褲，還擔心褲腰過緊。

稻笫著實為她的簡樸著裝詫異，同時高興她在她面前如此隨意，證明她們的感情已趨自然與和諧。她不光買了口味蝦，還帶了啤酒，以及喝酒聊天的花生米、小魚乾、涼拌菜。她身體健康靈活，行為舉止得體，讓旨邑想到肚子的胎兒，或許會長成稻笫這樣的孩子。

旨邑喜歡陽台。涼風吹，小鳥飛，眼前湘江橫臥，遠處燈火凝思。旨邑稱身體不適，不喝酒，稻笫責怪自己粗心，但仍給她倒酒，然後自己替她喝掉。旨邑吃得很有滋味。稻笫浮想聯翩：「只可惜無弦歌娛樂，想古時候的酒宴，那些坐部伎，綰著高髻，上襦，小簇團花長裙，披帛盛裝，坐著繡墩，急管停還奏，繁弦慢更張，人雖靜止不動，但見衣袖飄揚飛舉，姿勢靈動。不過，此情此景，已經是一場盛宴了。」

旨邑本無心思，不想抹她興致，便說：「作為女人，我欣賞像竹林七賢，袒胸赤足散髮，舉羽觴、撫琴，擘阮，也就是『散髮弄扁舟』，『不臣事於王候』的本質。」稻笫笑道：「《晉書．五行志》裡攻擊他們，有傷風化，希世之士恥不與焉。他們為落拓不羈，受老莊思想影響，有消極的一面。今天，我們可以『不臣事於王侯』，但有幾人能做到『散髮弄扁舟』。」

這個話題太熟悉了，旨邑頓時想起秦半兩，他們參觀南京博物館，同樣聊起了竹林七賢。她心有些亂，起身洗淨雙手，坐回來，隨意問起婚紗店裡的事。稻笫說秦半兩一直沒有回來，表姊找了一下午都不見人，後來打通他的電話，他竟然說，要重新考慮結婚的事情。

旨邑的心往上一躍，瞬間掉落更低處，在一個聽不到迴響的深淵，震顫。

「我猜想他另有所愛，那被愛的人有福了。」稻笫假扮上帝的聲音。

對旨邑而言，在水荊秋之前的男人，如蜻蜓點水，她的心靈如管樂器，依次吹出各種不同的音調，吹氣一停，響聲就停頓了，全無留戀，從不回頭；到水荊秋以及秦半兩，她的心靈變成一具弦樂器，彈過之後，弦的震動仍然保留某種聲音，直到那個聲音不知不覺，逐漸消逝。

人的想像迅速與敏捷，但感情遲緩而頑強，因這種理由，當任何物件呈現出來時，給予想像雖然迅速地改變它的觀點，但每一次彈動，並不都產生一個清楚而明晰的調子，而是一種情感永遠要與他種情感混雜在一起，無法簡單地判斷是或否，對或錯，好或壞，去或留。

旨邑不懂上帝的心思，祂想方設法破壞她和秦半兩。首先設置了水荊秋，繼而讓原碧成為障礙，當祂預知這個障礙將被粉碎，便使用更為兇狠的一招，派一個胎兒進駐腹中，從根本上瓦解她的夢想，不許她自由，不給她選擇。上帝的仁慈都給了誰？然而，孩子又是她願望的實現，是無數次虔誠禱告的結果。

一切迫在眉睫，她仍對原碧心生同情。一面覺得秦半兩對原碧不負責任，如果他真的就此放棄原碧，那麼，在愛情面前，他既草率，又偉大，而她此時卻無法與他一起承擔與分享。她是全世界最糟糕的女人。

旨邑再次與水荊秋溝通。說溝通其實不妥，因為雙方仍然堅持最初的意見，於對方的處境彼此無能為力。水荊秋認為一旦旨邑要生下孩子，他的前半生毀了，所有的關係亂了，家庭沒了，年近半百從零開始，不堪重負。旨邑覺得他說的有理，但有理也不能壓倒她的命運，正如某些深奧的推理可以使論敵啞口無言，卻不能使人信服。他說她的犧牲將是偉大的，要她相信，他若離了婚跟她，同樣會離婚再娶別人。她說她不要什麼偉大，只想做一個能生兒育女的普通女人。他請她不要生下來，他會對她永遠感恩，因為她崇高的付出。她叫他不要將她捧上神壇，她只想要孩子。

他們像商人談生意那樣，彼此執著於自己的利益，並試圖說服對方，誰也不想因為偉大而崇高的犧牲毀掉終身。她覺得他給她戴高帽，灌迷魂湯的做法十分可笑，他以為她仍是戀愛中的女人，哄哄就解決了問題。她已不是那個曾經愛他而柔弱的女人，她體內的另一個生命賦予她堅強與理智，她覺得她的言行，都是與腹中孩子商量的結果。她並非勢單力薄。

接下來他苦苦哀求她，他的後悔一定比「不近女色」之類的警告更多，從他知道她懷孕起，他說話就呃聲不斷：「呃……教我怎麼跟你說呢？我是愛你呀，可我在愛你之前，發生了那麼多事情……呃……我多麼希望從來不曾遇見你。我是什麼東西呀，我在誰面前都不是人了……呃……我的寶貝，我多麼不願傷害你……呃。」

她哭了，感到是他的眼淚落在她的臉上，一滴冷，一滴暖，一串冷暖。她嗚嗚哭出聲來，僅存的那絲愛將她勒痛了。他的感情多麼真實，她的心都化了。她想到他的溫存體貼，順境中的愛那麼甜蜜，如今遇到坎，他的所有甜言蜜語都只是為了脫身。他聽到她哭，她的哭扎進他的心窩，他把疼痛說與她，說他會用一輩子來彌補她，疼她。她雖如水草一般搖擺，根底卻無法動搖，正如孩子在子宮盤居。他感到她遠比他想像的執著，便小心提醒她，她曾說過絕不為難他。她啞然失笑，驚詫他此時提起這話，竟然不以為恥，便回答道：「你知道我受過委屈，家庭冷漠，沒人疼愛，你說過呵護我，絕不傷害我。」

他呃了一聲，彷彿一個破裂的水泡，語氣陡地硬了起來：

「我真的不再要什麼孩子了。你讓我怎麼跟你說？我無法跟你說我現在的情況。為了你想要孩子這個念頭，我就必須聽你的，聽你的錯誤，誰來聽我的？你一點餘地都不給我，逼得我沒有退路。」

「不是念頭，而是，孩子已經存在，我沒有權力殺死他，你也沒有。」旨邑十分冷靜。

「那只是胎兒。求求你做掉吧，否則我們都會很難堪。有些事，我以後會告訴你。」水荊秋語氣軟下來。

「不能，做掉他我便一無所有。他是生命，與我相依為命，我已經愛他了。」旨邑滴水不進。

「本以為我們能相互提升，與眾不同，卻始終不能逃脫一般男女的下場，眼睜睜看美好的故事變成悲劇。我……呃……對不起你。」

「對我來說才是真正的災難。我的肉體，我的靈魂，都將嚴重受損。你所謂的災難只是你的聲譽。你說過，人最大的卑鄙就是貪戀聲譽。」旨邑繼續武裝自己。

「那騙子說我將栽在沒害人之心和沒防人之心上，其實那天我帶了安全套。」

「什麼意思？難道我在害你嗎？我拿自己的生命與幸福來害你嗎？教授，難道還需要我來告訴你誰是受害者？去他媽的騙子，他說什麼我不管，可是你，教授，你的良心哪裡去了？」旨邑怒不可遏，水荊秋的混帳話令她渾身戰慄。

「寶貝，求求你把孩子做掉吧。否則，我將得不到我的孩子，得不到父母的諒解，我……呃……真的只有下地獄。良心在撕咬我，我……呃，難啊。」

「你真認為你的精子價值超出常人？需要我不擇手段、不惜一切來懷上你的孩子？我告訴你，現在，我恨你的種。」旨邑被他那句「害人」的話幾欲氣絕過去，腦子裡嗡嗡迴響，耳朵裡聽不見別的聲音。

水荊秋為自己的話道歉，表示並非旨邑所理解的意思。然而，他們已經無法繼續談下去了。旨邑放聲慟哭，說哪怕那次死於高原車禍，也比遇上水荊秋要幸運得多。

這一次電話令旨邑疲憊不堪。胎兒在吸收她體內的營養，獲取能量，消耗她的體能。水荊秋在摧毀她的精神。這對父子（女）在要她的命。這以後，旨邑內心滋長對水荊秋的厭惡，怨恨填滿胸腔。她知道，如果重新全盤考慮，再做決定，必定是另一種殘忍與不堪。更需重新評估的是水荊秋，他到底是塊什麼玉？是有瑕疵的美玉，還是仿真的贗品，或是地道的次貨？去哪裡尋來行家掐尖？鑑定一個複雜深奧的人是好是壞，有什麼參照與標準。人既不是天使，又不是禽獸，在他努力成為天使的時候，也有可能表現為禽獸。她想，水荊秋最好是個禽獸，她犯不著為禽獸的言行痛哭流涕，更犯不著為禽獸下的種搭上一輩子。

她在心裡罵他，恨他，慢慢冷靜了，仍是一籌莫展。

秦半兩的電話打進來，她幾乎無力接聽，他說他在「德玉閣」門口，可是門上一把鎖，他要和她見面。

她眼淚一湧。他喚醒了她，她忽然感覺，其實幸福近在咫尺。

「野菊花呀野菊花，哪兒才是你的家，隨波逐流輕搖曳，我的家在天之涯。野菊花呀野菊花，哪兒才是你的家，山高雲深不知處，只有夢裡去尋它。」她聽到遠處傳來歌聲。她對秦半兩說道，她在山西。

愛情與自由之鳥，斂翅停靠門外，只要跨出這道門檻，牠就會帶著你飛翔。一整夜，旨邑都感到這隻守候的鳥，牠豐滿、成熟、羽毛光滑，色彩斑斕，這世界上找不到任何一隻與牠模樣相同的鳥。牠歌唱，牠低鳴，牠梳理羽毛，上弦月在牠的眼睛裡留下一彎投影。鳴叫的怪蟲看見到牠立刻噤聲，躲進黑暗角落。夜遊的鬼魅也會化蝶翩翩起舞。這一夜，旨邑睡睡醒醒，牠的期待讓她輾轉反側，牠的模樣讓她心馳神往，牠近在咫尺，彷彿氣息在側，她想撫摸牠，餵養牠，珍愛牠。她是在天亮的時候，才打了一個盹，片刻的沉睡，夢見池塘裡開了兩朵鮮豔的蓮花，像觀音菩薩的寶座那般巨大與神聖，直到她起來洗梳，那兩朵蓮花仍留在她的腦海裡。洗完臉，對水荊秋的怨恨便覆蓋了牠們，一陣慌亂的饑餓，又把她拋到孩子的問題上。她下意識地看看窗外，並沒有什麼鳥。

一夜美好月色，清晨卻是陰霾愁苦，一副要下雨的神情。她吃了蔬菜，雞蛋，牛奶，比往常份量有加。她打算去醫院。聽那冰冷器械悅耳地碰撞，把命交給神情舉止不無蔑視的醫生護士。那享受歡快的器官，有難了；那承受痛苦的器官，有福了；那長著器官的人，便成了歡快與苦難的器官。沒有好樹結壞果子，沒有壞樹結好果子，真心相愛就會美好，假意恩情必遭敗壞，而事實並非如此。真正有福的，是那無情的人。看那地上的動物，螞蟻渺小無力，懂得在夏天預備糧食；沙番軟弱，卻能在磐石中造房；蝗蟲沒有君王，也知道分隊而出，牠們都是聰明的動物，唯獨女人，愚不可及，只能依靠那終結的手術台，以自相殘殺的血腥宣洩報復與仇恨。

她查看桌曆，日曆上寫著今日不宜動土，不宜出行等等。內容再怎麼樣，在巨大的荒誕面前，一切都屬平常。就算阿基里斯突然開口說話，她也覺得理所當然。她和阿基里斯之間的交談，從她把牠從屠夫的籠子救出來就開始了。之前她憐憫自己的遭遇，瑟瑟發抖，期待自己的寬慰，使用了所有弱者喜歡的道具，首先是眼淚、柔弱，將自己放到不幸的處境，沉浸於受傷之悲戚，盼望奇蹟出現。接著是絕望、後悔，凡事不如寧可信其有，不可信其無，若聽信了騙子的話，就不會結這個果。最終是仇恨、自暴自棄，不怪遇人不淑，只恨自己愚蠢、大意、感情用事，前世報應。

她很快對水荊秋給予了諒解，變得十分寬厚。她想，此事並非孰對孰錯，她必須承擔自己的行為後果。她完全理解他的難處。在關鍵時候，他與阿基里斯一樣有忠實的本性，盡忠於自己的家庭，這使他的優點更加突出，即便是他朝她狂吠，也是不咬人的和善，更何況他邊吠邊搖尾巴，顯示友好協商的良好態度。作為梅卡瑪的丈夫和孩子的父親，在這件事上，他理當博得讚美，得到一塊骨頭的賞賜，或者一條新的狗鏈，一次郊遊。只可惜梅卡瑪全不知情，不知道丈夫如此良好的品性，拋了妻兒，他可以跳牆，可以把人咬死。

旨邑相信，強盜的一家相親相愛，氣氛和睦寧靜；劊子手的刀刃總是朝外，床上不會有血腥，他們也有假日，也有溫情，看上去比普通人家更加美滿，更富人性。

積極妥協，她認了。看在情深意重的過往，她認了。《聖經》上說，好嗜酒的，必致貧窮；好睡覺的，必穿破爛衣服。酒雖嚥下舒暢，終究是咬人如毒蛇。她呢？必是那好姦淫的，她接受懲罰。她懷著對自己的仇恨，踏上去醫院的路途。街道兩邊的樹葉正在變黃，路上行人沒什麼兩樣。看那些愉快穿梭的女人，想她們隨身攜帶的子宮，她忽覺十分愜意：她們也將（或已經）遭遇流產、失戀、遺棄，痛苦，灑了眼淚，得了無助，而那些樹木，正在老去，被蟲蛀空內心，變成一堆燒火的廢柴。

她面對婦產科的教授。「教授」稱謂令她不適，也可疑。「教授」是什麼三頭六臂的東西，老年斑長滿一臉，嘴唇塗得鮮紅，傲坐枱前，矜持而又自信，努力讓人相信她可能還長著彈性十足毫無創傷的年輕子宮。慢條斯理地問話，當教授聽旨邑說先前有過墮胎經歷，而此次又要重蹈覆轍，不免驚叫起來，說旨邑還是大學本科生，又不是沒有文化的農村婦女，怎麼能這樣無知與草率。旨邑承認教授批評得正確，她原本希望教授罵她一個狗血噴頭，她再哭著請求教授的原諒，抱歉給教授添了麻煩。可是教授閉了嘴，搖搖頭，彷彿暗中領悟旨邑的期盼而予以拒絕。旨邑便小心翼翼陳詞，是在安全期出了事。教授將筆一擲，幾近憤怒地說道，誰跟你說有安全期？你們這些年輕人，全拿身體不當回事。旨邑說書上寫有安全期，並像個村婦般羞得滿臉涌紅，她真想告訴教授，她雖已受孕，但當時並沒有快活，罪可輕罰，教授也不能斷言她不拿身體當回事。教授彷彿覺得旨邑無藥可救，即便旨邑問些婦科常識，她也不予理會，叫她先做超音波檢查，確診沒有其他問題，才能手術。

旨邑躺上超音波床，交出小腹，由英文歌「when a man loves a women」想到「當精子遇上卵子」。有兩件東西把全部的人性教給了人：即本能與經驗。本能是對幸福的渴望，經驗是對人類經驗與墮落的知識。她感到此刻她是墮落的，一個未婚女人子宮裡隱藏的與已婚男人的愛情故事，凝結成小小胚胎，它注定是一種恥辱與不幸，苦難與罪孽。因為墮胎，她獲得了關於墮胎的知識，而她不滅的對幸福渴望的本能，反而更加決絕。她知道精神之痛將遠甚於肉體。她想有孩子，上帝不允許，上帝自有祂的道理。

護士問孩子要不要留下，旨邑說不留。護士說道，有兩個。旨邑問兩個什麼。護士說雙胞胎。旨邑彈起來，兩眼直瞪前方，呆了。瞬間，有股巨大的幸福衝向她，人歡喜了，活乏了，猛地捂面啞哭。她興奮了，驕傲了，噙著眼淚滿臉笑容。她忘了之前的不愉快，忘了水荊秋的態度，在醫院僻靜處給水荊秋電話，告訴他這件天大的喜事：雙胞胎，兩個孩子。上帝。菩薩。騙子。兩朵蓮花夢。都與這兩個孩子有關。水荊秋聽了，竟也發出驚喜之聲。她又哭了。她不斷地說是兩個，兩個孩子，她原本不想為難他，來醫院打算做手術，但是超音波後發現，是兩個孩子，他們在一起，在她的身體裡，怪不得她總是那麼饑餓，那麼疲憊，原來是兩個，兩個孩子。她不能做手術，她原本就捨不得，現在是兩個孩子，她根本沒有權力剝奪他們的生命。做掉兩個孩子，幾乎是大屠殺。她愛他們，她聽見他們的呼喚。她是母親，要保護他們。她說著漸漸清醒，知道自己面臨的困境，幾乎要順著牆根跪下去。水荊秋動了情，竟說了幾句緩和的話，不再決絕。她看到曙光，暗自發誓，她的命和兩個孩子連在一起。日有日的光芒，月有月的華彩，星有星的閃耀，人有人的思想。世間肉體形態各異，人是一樣，鳥是一樣，獸是一樣，魚是一樣，她希望她的孩子，像鳥一樣自由，像魚一樣快樂，像獸一樣勇猛與堅強。她不再鄙薄「永恆的女性」，不再鄙薄那個分娩、養育、成熟、枯萎的過程。她曾在自己被愛，感到自己是獨一無二時，嘲笑這種短暫的瞬間的女性。今天，在這個超音波結果之後，在她看到兩顆跳動的心臟，她堅定的站在永恆的、全世界的女人一邊，她渴望在她的孩子面前老去，白髮蒼蒼，滿面風霜，而她的孩子們風華正茂，在陽光下享受自己的人生，但願他們有歡樂，有憂傷，有愛情，也有傷痛。

旨邑將超音波結果遞給教授時，手在顫抖。教授發現是兩個孩子，不免在超音波單上多花了幾秒鐘，態度變得極溫和，說都很正常，想清楚，做掉了就沒了。旨邑連忙說不做了，她要孩子。旨邑的話得到教授的表揚，心情激動，對未來躍躍欲試，回家仔細看超音波圖中的孩子，兩個神奇的小黑點，沉默不語，對生命的祕密守口如瓶，她知道，在未來的日子裡，他們會慢慢告訴她。

彷彿早料到結局，上帝在旨邑身上加重了籌碼，獲得力量的弱者認為勢均力敵，力可匹敵，她和孩子的三條人命，與水荊秋一家數量相仿，絕非不戰而敗的悲慘。理想的趨勢是，不出一兵一卒，以靜制動，以守為攻，以尊貴血性傲視烽火——旨邑不屑於哭鬧相逼，也不宜於催之過急，她只需等待。然而，孩子等待不起，每天都在長大，他們也逃生似的，視最佳手術期限為牛命危險期，在腹中心驚膽戰，時刻顯示自己的存在，將旨邑鬧得疲憊困乏，胸悶嘔吐。即便如此，她仍頑強地掙扎出一種幸福感，探頭沐浴夾縫中的那縷陽光，在對岸迷霧繚繞的湖邊，垂釣愉悅的心情。深不見底的湖面波瀾微興，四周灰暗迷濛，太陽出來的時候，才能看清對岸的景色。她對育嬰一無所知，緊張惶恐，買了多本這方面內容的書，淺水涉足，才發現自己的無知與世事的複雜，再深入學習，對那些養育孩子的父母，不覺肅然起敬。同時，壓力聚攏落在肩頭，像一隻語重心長的手臂，她忽然害怕自己做不好，也怕自己被這樣的生活磨滅，恐懼成為分娩、養育、成熟、枯萎的女人，身上永遠透著尿布與奶水的味道。然而，她摸著小腹，警告自己，這是她最後的孩子，她千瘡百孔的子宮，將不可能再著床與孕育。溫暖的小腹，彷如孩子的肉身，她手貼著它，將愛與情傳遞給他們，他們因此微笑，因此歌唱。

嬰幼兒店裡的服務員像童話人物，牽引旨邑走進神奇的世界，不覺目眩神迷。在此之前，她根本無法想像，在婚姻與外遇的生活裡，還生長這種五顏六色的童話之花。她第一次認識到，已婚男人們在緊張的偷香竊玉之餘，要換尿片、洗奶瓶、貼拼圖、講故事，煞費苦心。那孩子的母親目睹此情此景，一壁幸福，一壁滿足，無怨無悔，甚是可敬。旨邑撫摸嬰兒鞋，有些心不在焉，想到不少已婚男人在家是父親，出門為嫖客，總是有她這樣的女人，配合他們搞點愛情，來一點肝腸寸斷的婉約與石破天驚的豪放，罪歸誰人，難有論斷。她有一絲不快，一絲悲傷。男人放低臂彎，把孩子放進柔軟的小床，滿懷愛意地替他蓋上小被，吻別妻子，或去了脂粉撩人的香閨，或進了燈光曖昧的包廂。人生大意如此。人生莫過於此。光陰需要這番「消磨」，文字早就道出了個中奧妙。

嬰兒鞋太可愛，她忍不住想買兩雙。服務員問她，孩子幾個月了。鞋子是一種幸福的假象。水荊秋沒有答覆，沒有消息。期待被拉長，被充滿，被飛舞的亂蟲咬得斑駁不堪。癢。痛。尖銳。潮濕的空氣。泥濘。累。翻過一座山，需要呼吸。信念。愛。她聽出服務員的懷疑，或許她不像有家庭生活的女人，且注定沒有。她把每個人的話視作卦，當作卜算。她用《聖經》卜卦，尋找上帝的預言，闔上書，隨意翻開，竟是「論嫁娶的事」：

「我對著沒有嫁娶的寡婦說，若他們常像我就好。倘若自己禁不住，就可以嫁娶。與其慾火攻心，倒不如嫁娶為妙。至於那已經嫁娶的，我吩咐他們，其實不是我吩咐，乃是主吩咐說：妻子不可離開丈夫，若是離開了，不可再嫁，或是仍同丈夫和好。丈夫也不可離棄妻子。我對其餘的人說（不是主說）：倘若某弟兄有不信的妻子，妻子也情願和他同住，他就不要離棄妻子。妻子有不信的丈夫，丈夫也情願和她同住，她就不要離棄丈夫。因為不信的丈夫就因著妻子成了聖潔；並且不信的妻子就因著丈夫成了聖潔。不然，你們的兒女就不潔淨，但如今他們是聖潔的了。倘若那不信的人要離去，就由他離去吧！無論是弟兄，是姊妹，遇著這樣的事都不必拘束。神召我們原是要我們和睦。你這做妻子的，怎麼知道不能救你的丈夫呢？你這做丈夫的，怎麼知道不能救你的妻子呢？」

有人對這種占卜方法深信不疑，對於旨邑來說，無所謂信與不信，只求卜到好卦聊以自慰。然這「論嫁娶的事」與現實驚人的巧合，使旨邑對這段文字不得不仔細研究。結論是，上帝暗示，和睦為主，水荊秋與梅卡瑪並不會因為哪一方「不信」而遺棄對方，他們必須因著雙方成為聖潔，不然，他們的兒子就不潔淨。如若靈驗，那麼，結局是旨邑必將遭水荊秋的遺棄。

此卜令旨邑大為不快。在她闔書鬱鬱寡歡之時，水荊秋來電，他的意思竟與旨邑占卜的結果一致，他不能接受別的孩子降生，但他真的被難住了。他說他這輩子積善積德，年年燒香拜佛，自視為虔誠信徒，可是佛祖爺仍給他出這樣的難題，他一夜痛苦煎熬，頭髮白了一半，兩眼昏花不清了。

「呃……我真的被這兩個孩子困住了……你真行。」他嗓音低小嘶啞，「讓我怎麼對你說？我怎麼能要求你……呃。」

她感到他老態龍鍾，顫顫巍巍。他放了電話，她看見，那漆黑的夜空升起星微的希望，她幾乎為此快樂了。

然而，兩小時後，水荊秋又打來電話，掐滅了那星點亮光：「我管不了你，你要生就牛吧。我無力抗拒你的需要，也無力抗拒孩子，我不怨你，你有你的道理，但是我能夠看到將來的一連串後果，涉及家庭法律金錢和你我的聲譽。」他又一次提到聲譽那件華麗的狗皮。

旨邑陡覺體內血液倒流，渾身冰冷，滴淚未落。她緩了一會，說道：「我只問你，你一心向善，如今要對我和兩個孩子下手，血洗事實，你是否已經燒香拜佛許願求菩薩庇護和原諒？」

「別攻擊我的信仰，別逼我。」水荊秋彷彿已經身體前傾低伏，伺機攻擊。

「你先是說我害你，現在又說我逼你，莫非你需要公眾的同情，贏得道德的審判，證明你上當受騙無辜？難道是你正懷著被父親拋棄的一雙孩子，承受他們的父親喊著『殺死他們』的殘酷無情與悲痛？教授，你似乎暈了頭，完全顛倒了角色。」

「求求你，旨邑，你和別人不一樣。就算是你救我的命。你是偉大的女人。我真的急瘋了。我不能失去我現在的兒子。」水荊秋說。

「你到底愛過我嗎？」旨邑摸著腹中的兩個孩子。水荊秋始終只想到他活在世上的兒子。她恨不得胎兒立刻長大，雙雙站在水荊秋的面前。

「當然，過去愛你，現在依然愛你。」

「那你理當愛我們的孩子，兩個孩子。」

「我真的不能要別的孩子，也不想要別的孩子。」

「你說你的孩子誕生於意外。那麼多的孩子誕生於一場意外，我們的孩子也能。」

「旨邑，是我對不起你。是我害了你……我沒臉面對你，更沒臉面對家人。」

「我感覺這是觀音菩薩賜給我的孩子，我在她的面前許過願，求她賜我和我愛的人一個孩子。」旨邑哭了。

水荊秋又靜默成一片漆黑。

旨邑接著說：「你過來親手把我們弄死吧。如果你不怕兩手血腥，不怕遭天譴。」

「呃……我該死。」水荊秋低聲。

「如果你能在這血淋淋的毀滅之上建立你以後的幸福與聲譽，我相信，就算你看不到鮮血，也能聞到血腥，倘若你聞不到血腥，一定能常常聽到孩子們的哀鳴。至於我，之後失去生育能力，便是報應之一。」

旨邑感到虛弱。她的情緒驚動了腹中的孩子，小腹微疼，他們在哭。她終止了與水荊秋的談話。很快發現身體異常，丁點血跡將她驚出一身冷汗。她立刻趕到醫院，聽從了醫生的建議，住院保胎，臥床休息。

謝不周正將前妻呂霜送到機場。那時候，呂霜只是猜測謝不周或許會有情感際遇，沒想到他竟讓鳩佔鵲巢，徹底背叛。呂霜性格剛毅，縱使謝不周苦苦哀求她的原諒，她雖愛他，仍覺得婚姻和感情受到玷污，非離婚不可。史今那邊也哭哭啼啼地使勁，謝不周被迫離婚。離婚並沒使呂霜解脫，獨自在長沙鬱鬱寡歡。呂霜的家人和朋友一致認為她離婚之舉過於輕率，應該給謝不周改過的機會。而呂霜聽從內心的指示：非如此不可。有多事之人反來指責呂霜，對家庭不負責任，不懂得大局為重，像社會學批評家那樣憂心忡忡：若所有的妻子都像呂霜這樣毫不含糊，社會可能遭受嶄新的壓力，那些混亂的暗流必將湧到街頭，致使家庭與社會秩序面臨嚴峻挑戰。《聖經》早就寫過以和睦為主，不要離開不信之人。看來，不信之人有福了。呂霜離婚後的一連串遭遇，證實拋棄不信之人有難，包括車禍、疾病、孤獨與後悔，她只是從一個深淵掉入另一個深淵。即便謝不周仍是照顧有加，她也無法開始新的生活，最終選擇離開長沙，去北京擺脫糾纏的陰影。

飛機被雲層吞沒。誰舞秋風，讓凋零的無可挽回，開花的不能結果，使懺悔的得不到寬恕。謝不周在車裡閉目凝眉，因為秋意愁煞，唯願呂霜在北京有花開的春天。臨行前，他又給了她帳戶打入三十萬。親愛的人民幣。親愛的前妻。謝不周恨不得傾其所有，買回他與呂霜的婚姻。他將車發動，歌聲隨起：「在我的冬天你不要一言不發，不要折斷那棵樹枝它還在風中發芽；在我的冬天你不要離開我好嗎？我的枝頭開滿火花請不要吹滅它。」車裡的流行音樂唱片本屬史今所喜歡，出乎意料的是，此時此刻，這首火熱的流行歌曲讓謝不周為之動容。手機鈴響的瞬間，他竟以為是呂霜。

「兄弟，你是否閒著？我有事跟你談。」旨邑奄奄一息的聲音使謝不周一陣緊張，他說：「出什麼事了，別唬人，老夫現在很脆弱。」旨邑說道：「出了大事，我現在人民醫院住院，不能說太多話，可能會死掉。」謝不周聽出她帶著哭腔，意識到事情的嚴重性，嚴肅地說：「你少胡思亂想，我馬上過來。」他關了音樂，腳踩油門，急速往醫院趕。

謝不周不喜歡醫院。他總會想到第一個當醫生的妻子，及那段不快的婚姻。消毒水散發死亡的氣味。走廊上的垃圾桶總有帶血的東西。纏著繃帶的病號面色不堪。貧民的汗水與藥味混合成刺鼻的怪味。這一次，謝不周完全沒有在意這些，為旨邑的情況焦灼萬分，注意力的轉移使部分功能暫時廢止。他很快找到旨邑的病房，焦躁滿面地進來，一眼看見旨邑躺在昏暗中。他說怎麼不開燈。她說適應死亡的光線。他生氣了，正言厲色地制止她開這樣的玩笑。旨邑第一次見他這樣嚴肅，彷彿是她的監護人。他站在她面前，看著她，不敢問她的病情。她淒然一笑，試圖回到和他之間的那種輕鬆愉快，結果卻哭了（他的神情激起她的依賴與委屈感），待哭泣稍弱，才說道：「醫生說，這次如果流產，將永遠沒有孩子了。」旨邑終於把這件事說出來，給自己開了一扇窗，感到一陣輕鬆和短暫的呼吸順暢。她想過很多次，她無法獨自扛起這沉重的祕密，甚至無法單獨解決這個問題。不能告訴母親，徒增母親的痛苦與擔憂；說與原碧她只會幸災樂禍，讓秦半兩知道便是自取其辱，是對她和秦半兩的褻瀆，無疑會使他遭受強烈打擊，她已經毀了他的婚禮，不能破壞他的愛情。

謝不周立刻明白旨邑的意思，他在她床邊坐下來：「的確是個大問題。」旨邑說：「不是我要難為他，我本來打算做手術，可是……」謝不周點點頭：「可是你想要孩子，而這又是你最後一次機會。」「可是……」旨邑哽住了，抓住謝不周的手臂艱難地說：「可是……是雙胞胎，兩個孩子……」謝不周眉頭一皺，身體矮了幾分。他原本很有信心幫她理清思路，分析現狀，認識未來，一聽說是兩個孩子，驀地更為吃驚，無言以對。他只是默默扶她躺好，隔著被子拍了拍她，示意她別動，他很理解。

「別著急，會有辦法的。多少天了？」謝不周問。「三十八天。胸悶難受，恨不得死。」精神上的傷痛誇大了旨邑的妊娠反應，「為什麼我是這種下場，我真的不值得別人做出任何犧牲嗎？」謝不周說道：「旨邑，難道你不覺得，你經歷的，也是很多女人經歷的嗎？」旨邑氣惱：「你說點善良的，別這樣麻木無情。」謝不周依然嚴肅：「同情與寬慰只會讓人更軟弱，倒下了，起不來。更何況你這種人根本不需這些，只有仇恨和挫折才能讓你振作。」

旨邑得到安慰似的看著他，勉強笑了：「謝不周大師和休謨大師說法一樣，任何一種障礙若是不完全挫折我們，使我們喪膽，則反而有一種相反的效果，以一種超乎尋常的偉大豪邁之威灌注我們心中。順境使人的精力閒散無用，使人感覺不到自己的力量，但是障礙卻喚醒這種力量而加以運用，對吧？可是不周兄弟，我現在一人三命，不可能還是孤家寡人的心態。我問你，如果你是那個已婚的男人，遇到這樣的事，你會怎麼做？」

謝不周答道：「我傷害過女人。我在第一次婚姻時，也發生過類似的事情。不同的是，我不愛那女人。你要相信，有時候，男人的痛苦程度，並不亞於女人。」

太陽突然出來了。一縷淡黃色的陽光破窗而入，照著旨邑的床和被單，與慘白混合，像則寓言使人警覺。飽受折磨的夜晚留在她的臉上。謝不周不過在替水荊秋說話，水荊秋所經歷的，正是所有男人經歷的。世界怎麼了。維護一夫一妻制度的尊嚴，是以損壞更為廣袤的人的尊嚴為代價；維護家庭、社會秩序，並沒有消滅混亂，反而帶來更多混亂，只是將混亂逼到陰暗的底下，人們築起和睦的家庭圍牆，將混亂隔離，而混亂常趁虛掩的門流入家庭。

「諾貝爾文學獎得主格拉斯坦白並懺悔他曾經參與納粹事業，因為懺悔太遲，仍遭到批評攻擊。如果中國男人在女人問題上集體懺悔，將獲得女人全部的尊重與愛。遺憾的是，男人從不覺得有懺悔的必要。」旨邑想到懺悔，那些水荊秋似的高尚的面容，內心的確需要一瓶消毒清洗劑，她接著輕聲說：「你看這一段話，『天之生人，不是要我們做卑鄙下流的動物，它帶我們到生活中來，到森羅萬象的宇宙中來……一開始就在我們的心靈中培植了不可戰勝的愛——對一切偉大的、比我們更神聖的事物的愛。所以，對於人類的觀照和思想所及的範圍，甚至整個的宇宙也不夠寬廣。』不周，你說，人類在愛什麼？」

「懺悔只是一種形式。落葉悲泣不能超越自身。我一直避免對他人造成傷害，但傷害總是不可避免。也許抵達愛，受傷是必經之途。你別想那麼遠，先面對自己的問題。」謝不周望著旨邑，目光並不清澈。旨邑問道：「你有近視？」謝不周點頭稱是。旨邑不免驚詫，認識謝不周多年，居然才知道他有近視，陡覺羞愧。

謝不周從進病房起，完全變了。他神情嚴肅冷峻，暗藏焦灼，嘴裡不吐髒字，不再言必稱「老夫」，如軍人般嚴謹、剛毅，彷彿天生如此，原本如此。有他在側，旨邑稍覺踏實，以前亂飛的鴿子紛紛落到廣場上，啄食人們撒下的玉米粒，爾後信步閒庭，眼神溫和。她不願在謝不周面前攻擊男人，即便發表了以上言論，在她內心深處，也已將謝不周與他們劃分開來。

「我不想去同情他，我也不要強大，我只想要孩子。」旨邑覺得謝不周是她的什麼人，「不周，我要告訴你他是誰。如果有一天，孩子活著，我死了，你幫我把孩子交給他。他叫水荊秋，很不幸，他是你所蔑視的知識分子，努力打撈國際聲譽的歷史學者。你說，接到我的死訊和孩子時，他會不會流淚？」

「旨邑，不許拿死開玩笑。這是個嚴肅的問題。不要做不切實際的幻想，要具體考慮。以前我跟你談的國外知識分子的私生活，也不一定是真的。對於這個性格複雜的類群，外人的講述難免拘限與片面。總之不許談死，晚上想吃什麼？」謝不周給她倒了一杯橙汁，雖是徵求意見，更像命令。他感到頭痛，心也痛，此刻，她就像襁褓中的嬰兒。

旨邑說道：「只想吃辣椒。」她想起他的話，她是他前世的妻，簡稱前妻，便叫了他一聲「前夫」。

「好聽，受用。記著，不要焦慮，不許哭。躺著別動，等我回來。」他走前囑咐她。

「你的頭痛病不犯了吧？依我看，還是做個檢查吧。」她突然追問。

「管好你自己，別瞎操心。」他回過頭，仍是嚴肅。

他離開病房，靠著一根廊柱抽菸，心裡難過，頭犯痛。他知道，這是一個殘酷的現實，無論何種結局，她將會被徹底改變，永不再是從前的旨邑。他不能鼓勵她做未婚媽媽，更無法勸說她毀掉兩個孩子。他無法預測這一劫難，會將旨邑摧毀到何種地步。即便水荊秋離婚娶了她，巨大的陰影籠罩之下，他也難以心安理得的與她幸福相守。謝不周最擔心旨邑的情緒，她骨子裡的毀滅慾一旦爆發，後果不堪設想。他曾提議找人與水荊秋當面談，旨邑需要一個這樣的人為她出面。旨邑拒絕了，她認為「談」有敲詐之嫌，她和水荊秋的事情，不需要第三者插手。

是否有人會愛上疾病？當疾病成為他身體的一部分，他不得不照顧疾病，準時打針吃藥，像長輩般約束它，像戀人般呵護它，並且熟悉它、尊重它，帶它到草地上散步，在陽光下奔跑，給它呼吸新鮮空氣，餵它營養食品，小心翼翼，無微不至，與它形影不離。

是否有人會愛上疾病？旨邑不停地想這個問題。

窗外是住院部的小型花園：幾株高大的法國梧桐，一個鮮花凋謝的花壇，枯莖斷折，幾朵瘦弱的黃菊花搖擺不定。除此之外是草地，以及在草地上遊動的小徑。偶爾佝僂的病人，或者蒙頭裹面的傷者從這頭走到那頭，從那頭走到這頭。穿白大褂的醫生則步履匆匆，抬腕看錶，如赴約會。一天到晚沒有一隻鳥。旨邑躺煩了，便看窗外，看膩了，再重複想自己的事。如果不是要臥床保胎，她很想去一趟哈爾濱，與水荊秋面對面談孩子的事情。電話裡的聲音，毫不可靠。在電話裡說「不」比當面容易。她的痛苦完全不能在電話裡表現出來。每次她任性，他都會讓步，他愛她，拿她沒有辦法。

她失去一切行動能力，只能躺著等待，好比躺著等死。

原碧似乎並不知情，聽不出秦半兩毀婚對她的影響。她只是約旨邑一起吃飯，她表妹稻笫將回哈爾濱。旨邑說她在外地進貨，暫時回不來。原碧問她聲音虛弱不堪，是否生病了。旨邑驚詫於原碧的敏感，這個原本遲鈍的女人，何時擁有了狗一樣靈敏的嗅覺？虛假的關心令旨邑不適。

旨邑正隨意搪塞，原碧突然問道：「你懷孕了？」

旨邑似被擊了一掌，身體往後一縮：「造什麼謠？」原碧說她憑直覺。旨邑立刻想到謝不周，他是唯一的知情人，他竟如此不負責任地張揚給原碧，可恨。旨邑抑住怒火，罵原碧的無稽之談。待謝不周過來，她片刻不能忍耐，責問他為什麼出賣她的隱私。謝不周滿臉震驚，說她不信任他，他感覺很受傷害，因為他愛護她，保護她，不可能做一絲於她不利的事，講一句於她有害的話。旨邑便告訴他原碧的言行，謝不周分析，也許秦半兩突然決定不和原碧結婚，原碧首先懷疑的就是旨邑。

「我倒希望真的懷了秦半兩的孩子。愛，婚姻，孩子，家庭，光明正大。什麼問題也沒有了。」旨邑的聲音如從地窖裡傳來。

「不要幻想逃避現實，面對它，不管結果如何。那個水什麼，他需要時間，這是一件傷筋動骨大動干戈的事，你一定要沉得住氣。旨邑，我相信你會愛護自己。」謝不周說。

旨邑沉默不語。她在想水荊秋，明天，後天，他能否令她驚喜？

「你每天到醫院來，史今知道你是來看我嗎？」旨邑問道。

「不知道。」

「是她不知道，還是你不知道她知不知道？」

「都一樣。實話說吧，我沒有結婚。」

謝不周不像說笑，旨邑還是不信。謝不周說信不信都一樣。旨邑問為什麼沒結婚。謝不周說算命先生算到他短命。他很嚴肅，旨邑聽起來卻像開玩笑。她糊塗了，她覺得從來不曾懂他。

謝不周拿出一個紅色MP3，說下載了很多歌曲，有鋼琴曲，也有搖滾樂，聽膩了，他再給她換。他正教她如何使用。這時，膚色雪白的護士走進來，面無表情地對謝不周說，你妻子情況穩定，可以出院回家休息，有什麼問題及時來醫院。謝不周不作解釋，像個丈夫的樣子，問護士一些注意事項。旨邑低頭不語。這幾天謝不周穿同樣的鞋子，鞋上有明顯的灰塵，褲子也不像以前乾淨如新。她抬頭看他的臉，很奇怪他的相貌，和以往不同，她從沒發現他如此陽剛、堅毅與冷峻。從她住院起，笑容從他臉上消失了，那張冷漠的面孔只是對她說面對現實，不許哭。她看著他，慢慢地竟看出了幾分「丈夫」的味道。

這個秋天的蕭瑟意味分外濃烈，秋雨奇多，湘江水濁黃不堪，漂浮的水草及碎爛布塊，廢棄木板，無不隨波逐流，大約是哪一處漲了洪水，經過千山萬水，流至此處，餘下這零星狼藉。人人都在經歷天災、人禍，到處都在發生意外與死亡。那些內心的遭遇，精神的摧毀，肉體的蹂躪，如浮草碎布那般，終將漂浮於歲月之河，歸於地下之海。沒有一種容器能永久儲藏愛與記憶。沒有一種情感比仇恨更辛苦。一種日常生活如湘江大橋上的車流，循規蹈矩。不遵守規則必將導致塞車與混亂。

「是的，我所經歷的，也是所有女人經歷的，我的痛苦並無獨特可言。街頭巷尾的流言蜚語會總結我的愛情：勾搭已婚男人，肚子搞大了沒人要。刻薄者可能會加上『下賤』，『自作自受』之類的評價。梁山伯與祝英台的愛情，最後也只簡化成『化蝶』二字。一個人的苦難，只是一句台詞，一個結論，一種旁觀者嘴裡的嘲諷。」

旨邑獨自思想。天空並不遼闊。在醫院時，水荊秋給旨邑來過電話，只是問她的身體情況，她不告訴他正住院。她說胸悶，他說胸悶就散散步。她說吃不下，他說想辦法多吃點。她說他們很強大，會把她折騰至死。他說讓你受苦了，讓你勇敢的小身子受苦了，好好保重。她聽他溫柔體貼，以為境況有變，不禁喜悅。可是，這突然噴射的希望之光反使她產生另一種恐慌，她不敢想像她真的和他結婚，在哈爾濱生下一雙孩子，開始他和梅卡瑪式的日常生活。然後在某一天，水荊秋背著她有了另外的情人，他們私底下快活，而她茫然不知，渾然不覺，或者裝聾作啞，忍痛求全，那實在太可怕了。最難以置信的是，她會由情人變成妻子。好比野菊花移至家庭的花盆，它將如何適應直徑不超過花盆的生長約束，如何滿足於一盆花土的營養，它的根鬚是否會穿透花盆的瓷牆瓦壁，向更廣闊的空間攀爬。它是否滿足於一勺水、一窗陽光，以及罅隙的風。

一瞬間，旨邑對結婚生子產生了巨大的恐懼。

接著，水荊秋和她談養孩子的艱難，他為那一個兒子吃盡苦頭，做出了巨大的犧牲，放棄了很多機會。她聽出他談話的苗頭，他正在動之以情，意欲激起她的憐憫與同情。而她從不覺得有誰比肚子裡的孩子更無辜，他們的父親費盡心機不讓他們出世，他們相約結合在一起的力量，似乎也無法撼動一個父親的慈悲。她說每個父親都在付出，有誰因此累死，因此後悔死？她見到那當父親的快活：讓兒子當木馬騎；歡喜地與人分享兒子的童稚之趣；拍下他成長的每一個瞬間；感受兒子帶來的驕傲與自豪……即便你被迫當了父親，你也意外地獲得了當父親的幸福。他說你不懂，孩子是永遠的牢獄，你就是一個獄吏，看守他，擔憂他，夜以繼日。旨邑，你把孩子做掉，我仍然愛你，你仍是我心中最美麗的女孩，是我最心疼的孩子。我一輩子都會感激你，一輩子都是你最能信賴的人。

旨邑看不見水荊秋，無法想像他說這番話的模樣。他在費力地表現他的彷徨與痛苦，無奈與罪孽，語氣彷彿「阿彌陀佛，出家人慈悲為本」。她並沒興趣看他的表演，在她身懷一雙孩子的時候，她應該是主角，所有悲傷的絕望的感天動地的台詞，應該成為她的獨白。水荊秋表演越動情，越洩露了心底最本質的想法，她捕捉到那難以掩藏的父子情深，那難以掩藏的父子情深，正是他欲拋下一雙孩子的潛在原因。她不想歌頌他此時的父愛，只是更為腹中的孩子感到冤屈與不平，嫉妒他在地上奔跑了多年的兒子，他不知道他有兩個兄弟（姊妹），正孕育在父親的情人的子宮。

緩慢平和的交談，沒有誰的音調高出「阿彌陀佛」，似乎雙方都在讓步，反而承讓出使人不知所措的巨大空間。

然而，她一想到，她的一雙孩子將扔進裝滿胎屍、鮮血模糊的垃圾桶，心就難過，抽痛，瘋狂。母雞尚有本能在危險時將小雞護在翅膀底下，她絕不可能目睹一雙孩子血肉模糊的慘狀。她可以沒有男人，但不能沒有孩子。

她感覺到，這是一場戰爭，和水荊秋，和梅卡瑪，和自己的遭遇之間的一場戰爭。她有兩個孩子，她不需要孫子兵法，不研究三十六計，知道「人好剛，我以柔勝之；人好術，我以誠感之」，但不屑於使用任何手段。水荊秋難以抉擇，他的一切反應既正常又合情理，但她沒想到，水荊秋動用了所有的方法之後（比如喚起旨邑對他的同情心、激發旨邑的自信心、表示愛情），最後出了狠招：他要當惡人。

我們來看旨邑這同樣困苦的一天。水荊秋打來電話問旨邑墮過幾次胎，彷彿他開始為她考慮了，旨邑感覺幸福的光芒從陰雲中透射，周身溫暖。她如實相告，她的子宮絕不能再承受墮胎之難。水荊秋苦嘆數聲。她在這一刻感受到水荊秋的動搖與慈悲，過去播種在心底的愛，發出同情之芽。然而，周圍土壤及環境並不適合生長同情，那嫩芽出土即死。她的意志與信念已經長成一棵大樹，水荊秋知道，他這隻蚍蜉無力撼動它。和以往任何一次一樣，他們的交談毫無結果，只留下一條不能彌合的溝壑，她不知道，填補它的將是快樂還是悲劇。

沉寂的等待中，旨邑的眼前不斷幻化出關於孩子的美好畫面，而現實總是如一盆污水將它弄髒。

如墮胎，毋寧死。一旦發現自己有妥協的想法，她便加強信念。

然而，她仍是焦灼地計算懷孕的天數。野菊花凋零，一朵接一朵。

翌日，水荊秋又打來電話，她感覺他面目猙獰，滿嘴犬牙交錯，狼牙暴突，兩眼猩紅，萬分兇狠地逼視她、威脅她，渾身長毛豎起，人性全失，朝她咆哮怒吼，彷彿要以此嚇退她，征服她：

「四十多年來還沒人能牽著我的鼻子走。你想要孩子我知道，你的孩子歸你，我身邊的孩子誰也不許碰！我要瘋了，這個惡人我當定了！」水荊秋突然不「呃」了，十分流暢地說出這幾句話。

旨邑看到他從一棵樹躍向另一棵樹，從一塊石頭跳到另一塊石頭，時而兩腿站立，時而四肢著地，或者雙手撼樹，讓紛紛落葉與沙沙聲響為他吶喊助威。

「天啊！」她驚呼一聲，只覺天旋地轉，「水荊秋，你怎麼說出這樣的話？」她的心挨他這一重擊，當下痛得縮成一團。她從沒想過她和他之間會誕生惡人和善人，她從沒想過要以善惡來對一件事情作結論，也沒想過高原時探進她身體的那隻溫暖的手，竟來自於一個惡人。

「昨天下班回家，看見兒子把他和他爸爸媽媽的名字寫在圍牆上，我心如刀割。我想清楚了，就算是十個孩子我也不換這一個，你生了我也不會認。你要恨就恨吧。」他兇狠地說。

「天啊！」她渾身哆嗦，握電話的右手抖得特別厲害，「天啊！」她連續喊了幾聲，左手絕望地停在腹部，說不出除此之外的任何字眼。對她來說，世界上任何噩耗都抵不上他這句「這個惡人我當定了」的話。她強撐住不讓自己暈倒，牙齒打冷顫似的發出磕碰的聲響，張開嘴大口喘氣，牙齒將舌頭磕出了血，但她對此毫無知覺。她站起來，沒邁動半步，復坐下來，茫然四顧。她在這一瞬間老了。遲鈍。呆滯。步履蹣跚。被撲滅了春天的最後一絲生氣。不經盛夏，直抵暮秋，每一根髮絲都透著蕭瑟。體內已是三九嚴寒，冰凍三尺。她是一尊等待融化的冰雕，正被人圍觀、評論、交頭接耳。她自己也在觀眾當中。她看見那依偎的情侶，甚是羨慕；她聽見那甜蜜的誓言，無話可說。她看見孤獨的自己，寒冷的身體，那麼可憐。

「知識分子+佛教徒=惡人。」意識重回大腦，體內暖意甦醒時，她首先想到這個等式，無疑，是水荊秋自己填寫了等號後面的結果。

「你還信佛嗎？」她無法思考太多。左手輕撫腹部。她不能大喊大叫，不能嚇壞那一雙同樣可憐的孩子。

「我沒有辦法，我什麼都管不了。我只要和我現在的兒子在一起！」他完全是窮途末路的衝撞。

「你是佛教徒，多年燒香拜佛誠心為善，現在當了惡人，怎麼向佛祖交代。」她見他連多年的信仰都不要了，進一步追問。

他對此避而不答，只是堅定地說：「隨你怎麼著，即便是死，我也等著。」日本的佛教給予武士道以平靜地聽憑命運的意識，對不可避免的事情恬靜地服從，面臨危險和災禍像禁慾主義者那樣沉著，有卑生而親死的心境，沒想到在水荊秋身上，也體現得如此淋漓盡致。

她說：「偽信徒是沒有資格死的，你的死不能解決我的問題，我的死能解決所有問題。記住，你要想死一定要學日本人切腹，因為肝腎以及周圍的脂肪是感情和生命的寓所，你的靈魂寓於腹部。如果你有靈魂的話。」

她話未講完，他粗魯地掛了電話，而她腦子裡活躍的話語東突西撞，它們是她的子彈，它們渴望射向他的胸膛，他被擊斃在地。她給他撥過去，而他已關機。

「教授，我們來談談善惡。」她很想對他這麼說。

旨邑在陽台橫躺，死了一般。湘江死了，屍體臥在山腳下。風景也死了，只剩下焦黃的臉色。過去的兩天時間，旨邑和水荊秋越談越僵。她沒耐心，更無哀求，以硬碰硬。水荊秋的意思是，只要她堅持生孩子，他不會再和她有任何聯繫，哪怕有朝一日必須面對法庭。她說她把三條人命都給他。他無所謂，他的決絕像一把利劍刺中她的心窩。她說她要以惡制惡。他無所謂，把手機一關，躲起來了。

關於水荊秋的溫文爾雅，竟是幻覺。旨邑的仇恨比刀鋒更利，憤怒使她變成一頭兇猛的野獸，她想立刻撲上去撕咬他，撕咬他的靈魂，撕咬他的良心，撕咬他作為知識分子的那一部分。

旨邑在陽台橫躺，死了一般。一個聲音悲憫，一個聲音仇恨，它們在天空中碰撞出強光，映照她失血的臉。她麻木不仁。一個人漂浮在黑夜的海，沒有亮光。水荊秋的聲音像閃電劃破黑暗：

「這個惡人我當定了。」

「就算十個孩子我也不換這一個。你生了我也不會認。」

「我只要和我現在的兒子在一起。」

「隨你怎麼著，即便是死，我也等著。」

被他的話鞭打，她的知覺醒了。他的話鞭打她，她感到清晰地痛。他的話如荊棘條，輪流抽打她的靈魂，她的肉體，它們沾著她的血肉，她的痛苦，變得越來越結實，越來越明亮，越來越臃腫，最後像一條圓睜雙目的毒蛇，將她緊纏得透不過氣，喊不出聲，哭不出淚，她雙手扯住這毒蛇冰冷的肉體，別過臉去。這冰冷的蛇是他的舌頭，他黏滑的舌頭，曾是蜜，是花，是春天，是可口的菜餚，它溫暖體貼，它進退有方，它掃蕩她的靈魂。過去的愛，過去的情，編織如耶穌的荊棘皇冠，扣在她的頭頂，將她刺得頭破血流。她摘不掉它。她扛著沉重的十字架，步履蹣跚。

她依著十字架站直了身體，在人群中尋找他的臉。那張臉肯定變了，或者戴上了面具，或者摘下了面具，混在人群中看她的苦難，毫不動容。她努力回憶他的樣子。他比江水混濁的臉色，他比斑駁古畫更模糊的溫和，他如鴻毛般沉重的身體。他或許正攜妻帶子，夾在這沸騰人群中享受生活的意外與快慰。梅卡瑪是那樣挺拔的女人，面色柔和，目光銳利。他那活在世上的兒子，四肢健全，沒有兔唇與豁牙，沒有小兒痲痺症留下的遺憾，沒有智障患者的散漫眼神，他是一條早熟的小狼狗，不時警惕地豎起耳朵，某種類似於父親的東西初露端倪。

她左手停在腹部。她摸到了他的孩子——不，是她自己的孩子他不要他們。他們只是超音波圖上的兩顆小黑點，她突然覺得他們好重，彷彿再走幾步便將摔倒在地。她不知道自己走到哪裡去，能走多遠，能否攀越那些山川溝壑，能否走完那永無止境的路程。

「做母親是個災難，我不想歌頌它。」她掙扎著說出這樣的話，左手停在腹部，禁不住淚流滿面。她感到一雙孩子在對她說：「媽媽，我們相依為命。」她看見那推嬰兒車的母親和扭頭笑看母親的孩子。他們牽著她的左右手，禮貌又懂事。她腹中的一切並不受到法律的保護。做母親是神聖的，如果是由某個自己所鄙視的人造成，的確難以置信。她一直相信自己只會懷上她所喜歡，所尊敬和崇拜的人的孩子。她的思緒像一隻渺小的跳蚤，她捕捉不到牠，更不能馴服牠，關押牠。

教授的確躲起來了。水荊秋教授為何選擇躲起來？她的小跳蚤弄不明白。她無望地打他的電話，意外地接通了，卻不知從何說起——因為，該談的皆已談盡。

「我現在見到女人就噁心。」水荊秋教授說，像是談他吃了一種陌生的水果，再見到這種水果生理上便產生過敏。

她聽了這話，大吃一驚。她幾乎就此可以認定他是小人，可以全盤否定過去的感情，包括他的人格、他的品性。他簡直是塊粗糙的石頭，更精確地說，是茅坑裡的石頭，全無良玉的品質。她為腹中的孩子感到羞恥了。

「水荊秋，染上你，是我的不潔，是我一生的恥辱。」她幾乎這樣喊出來。巨大的嘔吐衝動堵住了她的嘴。「啊，啊，現在見到女人就噁心？什麼東西，能說出這種話來？」她呼哧氣喘，憤懣無言——和他，這樣一個男人，還有什麼好說？水荊秋教授為了他美好幸福的家庭，不惜骯髒與醜陋的言詞舉措，斯文掃地，煞費苦心。梅卡瑪可以為教授樹貞操牌了。

旨邑不想和他再談孩子。這個從此「見到女人就噁心」的男人，將如何繼續他與梅卡瑪的夫妻生活？懷著鬼胎的教授將抱著貞操牌，排除干擾和梅卡瑪溫存，那是個悲壯的場面，歷史教授一定為此羞愧萬分。

旨邑意識活躍，暗含著報復的快意。然而，她很快熄滅了怒火，緩緩說道：

「你噁心女人，因為她懷了你的孩子。你知道嗎？你噁心的是你的孩子，你噁心你的精子，你噁心你的性衝動，你噁心你自己。可是，水教授，噁心不能解決問題。孩子不會因你的噁心而死。你為什麼不去愛你的孩子，像我這樣愛他們，像愛你活在世上的兒子那樣愛他們。也許那樣，我們就得救了。」

她左手停在腹部，替他們難過，他們的父親是這樣一個人，從不將人性的一面朝向他們。

阿基里斯尾巴輕搖，讚許似的看著旨邑。旨邑望著阿基里斯，眼淚流下來。

水荊秋教授依然粗魯地掛斷電話關了手機。她愣了一下，接著狂笑不止。一瞬間淚流滿面。她仍然憤怒，對他態度的憤怒遠遠超出了事件本身。他沒有讓她心服的理由，只有逃避。

後來，她對著牆壁大罵，罵他是道貌岸然、衣冠禽獸、狼心狗肺的偽君子；薄情寡義、虛假猥瑣的斯文敗類。她砸碎了茶杯。她搧自己耳光。她將嘴唇咬出了血。她發誓他休想與梅卡瑪花前月下，恩愛情長，他更無資格再享天倫，他們的幸福不能建立在對她的慘無人道的毀滅之上，他的家庭必須因為他的所作所為而付出應有的代價。

最應當受到懲罰的是水荊秋。既然他見到女人就噁心，那就成全他，找人給他施宮刑淨身，閹割他的慾望，助他遠離女人。當他活在世上的兒子長大成人，別人將告訴他關於他父親的動人故事，他的兒子會站在他面前，問他故事的真實性。他勢必想起一個叫旨邑的女人，無能愛，無能恨，無能噁心。但是，這種懲罰對水荊秋來說，依然太輕，畢竟他仍能和他活在世上的兒子一起。對他來說，奪走他活在世上的兒子，才是對他的致命還擊。既然他不想要她的這一雙孩子，他活在世上的孩子也休想安生。派人綁架他的兒子，使他的兒子致殘，不能彈琴，不能畫畫，不能唱歌，不能走路，不能看見花草樹木以及他父親那張醜陋的臉，讓水荊秋體會孩子被傷害後的痛苦與揪心。這個復仇計畫甚至可以設置在十年之後，讓他年過半百之時，飽嘗喪子之痛。那些不幸做了他孩子的孩子們，不是死於子宮，便是毀於少年。他必將飽嘗痛苦，生不如死。

復仇的快意使她脊背一陣涼甚一陣。她要讓他知道，什麼叫「惡有惡報」。

然而，正如我們所猜測的那樣，在任何情況下，旨邑永遠保持清醒與理性。她很快譴責自己的卑鄙，她鄙視對孩子下手。她愛孩子。她反對邪惡針對無辜。她只是在胸腔內完成多種報復，仇恨使她精疲力竭，頭痛欲裂，奄奄一息，最後和淚昏睡過去。

可是一覺醒來，彷彿睜開眼看到天花板一樣，她醒來便看見水荊秋對她的愛，它像一朵花一樣開在那兒，像深夜的明月一樣掛在窗邊。她驚惶失措，坐起來，心裡湧起另一種疼。因仇恨而設想的種種報復手段使她產生罪惡感。水荊秋是那樣溫和，如明月般坦蕩。他為了家庭，為了活在世上的兒子，不惜當惡人，放棄不曾降世的孩子。他沒有錯。她對他的愛已經走了，即便他離了婚，和她結婚，生下一雙孩子，在粉碎一個完整家庭的前提下，他們也難以幸福。她不過是為了孩子和他結婚。在婚後那綿延不斷的日常生活當中，也許她無法適應它的庸常、無趣與碌碌無為。她發現她其實並沒有完全想好，是否真的把孩子生下來，她只是無法選擇。

她從頭至尾梳理他們相識相處的每個細節。她無法懷疑他的愛，無法否認他的情，無法抹去他給她的真實幸福。他有家庭，他從沒欺騙她。他早就表示，他不能離婚，而她也認可這種關係。和她相愛之後，他頭髮掉得厲害，老得更快。在更多的時候，為她擔憂，為她痛苦不安。為了陪她，他向梅卡瑪撒謊，他欺騙梅卡瑪，他犧牲陪兒子的時間。在哈爾濱那次危難的時刻，他用生命保護她。是的，她清楚地記得，為幫她脫離危險，他差點被人踩死，他說死也要陪她。鑑於此，她也曾動情地說過「讓所有的難全落到我的頭上」。

想到此處，她覺得自己錯了，放聲痛哭：「我不恨你，你確實很難選擇，你是一個好父親。」這一瞬間，她承認自己作孽。她願意默默吞下自己製造的苦果，她願意自己承擔全部的罪過。

暮色慢慢入侵，屋子裡填滿了重鉛色的空氣。孤獨隨天黑來臨。她左手停在腹部。此刻她還有孩子——那超音波圖上的兩個小黑點，他們正在做夢。她撫摸他們。從發現他們到現在，不過十天時間，她好像和他們已經相處很久。她漸漸快樂起來，她不需要水荊秋了。她翻讀育嬰手冊，了解妊娠期間的飲食、心情、胎教及後來的哺育，彷彿看到一雙孩子正嗷嗷待哺。小手緊攥她的手指頭。在屋子裡亂爬。咿呀學語。聽她讀童話故事。他們也許喜歡音樂舞蹈，繪畫作文，也許只愛調皮搗蛋。總之他們是她的孩子。

可是，第二天早上，一想到就這麼便宜了水荊秋，原諒他置她於死地而不顧的兇惡態度，她後悔了，彷彿將扔掉的某樣東西又瘋狂地撿起來，一併厭惡自己的輕賤。放棄恨使她感到空虛，恨是通往水荊秋的唯一途徑。她不能容忍水荊秋毫髮未損，在哈爾濱滋潤美滿，不日另結新歡。

在陽朔，梅卡瑪的突然造訪，打散了旨邑與水荊秋這對野鴛鴦。水荊秋再見旨邑時，給旨邑帶來一塊紅色方巾，中間一對鴛鴦五彩斑斕。那是他在陽朔買的民間刺繡。她還笑著問，方巾中的鴛鴦是不是原配。

現在，這塊方巾蓋在她的筆記型電腦上，而鴛鴦已經死了。

她欲剪碎牠們的屍體，卻與鴛鴦抱頭痛哭。

她坐在江邊的緩坡上。一艘運沙船慢慢行駛，船舷與水面幾乎一致，彷彿正在下沉。天空難得一塵不染，天邊有一團巨大的濃雲。硫黃色的雲縫中濾出橙色的光，貼在她狹長的背上。樹林抹了同樣顏色的邊，樹葉跳躍閃亮。毫無疑問，樹林裡，那乾癟了的松果一定無精打采，掛在精瘦的樹上隨風擺動；地面有深棕色的枯死蕨類，枯葉，踩到山毛櫸果實的空空外殼，會有嗶剝聲響。如果泥土被雨水浸透，冷氣透過鞋底往腳板底鑽，一直涼到心裡頭去，證明即將進入南方的冬天了。落光了葉子的樹木既孤苦伶仃，也無牽無掛。鳥兒仍然快樂，從一個枝椏跳到另一個枝椏，從一個山頭飛到另一個山頭。沒有鳥，冬天的樹林就像病房一樣了無生氣。

她說，她已經很久沒去過嶽麓山了。他注視她的臉，很嚮往進嶽麓山的樣子。他看得見隱藏在她面孔裡的別的思緒。她的頭髮更長了，披在狹長的背上。臉也瘦了。一張臉更加小巧。不論何時，她眼睛裡總有堅強的冷光。這一切使他非常不好受。

他掏出一包菸，很不利索地抽出一根，點燃。ZIPPO火機的清脆響聲吸引了她。

「你也抽菸？」她問。在她印象中，他從不抽菸。

他不知其味地吸了兩口，面容冷峻地說：「我一直抽菸。」她似乎在努力回憶，最後還是搖頭。他接著說：「你現在滿腦子都是仇恨。」她點點頭：「我要用三條人命，用一輩子的時間來報復他。」他說她傻，一生的仇恨比愛更累，更不用說仇恨及報復的價值：「無辯息謗，不爭止怨，停止仇恨只需無愛。如果你還愛他，就多想他對你的好；如果你不愛他了，就更應該回到自己的生活道路上來。」

她不想便宜他，她每天都在經受教授那窮兇極惡的話語鞭打。一想到他躲在開著橘色燈光的家庭中，像一個準備迎接戰鬥和冬天的鼴鼠，一邊牢築陣地，儲存食物，一邊磨刀霍霍，她一定要給他家裡投上一顆炸彈，魚死網破。不如此不足以解恨。

「旨邑，你暈頭了，你已經失去許多，不能再將自己搭進去了。一個對自己不負責任的人，她還會對誰負責？水荊秋或許是迫不得已說了那些傷人的話，他有他的理由，正像你有你的理由一樣。」他著急了，菸在他手裡抖動。

她沉默不語，巋然不動。風掠起她的頭髮，她彷彿就要乘風而去。她想過了，如果失去孩子，她的生命便是全軍覆沒，餘下她的肉身，不過是一截枯柴，燒了，也只是一縷青煙。即便謝不周是太陽，她也不是向陽花，不分青紅皂白地追隨太陽。生命以及生存的意義，並非太陽全部賦予。

「不周，求你一件事。」她說。

「你講。」

「我死了，請你在我的墳頭種上白色的野菊花。」

「沒問題，但你不許做傻事。另外，我還有個條件。」

「你說。」

「不許死在我的前頭。」

「我說的是真的。」她嚴肅地看著他。

「算命先生說過，我命不長。人死了，一把灰，我的骨灰就撒在嶽麓山上。」

旨邑道：「你的事情，史今來做比較合適。」

「我跟她談分手了。」謝不周說。

太陽掉下去，橙色光暈消失，地上涼了。他們站起來，慢慢往回走。她左手停在並不突起的小腹，小心翼翼地避開坑窪。孩子呼喊正在草地上追逐的狗。她無力悲傷。謝不周像一團巨大的陰影，陰影隨她沉默，腳步沉重有力。片刻，她有近乎草率地悲傷，接下來仍是仇恨。只有在想到孩子的時候，才會稍微平靜。孩子使她恢復理性。

仇恨不能改變水荊秋的決定，仇恨不能讓她的孩子合法出生，正常生活。法律從不規定，三十歲以後的未婚女人生孩子不受指責，並且孩子合法。沒有女人為了孩子，懼怕可愛的乳房變成奶袋。

他們走過一排垂柳，一個亭子，一所幼稚園。她隔著鐵欄柵瞄了一眼。沙丘，木馬，滑梯，蹺蹺板，五顏六色的拼圖，暮色中將隱將現。她很快扭轉頭，彷彿不堪入目。他理解她每一個細微的神情，但無話可說。他隱藏內心的擔憂，在她身邊近乎冷淡。他是一隻冷靜的豹子，選擇在合適的時候挺身而出。她偶爾看他一眼，像一片樹葉對另一片樹葉。他們那樣不同，她感覺他和她似乎生長在同一棵樹上，一起迎風，一起沐雨，一起翻捲陽光。任何時候，他都在她眼前，在另一根枝椏上。有他在，她就踏實，安靜，連仇恨也像是一種久遠的債。

他們走走停停，走黑了時間，走黑了天，吃完飯回到了她的住所。他讓她在沙發躺好，給她榨了一杯新鮮橙汁。阿基里斯見到他，興奮得在地上打滾。他檢查她的冰箱，記下她需要添置的食品：牛奶、雞蛋、水果等等。她喝了一口橙汁，忽然輕鬆，邪惡地自嘲道：「吾人知悉一掌相擊之聲，然則獨手擊拍之音又何若？套改一部小說名就是《生命中難以承受的獨手擊拍之音》，我經歷的，不過是所有女人都經歷的，有什麼可悲傷的呢？我非金枝玉葉，若干年前，我可沒想過會和教授級的有名男人這樣快意恩仇。我們本是探討精神，只是不小心涉及了肉體。所以現在，仍然要輕視肉體，不使肉體喧賓奪主。」

他正要為此說點什麼，電話鈴聲打亂了他。她接通電話，聲音像熱脹冷縮的物體，又蜷成一團。電話不到一分鐘便結束了。她在控制身體的顫抖。他意識到發生了重要的事情，問道：「水荊秋？怎麼說？」她搖不動自己的頭：「是醫院通知手術時間。」他大吃一驚：「你要做掉？」她坐在那兒，做錯事似的看著他，頭髮垂下來，落在膝蓋上。她忍住不哭。然而，眼淚逼不回去，因為壓迫更為狂湧。

他仍在驚詫中。他給她一個臂彎，讓她放聲哭。她卻使用了他整個懷抱來完成一場驚天動地的哭泣。她雙手抱救生圈似的摟著他，像失去玩具的孩子那樣嚎啕大哭。他不動，只是抱著她，心都碎了。前妻呂霜決定與他分手時也這樣哭過，那是她原諒他，但卻無法和他續緣的痛苦與決絕；是她愛他，但又必須狠心捨棄他的愛戀與難捨。謝不周明白，旨邑要捨棄一雙孩子，與呂霜捨棄他，在本質上毫無區別。面對呂霜對他的拒絕，他無能為力；旨邑的處境與悲傷使他同樣悲傷。她需要照顧，他很想照顧她。

她哭了很久，把從前的委屈一起哭了出來。

風過雨停，滿樹梨花落盡，水洗過的葉子微微戰慄，冷靜而脆弱，淒婉又堅定。

「知道嗎？我真的愛他們，我捨不得他們。可是，我沒有能力獨自撫養他們。我連自己都照顧不好。我不知道怎麼教育他們，我不知道怎麼給他們彌補父愛。我不知道怎麼面對沒有父親要，沒有父親疼的孩子。我害怕，我害怕讓他們捲入我的糟糕人生。我見過被父親拋棄的孩子，那樣脆弱、那樣敏感、那樣內向，天生膽小孤獨。我怕他們不健康，我沒有把握讓他們快樂成長，怕我的錯誤，使他們的生活不完整、不幸福。我怕我生下他們，就是對他們最大的不負責任。

「不周，我能怎麼辦？即便我再也不能生孩子，我也認了，這是我的報應。他當惡人，把我毀了，我也曾想當惡人，把孩子生下來扔給他。可我不能那麼做，我不能毀我的孩子，不能拿我的孩子當報復工具。我愛我的孩子，我這輩子最後的孩子。我將永世愧疚，我是無能的母親，不能給他們生命。我對不起他們，對不起我自己，對不起我的生命。可我真的多想生下他們，多麼想見到他們啊！這是我的罪孽，是我一個人的罪孽！我的不幸的孩子。」

她說了很長一段話，就像樹上的積水滴滴答答，落到地上，慢慢滲透到他泥土一樣的內心深處，他的心被浸濕了。

「旨邑，你能這樣想，真的很勇敢，很了不起。但是，我要告訴你，我捨不得這一對孩子。」他的話彷彿一棵新綠樹苗從泥土裡長出來，顯示出茁壯成長的趨勢。這是他第一次明確讚賞她在這件事情上的態度，他似乎知道她需要人肯定與支持她的想法。

他那句「我捨不得這一對孩子」激起了她內心的悽楚：除了水荊秋，誰會捨得這樣一對孩子？旁觀者為孩子都動了惻隱之心，唯獨水荊秋要當惡人毀滅她和孩子們。他給予她最惡毒的毀滅。她將無能生育無能愛，倘若恨也無能，她那殭屍般的餘生，會無比漫長，無比蒼白。

「不周，我不知道，之後，我該怎麼活。我會每天計算孩子的天數，他們的出生日期，每年會記住他們長大了一歲，和誰的孩子同齡……他們不可能從我的生命中消失。總有一天，我會瘋掉，我會自殺，我會忍不住提把菜刀去砍他。」她說這些，聲音也無縛雞之力。

「我捨不得這一對孩子。我的意思是，我想當他們的父親。」他面對她，冷峻且不容置疑。

她聽得清楚，一點都不吃驚。她了解他，他做出這樣的決定毫不奇怪，她甚至早就設想過這一幕。她滿心感動，忍住眼淚，不假思索地回答：「不，我才不成全你。」

謝不周說道：「旨邑，你又刻薄我了。」

旨邑沒想到謝不周立刻領悟她的意思，本想接著說「你是要在我這裡懺悔，彌補呂霜，彌補你過去對別人的傷害」，猛然覺得過分，她不忍更深地刺傷唯一守在她身邊，呵護她的謝不周，他是她的依傍。

「不周，我已經想清楚了。明天，你先陪我去廟裡燒香，後天去醫院。」她變得溫順。

「在我心目中，你和孩子比什麼都重要。」謝不周有種奇怪的痛心。旨邑在軟弱的時候，還要長出強大的刺。他真的不希望她總是堅強，總是理性。她太冷靜，毫不猶豫地予以拒絕他的愛——並非狹義的愛。她不單拒絕他當孩子的父親，也拒絕了期盼。他想照顧她，呵護她，在她困苦的時候，不離開她。

「我希望我就是你墳頭的白色野菊花，日夜開放。」謝不周說道。

她安靜了。

他沉寂了。

白色野菊花開在他們的腦海裡。

「你要知道，人常會因美德而受到最嚴厲的懲罰。」她說話了。她想到她對於水荊秋而言的「美德」，以及面臨的後果。不過，她並非為了「美德」，因而也不需要歌頌。既然他躲了，她找不到他，她也不必想方設法告訴他，她決定去屠殺他的孩子了。既如此，就讓水荊秋終日生活在懸而未決的驚恐裡，讓他和他的聲譽，如履薄冰。

謝不周的頭痛病犯了，極力忍耐與掩飾。他翻茶几上的書，胡畫亂寫。

她則躺下去，翻《唐三彩》。阿基里斯趴在一邊，眼睛在她和他之間轉來轉去。

窗外飛機轟鳴聲隱約，低飛的飛機信號燈閃爍，即將降落黃花機場。水荊秋說，直抵她的老巢。她記得，她求他來長沙看看懷孕的她，當面談談。他說他沒有錢。她幾欲氣絕，他居然如此看低她，好像她在敲詐他。她怒不可遏，說道：「水荊秋，除了你的聲譽以外，你有什麼可敲詐的，錢嗎？我真的比你多。我在乎你窮嗎？我介意你已婚嗎？你不過來看我，是錢的問題嗎？我要求你帶一百萬來嗎？好，我寄錢給你，求你過來看我一眼怎麼樣？」

旨邑現在明白，水荊秋一早就打定主意，對她甩手不管。

他們之間有個奇怪的規律：旨邑越意識到水荊秋的卑鄙齷齪，她的痛苦程度就越輕。

儘管談話期間，水荊秋也曾流眼淚，也曾悲傷，但他的殘忍和卑鄙一直掩蓋在激情和眼淚之下。她認為，他的眼淚是為他自己處境流的，他根本不在乎她的死活。

《聖經》言，惡人必因自己的惡跌倒。她期望如此。

謝不周仍在劃寫。背影異樣憔悴。

「美德可能會變成愚蠢，愚蠢很容易變為美德，愚蠢到神聖的程度。」旨邑為他心疼，自言自語以期引起他的注意，希望他能繼續談點什麼。

他頭也不抬，似乎已經沒什麼好說的了。

然後，他問她明天幾點去燒香，得到答覆後，起身走了。

他走後，她看見他劃的東西，竟是給她的一首詩：

頭朝上，腳朝下，來回扯
我們都擅長
在冬天生火
在夏天繼續生火
孤獨的時候剪指甲
你瞧，這裡有一朵蘭花
長到璀璨時，她就成了罌粟
長到失語時，她就意味著
這個世界的確需要一副毒藥

人吃飽了，厭惡蜂房的蜜；人饑餓了，一切苦物都覺得甘甜；隨劇痛而來的任何疼痛，都無足輕重。旨邑當時與秦半兩擦肩而過只是遺憾，現在無奈放棄他，也不覺得疼，她的痛苦完全在於孩子。謝不周走後，她開始哭。整個晚上眼淚洶湧不斷。倘若看到旨邑的哭，我們可以相信一個人的眼淚可以流成江河，一個人的悲傷將會永不停歇，一個人的絕望也許比大海更為深遠。

謝不周說他捨不得這雙孩子，為他這句話，她將對他終生感恩。謝不周完全拋開水荊秋，把孩子看成他的責任，如此荒謬而又頂天立地。她不能和他結婚，不想傷害另一個女人。她憑什麼拖累謝不周，憑什麼接受他付出一生的慷慨幫助。她想了一整夜，哭了一整夜，最終仍然只剩對孩子的不捨與愧疚。她的孩子，未出生便將罹難，這無聲的悲愴，永遠都是啞痛。她從未經歷過這樣的不捨之情，難以言傳，無以描述，只覺得將被掏空一切，靈魂、思想、情慾、快樂、痛苦，都將隨之洗劫一空。

早晨，她的眼睛腫得幾乎睜不開。謝不周陪她去燒香。從外面看見那香火繚繞的景象，她忍不住悲傷。那飄散的願望，那升騰的祈求，那芸芸眾生的苦難，是否有神靈掌控？她一見菩薩尊容，立刻熱淚盈眶，滿腹冤屈，長跪不起。她深埋頭，淚流及地。不為祈求幸福或快樂，只求寬恕她無能生養她的孩子，寬恕她的罪孽，如果可以，連那惡人也一併寬恕了吧。既然他愛那活在世上的兒子，並非十惡不赦，他必定會給自己套上無以解脫的心靈枷鎖，他將活在自己的地獄中。

謝不周退到一旁。最近因為旨邑的事，頭痛頻繁，服藥不像以前，收效甚微。他每夜起來去客廳吸菸，天剛亮便起床爬山，山頂上八面來風。對旨邑的心疼常使他忘了自己的頭痛。他知道，她嘴上嚷著要提把菜刀去哈爾濱砍人，暗底是打掉牙齒往肚裡吞。她是個聰明人，知道必然的結局。她不鬧不吵，不卑不亢，甚至姜太公釣魚，毫不勉強。她的聰明未必不是愚蠢。水荊秋將「惡人」的牌子往脖子上一掛，管它天下雨娘嫁人，橫豎不怕，畢竟有幾分市井潑皮的做法。按道理，知識分子更應講究章法與技巧，哪有他這樣長刀出鞘，拚個你死我活的。他是遇了連狗命都要救的旨邑，若將她換了別的女人，除非水荊秋躲到另一個星球，那女人勢必是要與他當面了斷的。

從廟裡出來，旨邑拉著謝不周的胳膊，舉步艱難，彷彿上斷頭台之前的怯懦與恐懼。她問，她會不會得到寬恕，活著還會受到什麼樣的懲罰。他抽出那條胳膊圍住她，說他第一次在菩薩面前許了願，有關她的未來。他們在台階上坐下來。枯葉落上她的頭髮。他拈到手裡，搓得粉碎。

有人在念大悲咒，悲滲肉體，力透雲層。

「菩薩會原諒我嗎？你相信生死輪迴嗎？」旨邑眼到之處，皆是伏地膜拜的軀體。真假難辨的和尚在兜售平安符。

「你沒有錯，也沒有惡。」謝不周拍拍她的背。劇烈的頭痛使他頭昏眼花。

「頭痛了？明天一定做檢查。」她發現他的克制。

「沒事，遺傳，我母親也常犯頭痛病。你沒事了，我的頭就不痛了。」他對自己很潦草。

三顆白色的圓形藥丸，是的，白色，不是其他任何顏色；圓的，不是方形，也非橢圓，更不是菱形。比平時常見的藥丸要大，藥片上刻著三個英文字母。她讀了一遍，不明白它們代表的意義。她不想去弄清楚這些東西，她只是藉此分散注意力，讓自己不那麼緊張。醫生要她在飯前空腹喝下它們，如流血過多，腹痛難忍以及其他意外情況時，馬上來醫院。當然，如果正常，三天後來醫院服下另三顆藥丸，孩子就會掉下來。也就是說，頭三顆藥丸，是用來殺死胎兒的。

水已備好，玻璃杯盛著大半杯開水。如果跳進去能淹死就好。醫生勸她手術終止妊娠，她不能忍受在手術枱上，叉開雙腿的恐怖，她無法把這血腥的場面與做那事分開。正如她做那事的時候，總會想起手術。任何時候她都會想到要避孕，可卑鄙的水荊秋卻懷疑她有意要受孕，懷疑她向他勒索，懷疑她用毀滅一生的代價來加害於他。她臨時改變人流方式，選擇吃藥。像服毒自殺。她聽到醫生對於一雙孩子的惋惜。她們當然明白一個女人落到這步田地的原因，她們見識過千千萬萬，她們早就熟練輕鬆，如從一堆種子挑選出壞掉的扔到垃圾桶一樣。新入行的生手很快便掌握這門手藝，閒下來免不了為自己驕傲，被同行讚美。

該死的、發達的、慘毒的墮胎成果，這該被詛咒的手術發明，因為它的先進、快速、方便，致使越來越多的人草率懷孕，迎合它的發展似的，紛紛躺上手術枱，或者服藥、麻醉。

該死的科學。

該死的合法墮胎。

謝不周像醫生那樣監視她，表情冷漠。

他的病人，患有智障似的，對著藥丸發呆。

他盯緊她，彷彿提防她把它們吃下去。

「不……這不是真的……我應該再等等……等什麼呢……等時光倒轉，死於高原車禍……等從噩夢裡醒來……孩子啊……我的孩子們，你們怎麼選擇了我……無能的我。我多麼自私，捨不得為你們吃苦，害怕你們把我的生活弄得一塌糊塗，狼狽不堪；我多麼虛榮，我想要你們是最幸福的孩子，最快樂的長大，上最好的學校，受最好的教育，可是我一個人做不到這些，也無能滿足我自己的要求。」

藥片在旨邑發抖的手心，潔白無瑕。它們不是清心丸，不是止咳藥，也不是感冒通，它們是殺手，全副武裝，就地待命。它們將潛過曲折的通道，直抵目的地，在幾小時內殺死全部的目標。那一雙孩子，尚不知大難臨頭，心臟還在有力地跳動。他們在夢中，躺在他們信賴的子宮裡。

「孩子啊，我欺騙了你們，辜負了你們。我為什麼一定要這麼做……我為什麼沒有勇氣，這麼軟弱……你們是人，兩個人，我不想你們看到人世間的虛無，我不能懷著離開世界的心，卻將你們留在世上……那卑鄙的人類，醜陋的情感，自私自利的行為……那善人行惡，惡人披著羊皮，虛無委蛇……我找不到快樂的理由帶你們來到世界上。孩子啊，我的孩子，原諒我，原諒我吧！我聽到你們的哀鳴，它撕扯我的心。我是殘忍惡毒的母親，我是可憐卑賤的情人，我活該遭到唾棄。我恨自己不是畜生，擁有自然拋下你們的權利。我恨自己性同牲畜，張嘴咬死自己的孩子。老天爺，原諒我吧！請不要看著我，請不要惱怒，請替我追問那惡人，他躲起來，是否心安理得。這一刻他在哪裡。老天爺，不要譴責我，我愛我的孩子們。」

她慢慢抬起手心，滿面淚水無聲無息。她緩慢地、訣別似的看著他，他以為她猶豫了，要放棄吃藥了，內心欣喜若狂，正欲給予鼓勵，她竟以迅雷不及掩耳之勢將藥丸往嘴裡一灌。他反應慢了，只攔住一條手臂及那空了的手心。她已經嚥下去了，驚恐地望著他。他絕望地扭轉頭，一拳擊在牆上。

與此同時，陰霾的天空忽然一道閃電，雷聲大作，風兇猛地撕扯陽台的花草。房間灌滿了風，茶几上的書頁被快速地翻閱，懸掛的東西搖晃，活動的物體滾動。門砰地一聲，被粗暴地關上。她退到牆角，彷彿被風吹過去的。驚恐，戰慄。她左手停在小腹，慢慢地摸索，似乎要尋找孩子。忽然，她雙手抱住小腹，朝他喊道：

「不周，快救我，救我的孩子！我不想失去我的孩子！天啊，我都在幹什麼，我都幹了些什麼！我的孩子，救救我的孩子啊！」

她幾乎是跌向他。他二話不說，抱起她就衝出門去。

一道閃電，一聲炸雷，暴雨訇然傾瀉。烏雲漫天翻捲。

然而，才進電梯，隱約的腹痛感便來了。孩子在疼，在掙扎，在呼救。無可挽回的悔。從謝不周無力的雙臂中分離出來，她面向牆壁，不斷用頭部撞擊過去。

他們默默地回到她的房間。莊嚴肅穆。電閃雷鳴。

她的心已是一個巨大的祭壇，他是唯一的弔唁者。

持續但不劇烈的腹痛。她不斷地想：孩子正在死去。這個緩慢的過程，好比凌遲酷刑，千刀萬剮她心頭的肉。沒有什麼比這種見死不能相救更痛苦、更絕望。後悔之刀，將每一處傷口鑿向縱深；悔恨是鹽，遍撒她心頭的每一處傷口。她站在陽台風口，迎著閃電，如果老天爺是為此惱怒變臉，她不想偷生，她請求死，和孩子一起死。那個惡人在聽到她死亡的消息，他心中的石頭一定會落地，日夜惶恐的警報得以解除，他一定笑著舉起他活在世上的兒子，在屋子裡轉圈。他一反常態地對梅卡瑪親熱有加，後者為此莫名其妙。他一定將她們三條人命的死期當作類似生辰或結婚的紀念日，每年彈冠相慶，忘了他活在世上的兒子與她罹難的胎兒一起成長，忘了他活在世上的兒子永遠有兩個活在陰間的兄弟（姊妹），同父異母。她發誓，在她停止恨他前，絕不將這個消息告訴他，讓他在恐懼與擔憂中度日如年，在兒子與梅卡瑪面前如坐針氈。

加劇的疼痛使她額頭冒汗，面色蒼白。噁心，嘔吐，痙攣，身體的血跡。她看見孩子的生命在融化，一點一滴。那是她在啼血。

謝不周把她放在自己的腿上，擦汗、餵水、無言相慰。他臉色哀漠，彷彿面對臨死之人。他知道，她正在這靈與肉的慘澹中遠去，當她「死」去「活」來時，她將脫胎換骨。

她渾身疲軟無力。她將手攤在身體兩側，再也不敢觸摸腹部。對於他們的尖銳呼救，她已是置若罔聞。或許他們已經死了，那裡是一雙孩子的屍體。她的子宮，僅僅是他們罹難的現場。他們的父親借刀殺人。那一雙孩子的血，將灌滿那惡人的茶杯，盛滿他的湯碗，在他淋浴時從龍頭裡噴灑出來。他生活中的每一處，都將有這洗不掉的血腥。

仍是時緊時慢地疼。突然，一種奇怪的舒適感出現了，一直覆蓋的噁心感就像捂著她的被子被掀起來，食慾之窗隨之打開，她產生強烈的饑餓感。

與此同時，謝不周的腿感覺她緊繃的身體鬆弛了，頭往一側耷拉。

「旨邑。」他的心一沉，以為她暈過去了。

她睜開眼睛，轉過頭看著他，氣脈悠悠：「他們死了。」

旨邑的確感覺到孩子的死：彷彿握緊的拳頭緩慢散開，她的身體一陣舒暢。她確信，這舒暢的瞬間，正是孩子氣絕之際。她產生了強烈的食慾，小腹墜痛使她無力動彈，停放屍體的子宮不堪重負。

「寶貝。」謝不周突然改口，心痛難忍。他這麼叫她，便是對她最貼心的回答。

她並不吃驚。她知道，她是他的寶貝。

「我好餓。」她說。像剛剛睡醒的戀人。

「最想吃什麼？」他問。

「口味蝦，辣椒炒肉。」她的臉上浮現慘澹笑容。

「太辣不行。你要答應，用開水涮過再吃。」

他神情嚴肅。她點頭。當生命像退潮的枯灘，被洗劫一空時，謝不周用他那張塗滿冷漠的面孔，給她最具力量的溫情。她知道，這不會轉瞬即逝，在她「殘疾」的餘生，他將是她的枴杖，是她的鞭子，是她一眼望不到頭的、無法實現的幸福。

宛如一片虛弱樹葉，在秋風中瑟瑟向前。僅臥床休息了幾天，旨邑決定瞞著謝不周出門。走在路上，她才發現身體柔軟無力，好比是風在推動身體，她感覺不到自己的重量。兩天前，因為藥物的失敗，她最終還是躺上了手術枱。由於血流不止，不能使用麻醉，她恐懼的肉體疼痛，最終仍如冰冷器械擺在她的面前。它們進入她的身體，做愛的劇烈痛楚。她汗水濕透衣背。水荊秋的汗滴在她的臉上，變成她的淚水，四處滾爬。他面孔扭曲，神情模糊，毛髮如馬鬃揚起。他揮鞭疾馳。沒有比子宮更脆弱的器官，它像把握快感一樣抓住疼痛。那生命的溫床，廝殺狼藉，血流成河。

我愛你，我也愛你。至少插入了四根鐵器，彷彿在鑿鬆結實的水泥地面，一齊用力，撬起一塊巨大的石頭。我痛！太痛了！白熾燈光刺眼。那橘色柔和的色彩哪裡去了。那說愛我的男人哪裡去了。（醫生，還要多久？快了！）水荊秋，你是畜生！禽獸！我恨你！我受不了，讓我死吧！這句話，在手術枱上與在床上說出來竟完全一樣。

下了一趟地獄上來，人間的煙火還在。男女之情從體內消失了，色彩從眼裡淡去了，慾望散了。「問題」徹底解決了，留下的問題比解決的問題更大。一個人，身體裡只有自己，嚼這無味的後果，橫豎已無所謂。巨大的空洞望不到頭，在這虛無中，眼淚無力浮起痛苦之舟。悲憤無風，是時候面對秦半兩了。

旨邑走在路上，手在風中痠痛，她將它們裝進口袋。風侵襲她的身體，全身痠痛，她不知道該把自己藏到哪個溫暖的地方。對風的敏感，使她恍惚已是風燭殘年。她想，我廢了。無論從哪個角度來看，她的確廢了。體內不再蘊藏生機。生機勃勃的春天，完全掉進了泥淖。一個不能生長孩子的子宮，形同虛設。她想到怎麼對秦半兩言說，她為什麼不能和他一起。

她是風中的蠟燭，顫顫巍巍地燃燒。淚順著肢體流到根底。慢慢耗盡自己的能量，走向秦半兩的畫室，在他的畫室門口驟然熄滅。大風吹滅蠟燭，也能吹旺一堆大火。她注定要被吹滅。不，是摧殘。她感到自己的下半生，正合了杜甫的詩句：將村獨歸處，寂寞養殘生。

「在我的冬天你不要離開我好嗎，我的枝頭開著火花請不要吹滅它。我愛你愛得雪大了，滿身寒冷誰拍打，我想你想得雪化了，滿臉淚水誰來擦……」謝不周車裡的音樂。她不喜歡煽情的流行歌曲，但曾為這支歌曲動容。

又一陣風，瘦痛入骨。激起她對水荊秋的怨恨。她裹緊黑色風衣，頭髮拍打衣背。秦半兩令她冷靜，冷靜如赴死。通向秦半兩畫室的路，不再令她興奮緊張。對路上的一切視若無睹。快到畫室之時，她接到原碧的電話，突然對原碧滿懷歉疚，她像個臨死之人，對和她關係似近還遠，同時又不無戒備的原碧產生前所未有的好感——她意識到原碧是她唯一走得最近的同性朋友，而她們彼此幾乎從未坦誠相待。她寬恕了原碧的心計，寬恕了原碧對愛的手段。她原本就沒有理由埋怨原碧，當時是她自己放棄秦半兩去了哈爾濱。

原碧對旨邑說，稻笫這些天找不到她，老打電話來問。風吹得旨邑手發抖，她感到握不牢手機，隨時會掉下去，便告訴原碧，晚點再打電話給她，末了又叫原碧直接到她家裡來，她想和她聊聊。

到秦半兩畫室門口，她果然燃成一堆殘燭，燭心已滅，只是漆黑。門開著。她在大門上留的字，經過雨水沖洗，更加清晰。她才看見，她使了那麼大的勁劃寫那幾行字。她悄無聲息。落葉墜地，在腳底盤旋。恍如隔世。隔世之門敞開，他在裡面，他在畫她。他們第一次見面時，她正是那副裝扮：頭髮隨意盤在腦後，耳環如稻穗長垂。衣著綠底玫紅花，繡花圓領，喇叭袖，袖邊繡花與領口相同，收腰闊襬。畫中的她站在窗口，垂下眼簾，注視手中的青色玉鐲，神態既認真，又閒淡。窗口投進的光線，勻淨溢散，一種看不見的溫柔籠罩。背後的古玩櫥櫃擺設簡潔。畫面顯得單純而豐富，寧靜又生動，理性卻也詩意，他說她就是這樣的人。

她發現，她不如畫中人美。畫中人那般鮮活（他仍在她的腮部著色），而她是如此破敗（害蟲仍在啃噬她的肌體）；畫中人眼露春色，而她則滿目瘡痍。她身體的那團陰影慢慢靠近他，慢慢將他覆蓋。直到陰影停在畫中人的臉部，他才發現異樣，停了筆，回轉頭來，被幽靈似的旨邑嚇了一跳，轉而又是一喜，既而卻又一驚，喜的是他畫的人回來了，驚的是畫中人竟削瘦如此，腮部的胭紅也蕩然無存，並非那麼春意盎然地對他搖枝晃葉，她憔悴虛弱，分明是在病中。

他看著她，一言不發，彷彿在凝神觀察該在哪裡著色，在哪裡添彩。

她站不穩了，逕自在扶椅上坐下來，暗自喘氣，咳了兩聲。

他很快蹲下來，伏在她身邊，說：「旨邑，你病了。為什麼不告訴我？」

「告訴你有什麼用？你又不是醫生。」她看見他戴著她送的玉觀音，苦笑。

他既氣又急，要立刻帶她去醫院，幾乎要把她從椅子上抱起來。

「現在已經沒事了。」她抓住椅子扶手不放。她知道，接下來要對他撒謊了。她鄙視自己。她要隱瞞自己那不光彩的烙印，掩藏已婚男人給她留下的醜陋與傷痛，又要顯示對眼前人的深情與無奈。多麼虛偽，多麼做作。只可惜她眼淚流盡，眼睛乾枯，不能為眼前人略有濕潤。她看到桌上一份策劃，知道他要去北京辦畫展，想移開話題，秦半兩卻緊緊地抓住她的問題不放。

「我真的沒事了，已經動了手術，需要一些時間調養恢復。」有一剎那她不想撒謊，她差點直接告訴秦半兩，她心裡懷著對他的愛，體內卻懷了另一個男人的孩子，請他鄙視她，唾棄她，忘記她。然而，她恥於說出，於是為自己這尚存的廉恥感到羞愧，同時清醒地意識到，孩子的死並沒有置她於死地，對一切，她並非心如死灰。廉恥感將逐漸復活成生的意志，慾的能力，它必將成為龐然大物，馱著她奔向正常生活的廣場，去那裡調情與歌唱，與其他快樂的女子毫無區別。

秦半兩這才明白，旨邑並沒有去淘古玩，而是躺在醫院。他認為她不該獨自承擔病痛，他那時應該在她身邊，守護她。

見他不問病情，只是滿面愁容，她反而緊張，謊言與真相在心裡衝撞。她無法阻止它們的鬥毆，她必須趕走一個，或者是謊言，或者是真相。她再也捕捉不到他身上散發的種馬氣質，他只是一個物體，她有責任對這個物體作出某種解釋。

「半兩，你不想知道我得的什麼病？」她問。

他說：「我只要你健康活著。」

「我不能和你在一起。」她說。

他望著她，無比驚詫。

「我得了子宮癌，切除了子宮。你知道這意味著什麼。」謊言從她嘴裡衝出來。真相獨守腹中。它們像被遺棄的孩子那樣令她痛心，在內心深處擁抱真相，嚎啕大哭。這難以承受的祕密，壓迫她，蹂躪她，她渴望說出來，如母親對別人講述孩子。

他震呆了。面對噩耗般，他慢慢站起來，彷彿劍擊手，瞄準噩耗身體的重要部位，要還以致命一劍。

然而，他放下劍，挪到她的後背，俯下身，從後面抱住她。她感覺到那雙手臂的猶豫與矛盾，先是如履薄冰，繼而找到重心般，慢慢加大力量，最後穩穩地圈住她。她知道這意味著什麼。她突然湧起對自己的滿腔仇恨，恨自己金玉其外，敗絮其中；恨自己糟蹋自己；恨自己將愛揮霍得一乾二淨。

他的臉緊貼她的頭部，她聞到他身上的油彩味。他身上的溫度就像一杯加沖牛奶的咖啡，還有方糖。她仍然想到她的孩子。他們雖死，卻已從子宮移到了她的胸腔，他們在她的靈魂深處張燈結綵，像清明時節繁華的墳頭。她的心，是孩子永久的靈堂。那裡永遠都開著白色野菊花，亮著油燈，或者漆黑一片。

「親愛的，我的傻女孩，你該告訴我，讓我在你身邊。我愛的是你，不是你的子宮。你依舊是我完美的愛人，迷戀的愛人。親愛的，我不想要孩子。我說過，我要帶你看遍世界上所有的墓地和博物館，我們的一生，是我們自己的，比任何人都幸福。旨邑，相信我們。等我辦完這次畫展，我們就去看馬丘比丘古城。」秦半兩的臉貼上旨邑的臉。他的滾燙，她的冰冷。

旨邑做夢都想去馬丘比丘之巔，看那單調的石頭構築的豐富世界，在她墮入虛妄的深淵找不到理想的彼岸時，它將給她怎樣的衝擊與洗禮。然而現在，她感到秦半兩的話像一隻幸福的鳥，在她的枝頭停落片刻，便展翅飛走，留下枝椏空虛地顫抖。她無法帶著愛情去那麼遠的地方，她只能獨自上路。

「以後，你也會想要孩子的。」她的聲音低得只夠自己聽見。

「我很了解我自己，旨邑，我們就活自己，讓別人生孩子繁衍去吧。相信我。我爺爺說，那枚秦半兩是贗品，但是……」她並沒有聽他說話，只想爬進廢紙堆裡藏起來，和他的垃圾一起，被他隨便處理掉，「……我是絕對真實的，不信你摸。」他用捏著古錢幣的手抓起旨邑的手壓住他的心跳。她掙脫不了，他的心臟有力地衝撞她的手心。她彷彿看見蒼翠的安第斯山群山圍繞的古代石頭建築，急流從多少個世紀以來被侵蝕、磨損的城堡處飛瀉而下。

「對不起。」她仇恨似的堅定起來，跌撞著離開畫室。

她聽到秦半兩在後面喊她，他不會放棄愛她。在洗劫一空的災難面前，愛情如大海上漂浮的小舟，無法承載她沈重的痛，深刻的恨。她無法再談愛情，她需要面對自己的問題。眼淚已經流盡。只要有恨，就不是行屍走肉。恨隨風向轉。才出校門，斜風細雨中，旨邑的恨轉向了水荊秋。她始終無法相信，那個溫和的教授如此決絕。她也不知道，這期間，教授又因國際聲譽，在美國做了短暫的逗留。

她見那手挽丈夫的妻子，想起那丈夫心底的祕密。她恨那妻子的輕賤，在丈夫面前拋甜賣媚，搔首弄姿。她想那當妻子的，是她們的信任，縱容了男子的背叛；是她們的忍讓與寬容助長了男子心中的惡。從這個角度來看，水荊秋是梅卡瑪的受害者，使他向她伸出魔鬼的惡爪。旨邑恨那天下的妻子，恨梅卡瑪，她一直恨梅卡瑪，只是從未恨得這樣具體，這樣深刻，這樣理由充分。從前，恨她不用心照顧水荊秋的生活，讓他穿超短裙一樣的內褲，恨她不給他做飯，讓他經常吃速凍食品；恨她霸占他，卻不體貼他，讓她滿腔愛情，全無用武之地；恨她對他的管制，從金錢到時間。現在，又恨她裝聾作啞，太陽照常從他們塌了半邊天的家裡升起。恨梅卡瑪在水荊秋身邊，不相夫，不教子，也能讓水荊秋拋棄她的一雙孩子。

旨邑不能讓梅卡瑪沉浸於幸福當中，哪怕是虛構的幸福也不行。她必須告訴梅卡瑪，揭穿她的處境，告訴她，她溫和有學問的丈夫水荊秋已經和別人有孩子了。她曾經想過用流氓式、黑手黨式，或者口誅筆伐大字報式去損毀水荊秋的幸福生活。如今她決定借梅卡瑪之手，擊毀水荊秋，讓他們自相殘殺，最終分崩離析。只有水荊秋的痛苦才能減輕她的痛苦，減輕她的仇恨。他必須和她一起下地獄。

梅卡瑪是她天生的敵人。既是敵人，總會有決一雌雄的時刻，總會有你輸我贏的區別。

如何找到梅卡瑪？旨邑想到稻笫。在打電話給稻笫之前，她頗多顧慮，是窮途末路使她孤注一擲。沒想到稻笫熟悉梅卡瑪這個人，說她是他們學校附中的音樂老師，她的丈夫水荊秋，是哈爾濱有名的歷史學家。稻笫問旨邑怎麼會想找梅卡瑪，旨邑含糊其詞。稻笫立刻猜想旨邑的哈爾濱情人就是水荊秋。旨邑矢口否認，稻笫嚴肅地說：「水荊秋曾以歷史的名義搞了我們系裡的一位女生，最後還是由梅卡瑪出面解決了這件事情。」

旨邑一驚，她不願意相信。稻笫接著說道：「我本該替水荊秋與梅卡瑪保守祕密。但是，旨邑，我希望你看到真相，為了保全婚姻，那些家庭中的男女，什麼事都幹得出來。」稻笫囑咐旨邑，找梅卡瑪並非好主意，吃虧的將是旨邑自己。稻笫沒有用「自取其辱」這個詞。旨邑說沒什麼大事，談不上吃虧。她心底認為，沒有什麼好主意和壞主意，只存在她願意和不願意，至於吃虧，她已沒什麼可虧的了。

稻笫說千里冰封萬里飄雪的冬天就要來了，她希望旨邑能來玩一玩，她會帶她去滑雪，從山頂俯衝下來，比飆車還刺激。旨邑說那回飆車事故讓她心有餘悸，她情願死，也不想變成殘廢。她說到「殘廢」二字，把自己刺痛了。她想到一雙孩子，想到割肉的苦。她和孩子一起，魂飛魄散。她已經不是正常人，永遠不可能做正常人了。孩子永遠在她的行囊裡，她獨自帶著這沉重的祕密旅行，不知道哪座山頭可以埋下她的孩子，埋下她的痛苦，埋下她的悲傷感情。

「我畢業後到長沙工作，等我來照顧你吧。笨丫頭！」稻笫說道。

從秦半兩的畫室回來，旨邑便病倒了。或許是受了風寒，頭痛低燒，咳嗽，呼吸困難，舉箸無力。藥流與清宮手術對身體的摧殘，就像風拔起了幼樹的根，樹的葉子立刻萎蔫了。假如重新將根埋進泥土，細心培育，幼樹或能很快恢復生命與活力。然而，對於一棵經歷過風雨成長的樹，一旦遭受巨大的損傷，很難在短期內恢復，即便還活著，在那裡生長，也是殘枝敗葉，斑駁不堪，誰也不知道，它需要多少年的陽光雨露，需要多少次的春風撫慰，需要多少個漆黑夜晚的自我療傷與拯救，才能笑迎風霜，傲對冰雪，才能春花秋月，歌舞平陽。

大災逢小疾，多病更脆弱。身體的每一種不適，都激起旨邑對水荊秋的怨恨。她不關心自己的身體，她不吃藥，不照料自己，只是對它的衰敗感到恐懼與無助。她依賴謝不周。她對自我的放任自流彷彿是一種撒嬌，她需要謝不周法西斯式的關懷，強制、命令、隔時審訊檢查。她是他的一隻小寵物，完全順從他的餵養與教育。他要她像豬一樣，吃好睡好，養好，無論是身體還是內心，一定要盡快結實起來，強大起來。

旨邑不知道，是什麼東西將謝不周推到她的生命裡，彷彿他專為她的災難而生。

謝不周知道旨邑出去吹了風，痛心疾首，幾乎要大發雷霆。然而，無論他怎麼嚴厲批評她對生命的態度，怎麼責怪她，她都不以為然。她想生命是自己的，她愛怎麼對待，是她的事情。人生是自己的，她愛怎麼走，誰也管不了。

「我很心痛，你不僅在傷自己，也在傷害我。」謝不周說，聲音低到似乎不願意讓她聽見。

她聽見了。一字不漏。她吃驚地看著他，看著他做那最荒誕表達時的樣子。他的確在傷心。死死地盯住地板。鬢角突然冒出幾根白髮。耳朵在傷心，背對著她，沉默不語，整個身體都在傷心。燈芯絨夾克衫的背影，透出憂慮、焦灼，甚至頹喪。他站在那兒，彷彿一棵黑夜的樹。

她像一隻困倦的夜鳥低下了頭。這隻夜鳥棲息在夜樹的附近，不敢靠近，即便那樹上有最舒適、最安全的鳥巢。牠不敢侵犯一棵樹。信賴、舒適與親密，往往刺得最深、最痛、最難痊癒。裸露在黑夜裡，同在黑夜裡的一切都是軟弱的。不是牠不相信一棵樹，而是牠失去了相信一棵樹的能力。

她的一隻手被謝不周烘熱，另一隻手被水荊秋冷卻，放在同樣的水中，隨著兩個不同器官的傾向，感到水溫既冷又熱。她對生命與未來感覺同樣如此。水荊秋使她下墜，而謝不周讓她上升，她正經歷謝不周寫的「我們都有顛沛流離之苦，頭朝上，腳朝下，來回扯」，她依然不知道該如何面對生活。

她不願傷害這個對她像「前夫」一樣的男人，這個視她為「前妻」的男人，為了她的快樂與健康，不遺餘力。

「我知道錯了。我會照顧好自己，準時服藥，吃好睡好，像豬一樣壯實起來。」夜鳥夢囈。四周是悄無聲息的風。

「我要你有真正積極的心態，積極對待自己的身體、人生。過去的已經過去了，現在和未來才是最重要的。」風搖動夜樹，發出清晰而堅定的聲音。

「我不甘心，我真的不甘心。我不甘心……不甘心。」夜鳥反覆哀鳴。緊縮一團，瑟瑟地抖。牠已經沒有足夠的能量溫暖自己。牠被奪走了一切。牠害怕天亮，牠情願待在這永遠的黑夜。待在這棵樹枝上。白天的生活景象、噪音，都在告訴牠，歲月漫長。牠想到那隻惡鳥，那隻在不同世界裡活著的惡鳥，正在幸福地度過。牠討厭以德報怨，即便是以惡制惡，也強甚於此。總認為自己是最不幸的人。

「旨邑，只有弱者才會想去報復。你知不知道，那是報復自己，是加重你自己的挫折。不要總認為自己是最不幸的人。」他例舉了生活中幾種遭遇慘痛的故事。

「我太軟弱，太自私，太害怕，我對不起我的孩子。我後悔，我應該生下他們。我受不了，那血團每時每刻都在我眼前晃動。天都怒了，不是嗎？」她又掉進自責與後悔的井。

他將她撈起來，平放在床，蓋好被子。過了一會，說道：「其實你很勇敢，也很結實。你知道你無法給你的孩子未來。所以現在，你要堅強，要走好自己的路。慢慢忘記這些。等你恢復了，我們去走遍西藏，想走多久便走多久。」

「史今怎麼辦？」她時刻警醒，總是戳穿他的好意。她從不配合別人，做詩情畫意的描述，也不與浪漫唱和。

「有的女人像道德，總是小心翼翼，膽戰心驚，你從來不屬於此類。我記得你說過，你是科學一樣的女人，總愛把事情弄得水落石出。我告訴你吧，史今有她的獨立空間，有做不完的期貨、證券分析，我和她互不依賴。你知道，我最擔心的是你，你像個孩子，不會照顧自己，愛和自己過不去。你讓我著急，心痛。你什麼時候讓我放心了，我也就不在你的視線裡轉了。」她逼他說出這些話。

其實，她在處理整個事件的過程中，一直是理性的，儘管那理性偶爾顯得冷漠無情，像現在，又顯得這樣刻薄無趣，非把男人往窘境裡逼。他的頭又痛了，如錐刺。他下意識地雙手捧頭。

「頭痛嗎？對不起。」她撐坐起來，頭暈目眩。她示意他將頭靠在被子上（被子下面是她的大腿），她給他按摩。

他眉頭緊皺，說他不接受病人的服務。她將他扳倒，讓他仰面躺好，才發現不知從哪裡開始，彷彿面對一片廣袤的土地。他抬手在她的腦袋上按了幾下，以做示範。她學會了，仍然不知如何下手。這時候，她變成道德一樣的女人，小心翼翼，膽戰心驚。她從沒摸過他的臉，從未在這片遼闊的土地上耕耘、播種和收穫。她看著這張雙眼緊閉，眉頭緊皺的臉。

他半睜眼，見她雙手懸在空中，說道：「你是不是想掐死我？」她的手便落下去，輕輕地掐住他的脖子，然後很自然地移到他的頭部，按照他示範的那樣揉按。她摸到他的髮質，他的額頭，觸到他頭骨的堅硬與肌膚的溫度。恍惚覺得他屬於她。這片刻她忘了孩子，忘了怨恨，忘了所有的災難，她的全部愛意與憐惜都傾注於眼前這張臉上。她手上的動作越來越慢，越來越輕，手指不堪重負，手掌落上肌膚，不能動彈。他的手伸上來，壓住她的手，她的手便完全貼在他的臉上。彷彿夜鳥鑽進了樹心，躲在濃密的枝葉底下。一切都靜止不動。所有流浪的，都有了歸宿。夜變得毫無負擔。

「痛得厲害嗎？」她問。她必須說話，一隻夜鳥的熟睡是危險的。她必須說話，一隻夜鳥不可能帶著流血的傷口向溫情妥協。

他打開眼睛，彷如黑夜的兩道強光射向她的臉龐。她趕緊偏過頭去，強光擦過她尖巧的下頜。

「你該吃藥了。」他說。他坐起來，似乎有點暈頭轉向，又倒了下去，感到視線模糊。

人受自我的奴役，不僅受低劣的動物本能的奴役，也受美好天性的奴役，在旨邑這裡，還受仇恨的奴役。時間一天天過去，水荊秋沒有任何消息。他在她的感覺中成了一個謎。她看不見他痛苦的樣子，甚至記不清他的五官，他在她的想像中總是獐頭鼠目，形容猥瑣。也許他正在為一個遠方的女人，一個女人即將隆起的肚子焦頭爛額。他所懷的祕密就像胎兒，隨著日子的增長而變得越來越重。它使他噁心、厭食、面色蠟黃。他唯有等待祕密流產或臨盆的瞬間。他的沉默隱匿只是加重旨邑的恨。她恨他不過來求她，也許事情在他的生活中遠不夠嚴重。也許他有過類似的遭遇，曾以同樣的方式成功處決。

旨邑發現，精神折磨不能毀壞他的現狀，不能影響他幸福的家庭生活，甚至這根本算不了什麼，只不過是他生活當中一個小插曲，小驚嚇，小刺激。她仍然想有所作為。夜裡，她設想了各種報復的細節安排，包括水荊秋的結局，自己的後果。仇恨覆蓋了其他所有的情感。離開秦半兩並沒使她特別難受。程度較小的任何性質如果繼程度較大的性質而來，它所產生的感覺便好像小於其實在性質的感覺，有時甚至正好像是相反性質的感覺。跟隨劇痛而來的任何輕微疼痛，似乎毫無所有，甚至成為一種快樂；正如另一方面繼微痛而來的任何劇痛，使人加倍感到痛苦和難堪。她甚至對與任何人組織家庭充滿唾棄。白天，她又推翻了夜裡的設想，陷入矛盾之中。她每日面壁發呆，機械吃藥，不上街，不會友，不去德玉閣，謝不周來看她就像探監，提許多好吃的，說許多積極的話，問她的飲食與身體。他在的時候，她似乎比較快樂，淡看了近在眼前的往事，步入生活正軌。

謝不周努力使她快樂，到處為她淘古舊書籍、古玩，以及適合旨邑佩戴的叮噹飾品。有一次，他在古玩市場淘到一隻玉豬：乳白色，捲體豬形，只用圓雕手法刻出豬頭、身形、大耳和大嘴，浮雕手法刻出眼和鼻的形狀，身上有陰線花紋，背影有一道凹槽，由頭頂通至尾部。謝不周戲說雖然醜得模糊，但似乎還配得上旨邑那只青色玉豬。旨邑拿過玉豬，豬的捲體與笨胖憨態只讓她想到胎兒，胎兒在母體中，正是這種捲體姿勢。她暗自疼痛不言。謝不周見狀，故意說玉豬非和田玉，也不是商代晚期的東西，雕刻手法仿得差勁，意思不大。他拿過玉豬，不願讓旨邑聯想起胎兒。旨邑說別把人想得太脆弱，玉豬於她，未嘗不是一種慰藉。

梅卡瑪的電話已經背得爛熟。對於是否聯絡梅卡瑪，旨邑反覆斟酌。她不怕梅卡瑪剽悍兇猛，只怕她柔弱善良、知書識禮。原本是和水荊秋之間的事，是否有必要傷害到梅卡瑪？但傷害是水荊秋造成的，並且已成事實，只是梅卡瑪不知情罷了。換言之，做為妻子，梅卡瑪有權知道真相。稻笫說梅卡瑪曾紅杏出牆，旨邑不願意將梅卡瑪認作淫婦。她想，那是梅卡瑪作為女人在追求愛情，那麼，梅卡瑪對她與水荊秋的感情有了理解的基礎。這並非旨邑所望，她不希望梅卡瑪原諒水荊秋，她希望梅卡瑪像謝不周的前妻呂霜那樣，憤然離婚。

在某種程度上，旨邑認為，她其實是可以與梅卡瑪做朋友的，她們完全可以敞開心扉，促膝暢談，相互交流女人經，談談各自對水荊秋的感受，以及和他在一起的細節，這有助於那做妻子的更深地了解丈夫，那當情人的更真地了解情人，這未嘗不是促進家庭和諧社會和諧一個良好因素。女人是女人的同類，同是感情受害者，女人有沒有必要相互仇視，忽略共同的敵人——那個欺瞞有術的男人？女人從不把男人看作敵人，即便是，也是親愛的敵人。女人的敵人是女人。旨邑又非常清醒地認識這一點。這也是水荊秋從不擔心她和梅卡瑪聯手與他為敵的原因。他不挑起這個戰爭，即便結局最壞，不管哪個女人敗給哪個女人，他都是做東的贏家。因此，梅卡瑪的私情，沒有任何利用價值，這只會減輕水荊秋內心對妻子的負疚——旨邑不想幫他卸下哪怕是一根稻草的重量。

旨邑不恨梅卡瑪了，內心生出與梅卡瑪姊妹情深的美好願望來。設想她們彼此情投意合，會有愉快的聊天，迫不及待的見面，她甚至想到與梅卡瑪一起分享祕密，獨將水荊秋蒙在鼓裡。這時候，她對梅卡瑪幾乎充滿嚮往與熱愛，彷彿梅卡瑪是她多年的摯友，她期待一訴衷腸。似乎能否與水荊秋善始善終，完全取決於梅卡瑪。

這個秋天的午後，旨邑睡覺醒來，平靜地撥通了梅卡瑪的電話。

「你好，是哪位？」梅卡瑪的聲音虛弱且蒼老、空靈，彷彿住在山洞裡。

「我……我是水荊秋的……女人。」旨邑沒有想好自己的身分，自己是水荊秋的什麼人？短暫尷尬後，她幾乎是膽怯選擇了「女人」這個詞。

「什麼？麻煩大聲一點，我寶貝兒子在搗亂，把他爸爸買的天文望遠鏡拆得七零八落，翻箱倒櫃找螺絲刀。」梅卡瑪笑著說，接著喊道：「兒子呀，先別弄了，等爸爸回來教你裝，啊？」

「我是水荊秋的愛人！」旨邑怒了，語氣硬了。

「愛人？噢，我不知道是哪一個愛人，叫什麼名字呢？」梅卡瑪似乎從床上坐了起來，她的情緒像發現學生做錯題的老師，和藹親切，並準備予以耐心指導。

「我……在長沙。我覺得你有權知道這件事。」旨邑以為梅卡瑪聽到「愛人」之類的詞會尖叫起來。

「小姐，你叫什麼名字？」

「旨邑。」

「兒子啊，別搗騰了，媽媽聽不清呢，來，用媽媽手機給爸爸打電話，叫他買把蔥回來，晚上給你烙蔥油餅吃。什麼，要吃媽媽做的？媽媽做的可沒爸爸做的好吃……哎，小姐，今年多大了呀？」梅卡瑪對兒子喊完，彷彿健忘的老人，拉著旨邑的手家長裡短。

「我懷了他的孩子，兩個孩子。我要生下來，他們都會姓水。」旨邑滿腹受辱怨怒，幾乎要隨手掐斷電話。

「爸爸已經在菜市場了呀……再叫爸爸買包胡椒粉，要不羊肉湯就太膻了……沒錯，爸爸是說今晚帶你看《汽車總動員》……好好好，媽媽也去。寶貝。」

旨邑忍無可忍，啪地摞了電話，呼哧喘氣，眼淚嘩嘩直淌。她這才發現，當她赤手空拳友好會談時，梅卡瑪綿裡藏針，荷槍實彈，彈無虛發。旨邑控制身體的戰慄，一會兒又責怪自己，睡了別人的丈夫，同情起他無辜的梅卡瑪來。然而她又轉而恨自己，她根本不是梅卡瑪的對手，尤其在這種對壘中，她完全沒有經驗應對。她不由想起水荊秋的好，他那些溫柔體貼，深情厚愛。他對她的愛情真實濃烈，她只覺肝腸寸斷，不禁對他說：「荊秋，你不躲我，不說那傷人的話，我完全能理解你，也能原諒你。你怎麼那麼傻，非要以這種方式來面對問題。」

她哭了一會，不回敬梅卡瑪不足以解氣，於是一個人對著牆壁罵道：「梅卡瑪，別持那高尚的語調侮辱人。我跟你說吧，婚姻是性關係的一種，以為你這妻子的角色如何神聖嗎？狗屁。其實你比我更清楚，你是個真正可憐的主兒，你瘋狗一樣的狂吠，那正是你內心再也無法遏制的哀鳴。婚姻只是娼業中一種比較時髦的方式，在娼業裡賣身的女子和在婚姻裡賣身的你相比，不過是價格和時期的久暫不同，再者是你受了法律的封誥而已。明白嗎？你不過是娼妓的同行，並且是不守同行公議而真正跌價的女人——你比娼妓更卑微，娼妓的地位雖卑劣，卻從沒有把自己的身體完全簽字賣絕的，你所簽的婚約卻是一種賣絕的賣身契；娼妓有她的自由和個人權利，你或許認為不足掛齒，而你連這點不足掛齒的也得不到。我毫不懷疑你『偷』人獲取慰藉的事實，因此，娼妓比你自由且光明正大得多。」

「我是徹底的自由人，我雖是那被你稱作丈夫（嫖客）的水荊秋的情人，我們是你眼中的狗男女，而我們純粹相愛，彼此給予，我們的愛情是我們心中高於塵世的一次再生。我和他一起睡過香港、上海、北京、新疆的酒店，我們的激情驚心動魄。你們結婚十年了吧，最後一次做那事是什麼時候？你知道。我知道。你們婚後，水荊秋在外面有過幾次長久不一的激情，他心靈上產生過怎樣的動蕩，我知道，你不知道。他最終仍在你的身邊，這不是愛。你知道，我知道。」

「我的確是同情和憐憫你的，你的『妻子』身分看起來固若金湯，高傲堅貞，你卻是最大的失敗者，受害者——你在進行自我戕害，你把『妻子』的尊貴弄得猥瑣不堪。水荊秋愛上我，是你的責任；我愛他，是上帝的責任；至於孩子，則是我和他的責任。可憐的你，不該站在道德的制高點，以龐大群畜統一的眼光來看待自己的婚姻與現實，來污辱我與水荊秋的愛情，我腹中的兩個孩子，他們會和你的兒子一起姓水，一起成人。」

旨邑感到自己像一座憤怒的火山，找到了突破口，並且噴出了濃烈的火焰。在說到孩子時，她手撫自己空癟的腹部，恍惚，心虛。想到總有一天，梅卡瑪將為她空虛的子宮感到幸災樂禍，自己終又垂敗於她，一切不過是自取其辱。躺在硝煙彌漫，滿目狼藉的戰後之地，旨邑再一次感到事情的荒誕與滑稽，她想自己真的瘋了。

現在，但願戰爭將轉移到水荊秋與梅卡瑪之間，讓他們如火如荼。

旨邑沉浸在與梅卡瑪的鬥爭氣氛裡，沒想到消失已久的水荊秋忽然來電。看到來電顯示，眼淚迅速盈眶。如果孩子還在，她會撲向救命稻草般接這個電話。孩子罹難，惡人的孩子，下了地獄。他們痛苦的哭喊，就是惡人們在人間尋歡作樂的聲響。她不敢接。她知道這個電話必定與梅卡瑪有關。她不知道他將說什麼，害怕她不能承受他說的內容。他躲了這麼久，他躲得住，一定是狗吃了他的心。他肯定要傷她，他還能怎麼傷喲，這輩子不會有更大的傷害。第二遍鈴響，她噙下眼淚，接了，水荊秋當頭棒喝：

「你太愚蠢了！你怎麼能給她打電話，怎麼能蠢到這個地步？你讓我怎麼說你啊？你把一切都搞砸了，全沒希望了！」

旨邑明白，水荊秋惱羞成怒，無非是因為家庭風波，手忙腳亂。但聽他談到「希望」，裡頭似有文章，心裡著急，沉住氣說道：「你躲得無影無蹤，什麼時候給了我希望？我找不到你，我只有找她。你要躲到什麼時候？你能躲一輩子嗎？有什麼希望，你在為我努力嗎？你不當惡人了嗎？」

「你做得過分了，現在說什麼都沒用了，這些天我經歷的事情，我不想說，說也無用，你不知道我的情況，現在我已經毫無辦法。」

「你倒說說看，你經歷了什麼？嘔吐？噁心？整夜痛哭？你懷著一雙被父親遺棄的孩子？面臨終身不育的災難？飽受屈辱與折磨？水荊秋，你置我們三條人命於死地，你與那活著的廝守快活。你就躲吧，看你怎麼躲過你自己。別說什麼你母親知道會自殺，父親聽到會心臟病復發一命嗚呼，把你三姑六婆的性命也扯進來，往我頭上壓吧，是我罪孽深重。我與我的孩子該死。就是變作鬼魂，也不會放過你。」

旨邑不相信，一個當定惡人後立即消失的男人，會暗自尋找所謂的「希望」。他的意思是：他在盡力，她砸碎了希望，她咎由自取。她想他卑鄙到出神入化的地步，充分利用她聯絡梅卡瑪的失誤來打擊她，來奪走她在整個事件中的審判權利。他終於給自己弄了一頂合適的帽子戴上，無須承擔任何責任，徹底脫身了。

「你盡可以把我想得差勁。我也不想表白。你生你的孩子，我也不阻止你。就這樣。」

「你是等我死吧。我死了，你繼續去打撈你的國際聲譽，風光之餘，偶爾人性一下，想想我們的這段小插曲，掉幾滴鱷魚淚，也算祭灑亡魂。但你放心，我和孩子會活得讓你看見。」對於水荊秋這種欲蓋彌彰的做法，旨邑只有惱怒。老奸巨猾莫過如此。她根本不相信他做了值得「表白」的事。她的幻想早已全線崩潰。

水荊秋說聲「旨邑，你太狠」便掛線關機，沉入湖底。

湖面平靜，波瀾不興。他又躲了，像鴕鳥將頭埋進沙堆。水荊秋該死的「表白」令旨邑倍感困擾。他為何不表白，以坦誠與仁慈，平息她心頭之恨？他為何寧可她恨，寧可她誤解，寧可背上惡人的罪名？這只能說明，他要表白的，不足以止恨、消怨，不足以洗脫惡人之惡。黔驢技窮，再蹶蹄子表白又有何益？他終究沒什麼可以表白，要伎倆而已。旨邑突覺好笑，她打算配合水荊秋將這個躲貓貓的遊戲玩到底。她願意相信他有所「表白」，因為這令她稍覺舒坦。她要心懷快樂，完成對不幸的報復，終結痛苦。

更多的時候，旨邑默默地回到自己，時常被那個電閃雷鳴的瞬間灼傷。梅卡瑪的侮辱是電閃雷鳴後的傾盆大雨。她沒想過傷害梅卡瑪，然而，梅卡瑪與水荊秋一樣置她於死地的態度，使她又將全部仇恨轉向水荊秋。如果不是他，她根本不知道世界上有梅卡瑪這個女人存在。她根本不屑與梅卡瑪這樣的女人一決高低。教授與這樣的女人同眠，他不能在她的身上練出崇高，更不能滋生善與仁。沒有什麼比他的精神更虛偽的了。他們兩具現代的、貌似高尚的軀體，各自懸掛著卑賤的、貪婪的、勢利的靈魂，組合成一片沼澤地、一個奪命的污水泥潭。

我們可以發現，旨邑在慢慢放下孩子的問題，從來沒把再也不能生育看作絕路，她甚至不後悔給梅卡瑪打電話了，她更期待看那個窩囊的、可悲的家庭，那對夫妻將如何隱瞞繼續演習美好人生，向他們的兒子呈現和諧與高尚，示範愛與善。她想，那無疑是部精采的戲。報復就是毀壞他人的幸福，他人越痛苦，她將越快活。當她心情好點的時候，也許會告訴水荊秋，梅卡瑪偷了情，偷了人，也算出手救助夾著尾巴做人的水荊秋，幫他逃離對家庭討好與贖罪的水深火熱。

阿基里斯近段顯得憂鬱，不鬧不叫，勉強吃兩口，就臥地不動。毛色變得粗糙黯淡，身體瘦弱。送去寵物醫院，醫生說牠沒病，勉強打了一針營養，沒見阿基里斯好轉。牠眼裡是牢固的絕望，比我們人類的絕望更令人揪心。旨邑被牠的眼神震住，感到自己歷此大難，遠無牠絕望中的雲淡風輕。沒有愛情，沒有災難，是什麼使一條狗走上絕望？旨邑感到，是阿基里斯自己在放棄生命。難道牠聞到屋子裡的死亡氣息，難道牠知道她屠殺了孩子？難道牠在對她失望，連狗命都救的主人，卻殺死了自己的一雙孩子？阿基里斯是不是一條狗？她摸著牠的頭，阿基里斯想搖尾回應，但力不從心，尾巴死了一樣，拖在地上，連平時最愛的排骨也懶得一嗅。旨邑毫無辦法，真希望阿基里斯能說話。也許牠厭倦了城裡的生活，她想送牠到鄉下去，到鎮裡也行，那裡沒有狗身限制，阿基里斯會在那裡找到新的生活。

旨邑正胡思亂想，有人按響了門鈴。門外立著一個短髮女子，職業女性的著裝，面容潔淨而又憔悴。旨邑一驚，以為是梅卡瑪，那女子卻說，她是史今。旨邑心裡立刻有股不祥之感。謝不周兩天沒來，也無電話監督她的飲食與服藥情況，他從未間斷把從醫書裡看到的滋補以及調養方法轉教給她，她猜想他出了什麼事，心裡迅速問他怎麼了，人只是立著不動，滿目驚詫。史今與她也似兩相熟悉，站在門外，幽幽說道：「他住院了，深度昏迷，難得清醒片刻，一定要見你。」旨邑聽了，頓覺兩腿發軟，無法站立。史今扶了她一把。旨邑呼吸受阻，氣喘不休，一陣急促地咳嗽。

史今開車，率先打破沉默：「他頭部的毛病很早就檢查出來了，不能手術，只能等待觀察。沒想到，病情突然惡化。已經晚期了。」

聽史今冷靜沉著地說出噩耗，旨邑心在焚燒，化為灰燼，滿街飛散。她從沒想過謝不周會死。自電閃雷鳴的瞬間之後，她完全倒下了，是他用他的力量撐起了她，打造了她，無論粗的骨骼、細的筋脈，還有血液。他是她的牆，她貼著他得以攀爬生長，伸向陽光。他走了，她不知何以立，何以爬，更不知何以面對他的空缺。她對他的依賴已深入肌體，根本不用去想那是不是愛情。她不相信謝不周會死，死是個荒誕的說法。他只是頭疼得厲害。

她忍不住看史今的手，這雙長期給謝不周按摩的小手，堅定地握著方向盤，手指修長，指甲剪得很淺，沒塗指甲油。如果這雙小手能再次使謝不周停止頭痛，旨邑同樣會愛上它們。懷著感恩之心，不嫉妒，不仇視，不刻薄。

此刻，她看著這群手指，不知該對它們說些什麼。無疑，它們是幸福的，它們奉獻了自己的愛。她看著自己的手，幾天前唯一一次落在他的臉上，也只是虛假的奉獻。手觸摸的並非他的頭痛，而是難以言傳的微妙情感。她感到那個瞬間撞痛了她：他的手壓著她的手，她的手心貼在他的臉上，漸覺發燙。誰會愛殘敗之身？災難尚未完全平息，旨邑不再有自欺欺人的幻想。她和他不像兄弟，不像「前夫」與「前妻」，甚至不像男人和女人，而他卻有巨大的力量引領她向前。

「我才失去兩個孩子。」旨邑沉默良久說道，「謝不周不會有事，他能挺過去。」

「你該答應和他結婚，把孩子生下來。他躺在醫院，仍在為你的這件事情遺憾和心痛。你要知道，並非他同情你。我也鼓勵他那麼做，並非我不愛他。我覺得愛是自由的，並非占有。我不想看到他憂傷。有時候，他太重責任，寧可自我犧牲與扼殺。他這個人，總是願意自己吃苦受累，為別人撐起一片天空。你身體還很虛弱，有什麼事情需要幫忙，儘管找我。他也會很高興。我是認真的。」

史今一直平靜，看不見悲傷。她說與前妻呂霜的離婚事件使謝不周頭痛加重，到他和她準備結婚時，便檢查出了頭部的病。彷彿每天都像是和他最後的日子，因此格外珍惜，她不管束他，只求把最快樂的生活奉獻給他。愛不是一張網，更不是讓愛人成為網中的魚。

「不必要因愛生恨，每個人有自己的苦衷，那個不要孩子的男人，我相信他已經全方位地否定了自己，他不能像從前一樣坦蕩，陰影將會像毒瘤一樣在他的心裡生長。可憐他吧，一個正派男人的下場，往往適得其反。如果他是個地痞惡棍，這種事情對他毫無損害。」

旨邑仍然看不出史今有什麼悲傷。

此時，惡人之惡從旨邑心裡淡去，另一個即將來臨的災難占據她的思想。之前，謝不周對她越好，她內心對水荊秋的仇恨越清晰，越突出，彷彿謝不周是面鏡子。她常常流著眼淚睡去，又會在夢裡哭醒。她看到她的命運寫在蒼白的天花板上，她悟到幸福不能療傷。只有新的、重的痛苦與災難，才能覆蓋舊傷。她生命中最重要的人是謝不周，是他把她從泥沼裡撥出來，水荊秋以及水荊秋之惡，遠在腳底。

史今坦蕩真誠，旨邑心生好感，想到謝不周與這樣的女子持續感情，原是有道理的，不覺相識恨晚，願意多說心裡話：「你不知道，是我太無能，我當時只想把自己毀得更徹底，我喪失了一切，自認無法給孩子陽光，沒有勇氣讓孩子來到骯髒的人群中。還有一個重要因素，就是我已經不愛教授了，或者我原本愛的是他的盛名，愛他盛名之下可能的豐富，愛他給我的愛情。當他選擇當惡人，我便清醒了。當然，他因此達到了他的目的。」

「我明白，人和樹其實是一樣的，他愈是要朝光明的高處挺伸，他的根就愈深入黑暗的地底，甚至伸入惡中。世界上有許多與你不相干的樹，就當他是其中一棵。就當偶爾路過那棵樹，被樹上有毒的毛毛蟲螫傷了。我理解你的痛苦。我也相信，一個靈魂為了承受這份極端的痛苦，將會發出新的生命光輝。她往後的心態將比別人更健康，更成熟。也許有一天，你發現自己昨天的想法幼稚，也會感激自己沒因巨大的痛苦而倒下。」

說話間，車已至醫院門口，史今把車停下，告訴旨邑謝不周的房間號，她要去買點東西，稍後再來。

旨邑站立不穩，失去重心，稍微晃了一下。她不知持何種表情，就像不知送什麼禮物一樣。在醫院這個巨大的洞穴面前，只覺得陰風陣陣，魅影重重。她邁不動腳步，更無法像史今那樣清醒而條理分明，她完全可以看出謝不周對史今的影響。在史今面前，旨邑感到羞愧，她無法像史今那樣認識事物，認識人生，認識災難，就像謝不周說的那樣，她只是貌似聰明，貌似堅強，只會心狠手辣的說刻薄話。

旨邑無法想像他此刻的樣子。面對她，他會持何種表情。

她終如一隻螞蟻被巨大的洞穴吞噬。跫音如鼓。她希望這只是謝不周布置的玩笑。她並非他的前妻，也非他的同居女友，甚至不是他的情人……但她感到和他有某種生命關聯，就像兩棵樹，根莖在地底裡交錯。明日隔山嶽，世事兩茫茫。走不到盡頭的走廊，通向終結。用一根手指頂開虛掩的門，失明般一片空白。然後看清病床，以及病床上的謝不周，半躺，神色安靜，在等待。

「旨邑？」他說。「是。」她答，小心翼翼。「來見老夫，是不是又穿得大紅大綠俗不可耐，腳趾頭都抹紅了？」他像以前那樣，以老夫自稱，故意挑剔她的穿著。她熟悉他的方式，卻無法像從前那樣給予回敬。疾病改變了他的樣貌，她差點認不出來。災難過後，她再無心穿豔麗色彩，不過是些或白或灰的素淡服裝，於是怪他睜眼說瞎話。

「從昨天開始，老夫便看不見東西了。老夫將不久於人世了。坦白講，真JB有點不捨得。」謝不周笑道。

他的粗話，旨邑覺得親切。他看不見了，她感到惶恐；他笑著說到死亡，她幾乎惱怒：「你說過，不許拿生命開玩笑！」

「這是科學，不是玩笑。拿手過來，老夫給你把把脈，脈搏如果還是那樣細弱，證明你沒按老夫說的做：鍛鍊、營養、休息，還有……」

「還有積極的心態……我暫時死不了。你也不能死，你死了，我怎麼辦。你死了，我對自己沒有任何責任了，也不要什麼新的生命光輝。」旨邑語氣兇狠，強忍眼淚。謝不周一走，她必將崩潰，坍塌。

「你一直沒正確理解老夫的意思，所以你還在迷宮裡轉。假使人（水荊秋）是一條不潔的河，你應該成為大海，包容一條不潔的河並不致被它污染。老夫將死，你要讓老夫死得瞑目的話，一定聽老夫的金玉良言。老夫講課，每小時上萬元進帳，你不服不行。老夫最近詩興大發，可惜沒時間回岸當詩人了。」謝不周抓住旨邑的手把脈。

旨邑側臉看到床頭櫃上有疊紙，上面排列不齊的字，她知道那是謝不周摸索著寫下來的，在心裡讀它：

一個人一段黑走到這裡／走到灘塗／尋找魚的生活／和風的搖櫓聲／一個人是一道縫隙／一段黑也是／許多的魚牠們不在生活裡／這是我失明的原因／我要讓海是海／還是讓海成為陸地／這是我一個人一段黑走到這裡的／原因。

詩與她的夢有關。她曾向他講述獨自走夜路的夢，她在夢裡的恐懼與孤獨。他在自己的漆黑中，想到她的光明。她抓住他的手，臉貼上去，無聲地哭。他無時無刻不在為她努力，而她只是機械地依靠他的臂力站起來，不知道站起來的目的和方向，並不使用自己的力量，去減輕他對她的憂慮與操勞。她只是被怨恨沖昏了頭腦，她視報復為此生唯一的事情。而現在，她相信，是自己使他的病情加重，她傷害了他。這個結論使她痛苦不堪，她埋頭啞哭，為此懺悔。

「對不起。我全聽你的，按你說的去做。你一定要好起來，看我怎麼戰勝自己，脫胎換骨，內心強大、結實起來。不周，你是我生命中最珍貴的人，你給了我珍貴的情感，你給了我生命……我會忘記過去，我會努力，我會讓你驚喜，甚至……讓你……更……喜歡我。」她不知該怎麼表達，她哭出很大的聲響，連同被子一起圍抱住他的腰。

「旨邑，別哭，我相信你，你是最優秀的。我不是喜歡你……」他摸她的頭髮，聲音已經疲憊：「而是愛你……包括你的頭髮。你是匹小野馬，你要繼續去奔跑，去撒歡，到你喜歡的任何地方。你會找到你所要的。」

「我什麼也不要，只要你好起來，你要好起來，你要看著我快樂。」她不哭了，努力振作。

「如果幸福取決於舒適，我們的祖先可能沒有我們幸福；如果幸福取決於我們面對生活的態度，在這個沒有堅固信仰的時代，即使在苦難中，也要有內心的平靜。請君試問東流水，別意與之誰短長？老夫會當個鬼詩人……給你寫鬼詩歌。」他本是開個輕鬆玩笑，劇痛卻使他的表現悲壯而淒絕，「旨邑，給老夫唱唱那首野菊花吧。」

「野菊花呀野菊花……哪兒才是你的家，隨波逐流輕搖曳……我的家在天之涯。野菊花呀野菊花……哪兒才是你的家……山高雲深不知處，只有夢裡去尋它……」她低聲唱道。風聲四起。

醫生來了，給謝不周打了一針。他睡了，如一具屍體。

「謝不周會死嗎？這是為我特別設置的玩笑吧？我不聽他的話，不積極善待自己，他一定氣壞了，才想了這個辦法。他敢開天大的玩笑。他太壞，滿肚詩書，總愛裝不學無術之徒，還有那句粗話口頭禪。他就是這麼一個壞人。」旨邑獨坐，想來想去，不信那麼健壯的謝不周說倒就倒下了。她覺得自己上了他當，他串通所有人，以死亡來嚇唬她。

「謝不周！」她突然喊道，「大騙子，別裝了，給我起來！」她拽他的手，手很沉。她用手指撐開他的眼皮，撓他的胳肢窩，掐他，他全沒反應，完全像個死人。

她愕然頹坐，心底冰涼。這一瞬間，她感到因水荊秋而生的痛苦之黑鷹忽地飛走了，謝不周的病像一隻白鶴落在她的田頭。她不再仇恨那隻黑鷹，被牠的利爪抓傷的痛已無關緊要。這隻白鶴的健康平安，是她此生的最後一個夢想。

她哭累了，想累了，腦海裡浮現混沌的句子：

當不可能的事物幫助不可預料的事物時，恐懼將會蹦得很高很高／當孩子們打父親們的耳光時，年輕人都將變得白髮蒼蒼／如果黑夜不再過去，那就什麼都不會有，不會有，一點東西都不會有／什麼是回憶？就是安樂椅上的一條薄裙／什麼是理性？就是被月亮吞噬的一朵雲／什麼是衰老？就是懦弱。

這些句子的問和答，是在互不相干、完全獨立的情況下完成，以極偶爾的方式搭配成一組，有的呈現精采，有的卻是荒謬。就像男人和女人的配對。一個問題可以配許多合理合適的答案，正如適合一個人的伴侶可能很多，但無法去窮盡所有，尋找最精采的搭配。一個人和詞句的區別並不明顯。每個人都是詞句，當他躺下，死去，他的意義還在，並且被寫入更深的記憶，對閱讀它的人產生深刻影響。

史今推門進來，悄無聲息，在謝不周的另一側坐下。

兩個女人，一起等待日出，等待一個新的太陽從海平面升起。

旨邑不能忍受滿屋子的時間。要忘記痛苦，時間是一種重負，它是唯一需要戰勝的對手。

沒有死亡，沒有表示人生短暫的某種象徵，就沒有豐盛的宴會，就缺乏對生命的真正認識。謝不周死了，像種子一樣落在地裡。

旨邑的心裡藏著一頭怪獸，可愛的怪獸牽著她，來到秦半兩的畫室。她從未像現在這般平靜坦蕩。她重新打量周圍的一切。看山是山，看水是水，秦半兩還是秦半兩。他驚喜於她的來訪，不知所措。她坐下來，用健康的語調與身姿問起他的畫展。他說都準備就緒，馬上就要開展，他原本打算畫展結束再去找她，他愛她。她露出笑容，告訴他來的目的，她上次欺騙了他，她並沒有得子宮癌。

秦半兩驚愕，他感到旨邑就像一個離奇的夢，在大白天湧入他的腦海。

「半兩，你相信愛情嗎？」

「我相信我愛你。」

「也相信愛情永恆？永遠愛我？不好回答是吧？我們都知道，只有死亡才是永恆。」旨邑說道，「愛情只是做夢。」

「我希望和你一起做夢。旨邑，你太消極了。以前你是積極快樂的，到底發生了什麼事情？」

「什麼也沒發生。只是覺得愛和被愛都很可笑。戀人間的卿卿我我，完全是一場秀。我可以相信愛情，但無法信任婚姻。我完全能看見和你結婚後的景況，你如何與別的女人偷情，又如何對我撒謊掩飾。我能看見你疲於應付，卻又樂此不疲。我所認識的有家室的男人，莫不如此。我不想以好壞來評價這種現象，評價人。說實話，我喜歡的，僅僅是誕生戀愛的感覺，它是唯一純潔與美好的。如果更深地進入愛情，只會看到腐爛、毀滅、傷害，只會百無聊賴。前不久，一個年輕的朋友死於腦癌，遠離了一切虛妄。」

「依你的觀點，那生命有何意義？旨邑，每個人心中都有虛無，但不能因此放棄一切。」

「生命本來就沒有意義。生命只是一場感官體驗。只是讓你了解眼睛、鼻子、耳朵以及生殖器等等身體各種器官的功能作用。就像子宮，唯有在歡樂與災難的時候，它才體現它的存在。你覺得生命有意義，那是因為你不曾站立遠方，眺望此時此刻。」

「旨邑，山川草木皆無常，我會更加珍惜你。也許你需要時間，我會慢慢等你。」秦半兩對說這番話的旨邑感到陌生。他擦拭斑駁的雙手，臉色比藍色的油彩更顯憂傷。

旨邑搖搖頭，說道：「半兩，我們已經失去溝通的可能，無法彼此理解。我明白，諸行無常。我不需要時間，對我來說，時間太多，多得就像滿山遍野的野菊花。你為什麼不畫它們呢？那些白色的，自由的精靈。」

秦半兩困惑地看著她，他的確感到有無形的障礙物橫在他們之間。

她在秦半兩不解的目光中轉身。

「旨邑，我想你能去看我的畫展。」秦半兩在她身後喊道。

「有什麼意義？」她反詰。

她帶著自己的影子離開。門外秋風，雲急，日淡。有什麼意義？人類把對慾望的追逐稱作愛情，這是人類的卑鄙。人類奉守一夫一妻制，感情早如西瓜破裂，蒼蠅飛舞，地下延淌婚姻的血。人們掩藏西瓜的裂隙，酷日下饑渴如焚。

旨邑上了嶽麓山。再次打量周圍的一切。看山是山，看水是水。露泫秋樹高。天是空的，無雲，無色，無悲歡。從腹中孩子的死開始，到謝不周的死結束，旨邑的世界完成了它的巨大改變。整個長沙黯淡失色。

阿基里斯眼裡的絕望消失了，因為牠也永遠地閉上了眼睛。牠幾乎是餓死的，無法證明牠非絕食而亡。人類對狗的思想了解太少，就像水荊秋那潛藏的慾念，永不為旨邑所知。她不打算盤根問底，正如埋掉阿基里斯一樣，埋掉水荊秋的思想的屍體，讓牠們在地底裡腐爛生蛆。說到底，他和他的思想並不重要，她不想記住他，就像夢裡面容模糊的人，夢醒就丟了。

謝不周的骨灰撒在嶽麓山。它們已經浸入泥土，滲透山魂。

此時，旨邑聽到嶽麓山的喃喃自語，冷風跑過，未落的樹葉發出爽朗的笑聲。她感到謝不周無處不在。她想，他放下了塵世的包袱，自由了，正如那鳥雀跳躍歡喜，山風伶俐。

旨邑在山中待了很久，想到了所有人。秦半兩的愛並不執著，在她撒謊失去子宮後，他出於道義，十分猶疑地抱住她，說他是真的。他並無勇氣鍥而不捨，借補充畫展作品之由，思考與定奪。旨邑與我們總結的一樣：秦半兩對待旨邑和原碧的態度完全一致，他因為旨邑離開原碧，因為子宮而離開旨邑。由此，我們可以列出一個荒謬的等式，那就是：旨邑等於子宮。旨邑是一個器官。那麼，愛情到底需不需要子宮？

旨邑往山下走。小徑幽雅，石板路光澤黝黑。她想到稻笫，稻笫說要來長沙工作，照顧她的生活。旨邑的心在剎那間閃爍耀眼的光華。從未有男人對她這樣說過，也從未有男人為了她而奔向她的城市。旨邑為之心動。然而，稻笫是個女孩，暖人的女孩。旨邑不想揣測稻笫對自己的感情屬於哪一種。等稻笫來長沙時，她已經雲遊四海去了。旨邑也放棄了與梅卡瑪的較量，她一直把這個在法律上屬於水荊秋的女人想得太高，短兵相接後，立刻對梅卡瑪興趣全無。梅卡瑪適宜在她的婚姻裡，與水荊秋各自男盜女娼。至於呂霜，值得欽佩，也頗為可惜，有時候，寬容還是不寬容，並非簡單的錯對結論。

原碧如約在嶽麓書院門口等。旨邑看時間差不多，不再消磨，徑直前往嶽麓書院。小道兩側的湘妃竹密集繁茂，桿細葉碎，她想起了關於斑竹傳說故事：堯帝開疆闢土，輾轉作戰，來到現今湖南的岳陽附近，命殞於洞庭湖邊上的君山。娥皇女英，姊妹二人，共事帝堯。聞君噩耗，不遠千里，山水迢迢，日夜兼程趕到了君山之上。當看到堯帝屍首時，忍不住心中痛悲，洶湧而下的淚水，灑到了君山的每一棵竹子上。本來，君山的竹子也與其他地方的沒任何區別，但每一棵沾上了二妃淚珠的竹子，卻再也擦不去點點淚痕。因而葉上斑斑點點，形如眼淚，是為斑竹，亦名湘妃竹。

傳說的東西，是美是苦，總是霧裡看花，比不得眼前真實。她想自己的經歷，變成傳說，也非平淡無奇。和謝不周的愛情（非狹義的），將是她此生最長久的幸福。原碧不懂男人，也不懂品味謝不周，她理解有誤，總以為身體能牽制男人。或許她天性如此。

原碧靜坐台階，背後一廊柱，上刻「惟楚有材」。她新剪了頭髮，精短、漆黑，上身米色緊衣，下身淺藍肥褲，兩眼蒼茫。旨邑到她身後，她也不回頭，說道：「說實話，謝不周那方面挺強，我就惦記他那個。」

旨邑在台階另一頭坐下，黑色短裝皮夾克，灰白牛仔褲，黑靴長至膝蓋，頭髮幾乎及地。身後廊柱上刻有「於斯為盛」。旨邑眼望前方翠樹掩映間，青瓦飛簷，雕梁畫棟，只說道：「嶽麓書院太冷清了。」

原碧站起來，拍拍屁股上的塵土，說：「是你心裡冷清吧。自我看到它那天起，沒什麼兩樣。你和謝不周到底什麼關係？」旨邑一笑：「原碧，咱們雖然同窗幾年，但並不真正了解。說是好友，更像敵人。彼此想靠近的時候，都會像刺蝟一樣張滿身利刺。」

原碧聽了這話，略有感動，但並不急於檢討自己，只聽旨邑繼續往下說道：「作為朋友我們極少坦誠以待。我承認我有虛榮好勝的時候，甚至會虛偽。在我相繼失去了很多珍貴的東西之後，我會珍惜我僅有的，包括你。」

「我又不是你的男人，有什麼需要珍惜的。」原碧乾笑。

旨邑說：「我覺得自己很糟糕，但不想繼續糟糕下去。謝不周說過，人要成為海。」

原碧裝不下去，頗為動容地說道：「不是這樣，你一直很優秀。老實說，我羨慕你的生活方式，羨慕你擁有的，也嫉妒你。我太狹隘了。」

旨邑搖搖頭：「把我的人生換給你，你不一定會要。我已經死了一回。」旨邑將自己與水荊秋懷孕遭棄，如何服藥殺死一雙胎兒，如何從災難中偷生，以及災難後重拾生活信念，如何向秦半兩撒謊等等，原原本本說將出來，原碧聽得目瞪口呆。

「你好不愚蠢，為什麼不把孩子生下來，你，早說給我聽，我絕不會讓你那麼做！你還是讀書時的德行：貌似聰明！你做了多麼遺憾的事情！」原碧十分激動，根本無法理解旨邑的做法，頓了頓，又說：「秦半兩，不是什麼好鳥。要我當模特，引誘我。你記得在他畫室那一次吧？我故意在你面前裝作和他關係曖昧。後來，你去了北方，我丟了網路紅人不當，辭職去陪他，才和他好上。這不算挖你的牆角吧？你一回來，我的婚事就毀了。我挺恨你的，可這不是你的錯。過去的，死在過去。以後，我的感情和身體將是有價的，與其賣給虛假的愛情，倒不如明碼實價。貨幣及等價物質，比所謂的感情真實。公平交換，誰也不會受傷。」

「原碧，我是貌似聰明。過往的都一筆勾銷吧，記點快樂的帳。你問我與謝不周什麼關係，可以告訴你，是生與死的關係。」旨邑起身，環顧四周，她感到周遭空氣芬芳，能嗅到野菊花的味道。她想，春天來時，謝不周的骨灰一定會變成無數的白色野菊花，某一天，當她的骨灰撒在嶽麓山上，也將變成無數的白色野菊花，他們一起開放，競相怒放在對方的墳頭，再也不必為誰去誰的墳頭種栽白色野菊花而費心傷神。

婚外戀已被婚姻所腐蝕。旨邑在整理「德玉閣」時，腦海裡綳出這種想法。孤身打掃歷經烽火的戰場，不作依戀，亦無愛無怨，將剩餘的古玩、玉器、首飾和零碎的贗品打包，無須清掃落塵，一口價沽給了同行。水荊秋送的物什、書籍，原本懶為收藏，現也一併收攏了，摘下「德玉閣」的牌匾，一起擱置書房。對人對己已無憐憫，只等早日起程，去西藏，去山窮水盡之處，去世界之外的任何地方。

無論如何，她還想見水荊秋一面。自從她懷孕後，他就成了一個神祕的男人。她肯定他會來，那時候，他的精神面貌，言行打扮，定然獨具匠心，也許別有風味。她給他發去一個簡訊，意思是她已經考慮清楚，不為難他了，請他陪她去醫院手術。四個小時之後，她接到他的電話，聲音戰慄，稱她是偉大的女性，是他的恩人，是他心中美麗的愛人，他將在一周內忙完手上的事情，爾後來長沙。

他的言語激起她內心強烈地反感。她以他的口吻說，他們只是胎兒，不是人，墮胎算不得偉大，只是普通的行為。她其實可以不麻煩他，只是作為胎兒的父親，他到場，對胎兒應是一種安慰。

他鼓勵她盡情挖苦諷刺他，渴望得到更多的刻薄與嘲諷，他絕對不發脾氣，不和她吵，不和她爭，他是有罪之人，對她傷害巨大，永世愧疚，永世無法彌補。他像個詩人一般，不惜使用誇張的排比，濃重地抒情。她以為他還會說「永世不得超生」之類的惡報，他卻轉而寫起了「小女人散文」，婉約、柔情，細膩地問起她這些天的生活，在他腦海中盤居的她的生活，是他最深的牽掛。

她輕易地重新獲得他的溫情，而她已被這溫情所中傷。過去的，因遭遺棄而分秒不停的痛苦，在她的心上刻下無數深痕，血和淚在其間日夜不停地奔湧，悲和痛使它們保持鮮活。那是她遭受的侮辱、羞辱，也是她生命中的恥辱，帶給她從未有過的卑賤感。她是劊子手，執行著他的殺戮命令，對自己的孩子下手。她後來得知，在她活著人不人，鬼不鬼，恍惚陰曹地府時，他躲起來，在山郊野外，正為他死而不僵的婚姻家庭蓋漂亮的大房子，他需要更大的空間來盛放他的虛假生活。

她問他「你的生活步入正軌了吧」，他重嘆數聲，說一言難盡，不如不言，將來某一天，合適的某個時候，再對她細說「當時」。她知道，他擅長玩太極，太懂陰陽之道，不作追問，況且她只是含沙射影，本意並非真問他的生活。她想到高原寒夜裡的那隻手，正如他「見到女人就噁心」一樣，她對那隻手感到噁心，並且清楚地知道，那瞬間的戰慄，是因為冷。她對戰慄的誤解，導致了愛情，也導致了災難。

我們很難揣摸旨邑見水荊秋的用意。稍聰明點的人都知道，她不是想他，也非仇恨，若要再猜深一層，必須是對她十分了解的人，比如謝不周。她內心深愛的人，是不是死去的謝不周，旁人不好把握，只眼見她對謝不周的追思，以及謝不周在她思想上刻下的痕跡。

這一日，旨邑洗去疲憊，薄施脂粉，淡掃柳眉，塗了淺淡眼影，亮色唇膏，挑出最鮮豔的衣服穿了，坐等水荊秋登門。家裡也整理乾淨了，打點得祥和喜慶，花草葉莖都經過擦洗，綠得精神。然而，她內心很難平靜。一種與愛情無關的激動使她思維活躍，與他會面的場景在腦海裡交替變換。她感到水荊秋在啟動她，他在擊敗謝不周，情緒已然泥沙俱下地占領她，內心邪惡的力量在滋長，她無法忘卻那一雙孩子，她必得還他顏色。

這一刻，她不信真有什麼因果報應，比如「天打雷劈」之類的誓言，跟「永遠愛你」一樣空洞與虛無。聰明的人們知道天上無雷公，正如愛情無永恆。越壞的惡人，在世上活得越輕鬆。如果說水荊秋有什麼報應，這報應應該由她來掌握，由她來選擇方式，由她來決定時間，由她來確定報應的程度。水荊秋好比食人鯊，不聞到血腥香味，絕不會游向她，如今既已騙他入網，一定要痛快地擊中他的要害。

下午四點，水荊秋到了。旨邑大吃一驚，水荊秋化妝的技術遠甚於她，他的樣子極易讓人相信，他背後有一位才華非凡的導演，和一位手藝高明的化妝師，為了增強感染力，他們在細節上下足了功夫：但見水荊秋腳步無力，身體重心下垂；亂髮蓬鬆，似乎多日不曾梳理；鬍子拉茬，恣意瘋長；面容倦怠灰暗，最是那悽楚的眼神，彷彿痛苦了一千年。

然而，旨邑發現，他胖了，他身上增加的肉，削弱了他這個人物的悲傷感染力，導演們致命的疏忽將直接導致可能的不良結果，不過，倘使演員演技高超，也有彌補疏漏的可能。於是，旨邑仔細捕捉水荊秋的神情，觀察他的一舉一動。某種程度上，她已置身事外。

他進門頗不自在，緊張地掃視一圈，見屋子裡並無異樣，才放下手中的箱子，轉過身看著她。她知道，他在害怕，彷彿深入龍潭虎穴。他的害怕絕非表演。她的鮮豔讓他滿腹狐疑。她則想，這就是我愛過的惡人？置我於死地的男人？瞧這七尺男兒，這著名學者，這模範丈夫，這般瑟瑟，如此可憐，灰頭土臉，孱弱不堪，教人於心何忍？此時，更因為他笨重、愚鈍、遲緩，他身上的肉便加重了他的孱弱感，像一位徒有其表的老人，滿是歲月不饒人的無奈。

她想起以往他進門的樣子，彷彿踩著快樂的彈簧，他們抱緊時仍會彈跳。

如果他的樣子不是偽裝，她將為自己給他造成的痛苦懺悔。但她已無法相信自己的眼睛，因為她早已用心看清了他。她堅決不哭，掃了他的大箱子一眼，問道：「帶這麼多東西？要去哪裡開會，順道而來吧？」他抱住她，屏息不動，先自灑淚：「我對不起你，我讓你受苦受罪，我不是東西。」

她想，這眼淚與台詞屬於他自己，還是由導演安排？無論如何，還是具有極強的感染力，她幾乎在這一剎那全部原諒他了。她想說：「那不是你的錯。是我讓你受苦了，我們相愛，並非為了這樣互相痛苦地折磨。」但她受盡委屈，不願輕易動情。從他剛進門的剎那，她與他四目相對，她便確認，她並沒有錯愛他。

「我……我完全脫不了身來看你……你無法想像我的情況……」他的手圍上她的腰，將她箍緊了，一隻手慢慢地往她的屁股底下探尋。她的身體一顫，高原的那一幕像一朵絢麗的煙花在她眼前綻放，她幾乎要抱緊他嚎啕大哭。可是，煙花瞬即歸於寂滅，只有過去經受的絕望痛苦，殘留夜空。夜使她清醒並凜冽。

「我知道，你要出國，會見國際同行，要建新房子，忙於打理世俗事務。你需要精神與思想，你噁心使人向下的日常生活，你不屑一顧，比如意外懷孕事件，比如女人的子宮。」她的心碎了一千次，此刻，心的碎片活躍起來，像千萬個利錐，扎向她，令她千瘡百孔。她心裡寬容了他，嘴上仍然鋒利。

他原本將她抱得很緊，以至於她胸前的玉豬硌疼了她，聽了她這番言論，便頹然放手，走遠幾步，摸出一支菸點燃，眼望窗外，滿臉悲慨。

「怎麼？傷著你了？」她笑起來，「傷了你的精神？還是肉體？」她手放胸前，抓住謝不周送的玉豬，心頭掠過白色的野菊花，想到他說的「人要成為海」。

他身體微躬，面色難堪：「你怎麼解恨，就怎麼說吧。」他垂下頭，花白頭髮落在旨邑的眼前。她無法繼續諷刺他，面對他風吹即倒的單薄，她感到自己的溫柔，第一次嗅到他油性頭髮的芬芳時誕生的幸福，此時又漫上心頭。她幾乎要倒在他的懷裡。然而，她把溫柔藏起來，依舊微笑著說道：「中國人對抗外侵時，要是像你和梅卡瑪一樣齊心就好了。真是一床被子不蓋兩種人，你們是值得稱頌的。我敬佩你們。」

「我……呃……無話可說。」水荊秋的憂傷比屋內的一切陳設真實，「以後……呃，我會讓你知道的，現在我不想說。」

「我們還有以後嗎？你留有多大的謎底，要讓我猜多久呢？我現在猜嗎？」旨邑問道。平靜，平淡，平和。然而，她卻聽見自己的聲音像尖銳的呼哨。她站在自己一無所有的子宮裡，感到一種從未有過的空曠與靜寂。四周戈壁荒漠，寸草不生。曾幾何時，這裡鶯飛草長，生機勃勃，孕育芳香果實。一場風暴將這生命之源洗劫一空。她是那僅存的斷壁殘垣，在遼闊的子宮，突兀而荒誕。

「呃……你永遠是我最心疼的人……永遠都惦記你。」

「那就把你以後將告訴我的事情，現在告訴我。我不喜歡猜謎。也不想恨你。」

「我怎麼對你說呢？說她在一九八九年不顧一切救了我的命？那段特殊的經歷我當然不會忘記；說她久病難醫依賴做透析活著？……呃……所有的因素都只能成為藉口，我怎麼能說那些東西？我沒有資格愛你，沒有資格請你原諒我對你的傷害……呃……我像在做一個噩夢，老是醒不來。活著那麼多無奈，忍耐，不由自主……當惡人好，惡人自由……呃，旨邑，我心疼你，你是我內心的驕傲……我要你有一個美好的未來。記住，不要再愛已婚男人……呃，教我怎麼對你說啊！」

水荊秋盯著地板，彷彿在地板上計數。紛雜的情感如蓬亂的頭髮。他躬身聽罪，似乎一根稻草的重量就能將他徹底壓趴在地。旨邑心裡的疼一陣緊似一陣。她沒有想過，她多次設想的強大對手梅卡瑪竟是一個病弱女人，她居然時常對一個病弱枯槁的女人醋勁十足，那是多麼可笑而羞恥的事情。事實證明梅卡瑪是強大的，她強大正是因為她的虛弱。儘管梅卡瑪在電話裡對旨邑橫加侮辱，此刻，旨邑仍感覺對梅卡瑪的巨大歉疚，她後悔給病弱的梅卡瑪打電話，也理解了水荊秋何以大發雷霆。她再次清醒地認識到，自己所承受的傷痛不是水荊秋給的，那只是上帝的旨意。她命中注定有此一劫。就如她注定要在高原死裡逃生，並且與水荊秋相逢相知。她感到是她強加給了水荊秋巨大的責任與重壓，她應該獨自處理，這只是她「自己」的事情。

「荊秋，對不起，我傷害了你的家庭，我真的很愧疚……其實，我……我根本沒有懷孕，我只是想試探你，假如我懷了孩子，你會怎麼對我……你怎麼那麼笨，偏要躲著我，還要當惡人，說出那樣狠心腸的話。」旨邑突然撒謊，想幫助水荊秋減壓，想承擔命中注定的浩劫。

水荊秋聞言呆住了。亂草叢中，兩隻小眼睛如螢火蟲般閃爍不確定的光芒。她如夜空那樣寧靜、從容、毋容置疑。他在她的包羅之中。慢慢地，彷彿有夜風吹散了他臉上的倦怠，面容象。

如被朝露滋潤的葉子舒展，卑微的孱弱感消失了，彷如吸收了足夠水分的樹苗，有了挺拔跡

「旨邑，你在玩笑？」他像蝸牛爬到一個高度，緩慢地回首懸崖峭壁。

「什麼是玩笑？什麼又不是玩笑呢？假的虛無，真的更虛無。」旨邑仰面望著他，像他們戀愛時一樣。痛苦深藏在她柔和的面容背後，刀尖頂在心口。她問自己，是否還可以繼續愛他，並當即予以堅決否定。物非人不是，她和他之間，無異於生死兩隔。她明白，女人不幸，只是因為她長著一個子宮。

「呃……你？我……呃……」水荊秋說不出話來。

他們在暮色中消沉。尖銳的電鋸聲穿越他們的精神空間。塵世的人，正在頑強地製造日常生活的喧囂，只有湘江水平靜地繞過嶽麓山。卑微孱弱的植物面對滾燙堅韌的湘江秋水，彷彿超載的運輸船隻，隨時可能沉沒水中。

旨邑無比安詳。她感到湘江水如自己的大動脈，緩慢地奔跑著重量與生命。她感到自己的枯竭與豐盈，在陽光的幻滅間，不變確定的流向——流向美麗富饒的子宮——幸福與苦難相交的地方。人類會平地跌跤或者掉入陷阱，遭遇十字架或者手術刀——這是命運的奢侈——她欣賞這種奢侈，欣賞湘江流過山谷，淌過平原，穿過暗礁，流向美麗富饒的子宮之島。她看見島中有廣闊的海域，生長五彩繽紛的魚類，牠們沒有魚鰭，快樂徜徉，將魚卵產在身段柔韌的海草上，每一顆都如珍珠般晶瑩，閃爍生命之光；岸上的花開有愛情的聲響。愛情的果實比一枚太陽更具熱量。根深葉茂的樹莖托起月亮的身軀。高原上雪山綿延。海子湛藍。溝壑的弧度優美。飛鳥的頭頂長著白色的野菊花。牠們沒有翅膀，依靠花瓣飛翔。一切動植物都內心攜帶陽光，不需要另一

個太陽的照耀。遠離自然的風暴、地球的搖晃、虛無的幻覺。沒有殺戮，沒有兇器，沒有欺騙，沒有災難。只有比時間更多的空間，有比空間更多的自由。所有生命一旦憂傷，便掉下血色的眼淚。

代後記

獻給這空茫混沌之「在」的一曲長歌

李敬澤（著名評論家、中國作家協會書記處書記）

我本無意在此談論道德問題，關於《道德頌》這部小說，我所關心的是，盛可以如何講述，以及她為何如此講述？

在我們即將傾聽的這個故事中，未婚女子旨邑遇到了一個已婚男人：水荊秋。故事由此開始，接下來，我們看到愛慾、愛慾反覆經歷侵蝕和修復、愛慾的頹敗和消散。總之，如果不考慮當事人的感受，我們可以把它直接稱為不幸的婚外戀故事——實際上，也幾乎沒有幸福的婚外戀故事，因為當婚外戀被書寫時，書寫者站在起點，目光已經看到了終點：那裡必是一片廢墟。不僅是因為道德，書寫者們並非都是婚姻制度的維護者，他們只是看到了人類激情的自然限度，時光和庸常的生活必將它磨損得面目全非。

「幸福的家庭是相似的，不幸的家庭各有各的不幸」，托爾斯泰以一句如此世故的格言開始他關於婚姻和非法激情的偉大故事，這不僅是解說安娜和卡列寧，也是對安娜和渥倫斯基做出的預言——幾乎就是一句詛咒。這詛咒並無惡意，托爾斯泰筆下那無名的敘述者發出的是老謀深算的生活的聲音。

生活並不站在當事人一邊，如果將此類故事的敘述權交給無名的、見多識廣的「生活」，那麼，一切必將歸於虛妄。所以，在這個關於非法激情的故事中，爭奪敘述權力的鬥爭至關重要：故事由誰講？由誰作證由誰起訴由誰審判？誰可以將自身從虛妄中拯救出來？所以，如果《道德頌》的聲音完全歸於旨邑我將毫不意外，盛可以當然會這麼幹，她將塑造一個女性主義戰士，傷痕累累，孤絕而驕傲，堅守著她的堡壘。

但情況並不如此簡單，《道德頌》視點游移，雖然是緩慢的，常常難以察覺，在絕大多數情況下，敘述追隨旨邑，但仔細看就能看出縫隙和破綻，至少有幾處，視點轉向原碧和謝不周，有時敘述者甚至不慎暴露面目，他或她站在那裡，自稱「我們」。

一個小小的，但在我看來至關重要的問題是：這個「我們」是誰？究竟出於什麼意圖，盛可以引入了「我們」？這個「我們」又為什麼如此羞澀和閃縮？

簡單的答案是，這基本上是技術上的權宜之計，作為書寫者的盛可以任性、不守紀律，她無意遵守自己定下的規矩，她粗暴地破壞規矩以應對規矩所帶來的困難。鑑於在我的印象中小說家盛可以的美德並不包括守紀律，鑑於《道德頌》中視點的游移確實缺乏清晰的形式感，「權宜之計」的判斷未始不能成立。

然而，盛可以其實有更為簡捷明快的解決辦法，她可以採用徹底的「我」，她也可以採用堂堂正正的「我們」，無論前者還是後者，敘述的難度都不會比現在更高，都會使局面清晰、穩定，使我們明確地領會作者的意圖和立場。但現在，她似乎是猶豫著，模稜兩可，把情況弄得曖昧複雜——就一部小說而言，作者未曾寫出的與她已經寫出的同等重要，作者猶豫的、含混的地方比她信心十足之處更為重要，她的真正關切和焦慮，她向自己、向小說中的世界提出的真正問題，可能就隱藏在這一片她最終未能驅散的陰翳之中。

所以，我傾向於認為，《道德頌》的視點游移並非權宜之計，它是一連串相互矛盾的複雜考量之間競爭與妥協的結果。

有一件事顯而易見，盛可以明確地屏棄了「我」。這部分是出於對「自傳性」的警覺，書寫者避自傳性之嫌，不想讓人們產生聯想——在作為小說敘述者的「我」和書寫者的「我」之間，當他們的經驗和觀點和身分發生某種重合或具有重合的可能性時，都會由此生出一個曖昧的區域，在這個區域裡，讀者受到鼓勵和誘惑，在兩個「我」之間建立聯繫，進而穿透文本去指認那個作者的「我」。

每當此時，小說家面對的都是一個倫理難局：她要嘛承認小說中的「我」就是我，要嘛斷然否認，前者虛榮，她像個急於出風頭的「星媽」，她濫用作者權利，有意毀壞小說的邊界，以牟取小說人物並未期待的利益，後者至少是看上去不誠實，至少是冒犯了讀者對她的書寫的信任。

盛可以很可能考慮了這一問題，她排除了「我」，她無意訴諸自傳性幻覺，她所寫的不是「我」而是那個名叫旨邑的女人，她在最低限度上維持旨邑的客觀性，在旨邑與寫作者之間保持一道縫隙：一個寫作者得以脫身，由旨邑自己承擔責任的縫隙。

儘管如此，盛可以並不想掩飾她對旨邑的喜愛，盡人皆知，作者認同這個人物，書寫在絕大部分時間裡追隨著她，跟著她疼痛和歌哭，常常的，書寫者直接進入旨邑內部，她和她接近於完全重合。

很好，盛可以原可以徹底地維持旨邑的視角，當然她也應該能想出辦法克服由此帶來的不便，但我的感覺是，她對旨邑強勁的、覆蓋性的聲音隱約感到不安，似乎有一種衝動在焦慮地低語：不是這樣的，不是這樣的。聽從這種直覺，她幾乎是任意地要「破」，破開旨邑的聲音，她要打斷她，她要壓制她對小說世界的壟斷。

這種衝動由何而來？我認為，盛可以必是意識到，徹底地認同旨邑隱含著某種危險，將在可能根本上誤導這部小說的主題方向。

這就涉及到這部小說的主題——「道德」，我不得不談論這個如此複雜和困難的問題——我知道很多人並不認為「道德」這個問題有什麼困難之處，他們認為「道德」是一塊磐石，正好可讓他站在上面，看人們如何頭破血流。

但我認為，道德肯定不是磐石，它經受著人類無盡的反思和求證。《道德頌》的題記引用了尼采的話：「沒有道德現象這個東西，只有對現象的道德解釋」——恕我寡陋，不知這話出自何處，僅就字面意義而言，我以為這話就是表明，道德並非一個自然事實，它不能自我呈現，它有賴於人的體驗和論證。或者說，對上帝而言——如果他在的話——道德才是「現象」，而當上帝不在時，道德就只能依賴人的「解釋」。也就是在這個意義上，拒絕解釋的「道德」是僭妄和悖謬的，它將自身封為自然之物，它不再關乎人的境遇和體驗，它獨斷、不可爭辯，在極端狀態下，它反對人的選擇和自由、取消人自證道德的可能。

在這裡，一個微妙的悖論是，旨邑的全部鬥爭就是要從「天經地義」之處取回道德，她力求在自己的境遇中做出解釋，但就這部小說而言，徹底的獨一視角至少在邏輯上是有自我封閉的危險——人可能在與對象的鬥爭中將自己凝固起來，變成一塊同樣僵硬的磐石。

我必須強調，旨邑本身並非磐石，她的聲音中最令人難忘的就是她自身的複雜、矛盾和變化、發展。旨邑具有強烈的自我意識，盛可以在她的身上做了高難度的試驗：將近乎女學究的思想與趣與經驗、直覺、激情融為一體，她有身體，也有頭腦，她的身體和身體、頭腦和頭腦、身體和頭腦激烈地對話爭執；當然，盛可以的才華依然在於強悍的直覺，當旨邑像個知識分子一樣思考時，我常常覺得她更像一個背書的高手，但當旨邑作為一個女人、一個情人、一個可能的但最終毀棄了自己胎兒的母親時，小說寫得華彩紛披、步步精確，常常是剝皮見骨、直指本心。

但旨邑那一重女知識分子的聲音並非全然無效，它豐富了旨邑的精神維度，在她的內部，這是一重轟鳴的背景音，低沉、笨重、自我干擾，它使旨邑的經驗和生命變得嚴重、闊大，這個身處庸常激情故事中的女人最終竟大於她的自身，成為一個你不得不嚴肅對待的道德形象。

——是的，這部書確實就是《道德頌》，而旨邑，她是這個時代的小說所刻劃的最道德的人之一，她徹底自覺地追求道德，她當然不是循規蹈矩、謹小慎微，她從未期待人群的稱頌，她之道德不是出於畏懼和虛榮，而是出於絕對認真、絕對嚴肅的生命意志，她真的在自己的內心深處體驗到道德之艱難，她絕不僅僅是攻擊婚姻制度所憑依的道德律條——她不僅是個冒犯者，她的真正問題是：她決意做個善好之人，為此她不僅要與他人鬥爭，更要與自己鬥爭。

在這個意義上，《道德頌》是迄今為止小說對我們這個時代人的道德境遇和道德體驗的最為有力的表達和探索。

儘管如此，盛可以的疑慮揮之不去。道德問題的複雜性在於，關於何為善好，人類的觀點和體驗極為殊異。正如善與惡也許只有一線之隔，徹底的道德相對主義也幾乎就是旨邑的敵人：道德絕對主義——每一個「我」都自我封授為「上帝」。這種危險大概就潛存於盛可以的書寫過程的底部，被她極力壓制。我甚至妄猜，旨邑為什麼叫「旨邑」？是「旨意」嗎？或者是「脂邑」——《聖經》中的奶與蜜之地？

可見，道德是一個多麼複雜的迷宮，稍失警覺，人就可能千辛萬苦地走回了出發之地。因此，在道德問題上，個人的生命體驗必應敞開：「我」要走向他人，我的境遇要與他人的境遇交換，孔子曰：己所不欲，勿施於人，就是說的此事。《道德頌》的道德敏感也就在於此，盛可以意識到了這個問題，或者說，每當她忽然意識到這個問題時，她就忍不住將旨邑的聲音破開——她是矛盾的，她如此強悍地在「我」的邊界內申說道德，但是她也意識到，在任何真正的道德體驗中，「我」必須擴展為「我們」。

但誰是「我們」？是由「我」所選定的人們嗎？那麼這個「我們」就與「我」並無區別；這其中包括「你們」嗎？那些境遇不同，對何為善好有著完全不同的體認的人們？看起來，在這個問題上，盛可以極為猶豫。

這種猶豫反映在小說中，就是那個似有若無的敘述人稱——「我們」，盛可以必是認為它應該在，但對它究竟是誰、它能夠說什麼、它的觀點和態度全無把握，結果，這個「我們」就像現在這樣，站在小說的高處，模糊微弱地閃動。

——類似星空，但是星空晦暗。康德將道德律與天上的星空並提，既是說人類良知之神祕，也是說，道德終究關乎星空，所有的「解釋」並非絕對自足，它要指向解釋者之外的某個地方——那裡也許坐著個上帝，也許正是一片蒼茫。

正是在這一點上，《道德頌》中那個微弱的「我們」表露著這個時代精神之病的真正要害：它應該在，但它破碎、微弱、難以確認，而《道德頌》就是獻給這空茫混沌之「在」的一曲長歌。

國家圖書館預行編目資料

道德頌／盛可以著. --初版. --臺北市:寶瓶文化, 2012. 06
面； 公分. --(island；169)
ISBN 978-986-6249-85-3（平裝）

857.7　　101008816

island 169

道德頌

作者／盛可以

發行人／張寶琴
社長兼總編輯／朱亞君
主編／張純玲・簡伊玲
編輯／禹鐘月・賴逸娟
美術主編／林慧雯
校對／張純玲・陳佩伶・劉素芬
企劃副理／蘇靜玲
業務經理／盧金城
財務主任／歐素琪　業務助理／林裕翔
出版者／寶瓶文化事業有限公司
地址／台北市110信義區基隆路一段180號8樓
電話／(02) 27494988　傳真／(02) 27495072
郵政劃撥／19446403　寶瓶文化事業有限公司
印刷廠／世和印製企業有限公司
總經銷／大和書報圖書股份有限公司　電話／(02) 89902588
地址／新北市五股工業區五工五路2號　傳真／(02) 22997900
E-mail／aquarius@udngroup.com

著作完成日期／二〇〇六年八月
初版一刷日期／二〇一二年六月
初版二刷日期／二〇一二年六月五日
ISBN／978-986-6249-85-3
定價／三二〇元

愛書人卡

感謝您熱心的為我們填寫，
對您的意見，我們會認真的加以參考，
希望寶瓶文化推出的每一本書，都能得到您的肯定與永遠的支持。

系列：island 169　**書名：道德頌**

1. 姓名：＿＿＿＿＿＿＿　性別：□男　□女
2. 生日：＿＿年＿＿月＿＿日
3. 教育程度：□大學以上　□大學　□專科　□高中、高職　□高中職以下
4. 職業：＿＿＿＿＿＿＿
5. 聯絡地址：＿＿＿＿＿＿＿＿＿＿＿＿＿＿＿
   聯絡電話：＿＿＿＿＿＿＿　手機：＿＿＿＿＿＿＿
6. E-mail信箱：＿＿＿＿＿＿＿＿＿＿＿＿
   □同意　□不同意　免費獲得寶瓶文化叢書訊息
7. 購買日期：＿＿年＿＿月＿＿日
8. 您得知本書的管道：□報紙／雜誌　□電視／電台　□親友介紹　□逛書店　□網路　□傳單／海報　□廣告　□其他
9. 您在哪裡買到本書：□書店，店名＿＿＿＿＿　□劃撥　□現場活動　□贈書　□網路購書，網站名稱：＿＿＿＿＿　□其他＿＿＿＿＿
10. 對本書的建議：（請填代號　1.滿意　2.尚可　3.再改進，請提供意見）
    內容：＿＿＿＿＿＿＿＿＿＿
    封面：＿＿＿＿＿＿＿＿＿＿
    編排：＿＿＿＿＿＿＿＿＿＿
    其他：＿＿＿＿＿＿＿＿＿＿
    綜合意見：＿＿＿＿＿＿＿＿＿＿＿＿＿＿＿
11. 希望我們未來出版哪一類的書籍：＿＿＿＿＿＿＿＿＿＿＿＿

讓文字與書寫的聲音大鳴大放

寶瓶文化事業有限公司

（請沿此虛線剪下）

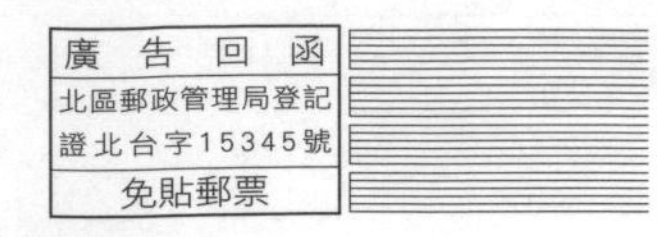

寶瓶文化事業有限公司　收

110台北市信義區基隆路一段180號8樓
8F,180 KEELUNG RD.,SEC.1,
TAIPEI.(110)TAIWAN R.O.C.

（請沿虛線對折後寄回，謝謝）